1940-1950년대

머리

　얼마 전 어느 신문 시사평란時事評欄에 파마머리를 한 여인을 야유한 희화戱畫가 났었다. 아마 파마머리를 한 여인들은 대개 그 아래 씌어진 글을 읽었을 것이고 그리고 한 번은 모두 자기의 머리를 거울에 비추어 보았을 것이다.

　이 이전에도 여자들의 파마머리는 여기저기서, 주로 남자들의 입에서 시비是非되었다고 기억한다. 한번은 여성들 자신이 검토해 보는 것이 반성을 겸해 이에 관심하는 남성들에게 대한 예의가 아니냐고 하면 혹은 누가 한담이라고 꾸짖을는지.

　내가 처음 파마해 본 것은 10여 년 전 일본 동경에서였다. 그곳에 처음 가니까 나를 맞아주는 선배나 친구들이 깜짝 놀라도록 모두 하이칼라가 되어 있었는데, 보니까 모두 머리를 파마했고 나란히 걸어가며 쇼윈도에 비치는 그림자를 보니까 빤빤한 내 머리만이 시골뜨기 같아 보이기에 나도 곧 머리를 저렇게 하면 멋쟁이가 되겠지 마음먹었다가 며칠 후 나도 미용실을 찾았던 것이었다.

　일찍이 영화에서 외국의 미용실을 구경하고 소설에서 읽은 미용실에 대한 지식을 가지고 막연히 어떤 동경과 기대를 가지

고 미용실 문을 두드렸던 나는 크게 실망하고 말았다. 미용사란 손님을 척 보면 벌써 어떤 모양의 머리나 화장이 그 사람에게 어울리는가를 알아내고 능란한 사교술로 손님의 기분을 조금도 부끄럽게나 어색하게 하는 일 없이 시간적으로도 순식간에 누구나 미인을 만들어내는 것인 줄만 알았더니 사실은 정반대였다. 무슨 머리를 하실까요? 앞은 어떻게 하고 옆은 어떻게 해드릴까요? 등등으로 일일이 물으니 부끄럽고 어색하기 짝이 없어서 그저 아무렇게나 좋도록 해달라고 내맡기고는 그만 눈을 감아 버리는 수밖에 없었다. 조금 있으니까 뜨겁고 아프고 시선은 둘 곳이 없어 억지로 감고 있으려니까 괴롭고 소중한 머리를 이렇게 뜨거운 전열電熱로 지지니 필시는 머리가 나빠지겠지 하는 불안까지 생겨서 그저 어서어서 시간이 지나 끝나기만을 기다렸다. 몇 시간 만에야 다 되었으니 거울을 보라고 할 때는 도저히 거울 속의 내 모양을 정시할 용기가 없어서 수고했다는 인사만을 하고는 얼른 돈을 치르고 당황히 문을 나서서 비로소 숨을 크게 쉬고 마음을 가다듬을 수 있었던 것이다. 거진 하루가 허비되고 바깥은 어느새 해 질 무렵이었다. 나는 얼마를 걸어가서야 비로소 어느 가게 유리창에다 조심조심 내 머리를 비추어 보고는 멋쟁이는 커녕 낯선, 꼭 무슨 탈을 쓴 것 같은, 하나도 나 같지 않은 내 모양을 발견하고 우울하기 짝이 없었다. 짙어 오는 이국의 황혼과 더불어 우울은 향수를 자아내

어 서글프기까지 하였다. 다시는 파마를 안 하리라고 마음속 깊이 결심하고 무릇 파마한 여성을 경멸하였다.

그러나 며칠을 지내고 몇 번이나 머리를 감고 헤어롤로 손질을 하고 나니까 내 얼굴의 균형이 다시 돌아오고 머리의 감촉도 지지기 전의 그것과는 다른 곱슬곱슬하고도 가벼운 맛이 어딘지 매혹하는 데가 있어 문명의 냄새가 나고 자유자재로 머리가 틀어지니 간편하고, 따라서 머리 빗는 시간이 단축되고- 아, 이래서 모두들 좋다고 파마를 하는구나, 비로소 깨닫고 나도 얼마 동안 이 파마의 혜택을 입었던 것이지만 몇 달을 지나 머리가 도로 풀어져서 또 다시 파마를 해야 할 필요가 생겼을 때는 나는 종시 미용실의 분위기가 싫어서 궁리한 끝에 싹둑 잘라 단발을 하고 말았던 것이다.

단발은 파마보다 더 좋았다. 머리 빗는 시간이 1분도 안 걸리니 시간 경계와 간편한 것은 말할 것도 없고 항상 깨끗할 수 있고 항시 스스로 자신의 소녀성을 간직하며 애무할 수 있는 낭만을 가질 수 있었다. 바람이 불면 율동하는 미美- 촉촉이 봄비를 맞아도 좋고 소복이 첫눈을 맞아도 좋고- 아, 참 여자의 머리란 아름다운 것, 나풀나풀 나풀거리는 소녀의 머리, 길게 펄렁거리는 여인의 머리, 이 머리는 땋아도 좋고 풀어도 좋고 동양 여인의 새까만 머리도 아름답거니와 구라파 여인의 금빛 머리도 아름답다.

머리는 여자의 것, 그리고 각 개인의 것이니 각기 제 마음대로 제 머리를 아무렇게나 만들어도 무관할 것 같은데 사실은 그와 반대로 여자의 머리란 실로 많은 이야기를 자아내는, 때로는 말썽거리가 되어 버릴 때도 있으니 여자의 불행이란 이 머리에서부터 시작됐던 것인지도 모른다.

그 옛날 사랑의 맹세로, 사랑하는 이만을 위하여 그 소중한 머리를 잘라서 지화紙貨로 바꾸었던 일도 있었다는 소중한 머리, 또 최근까지 특히 우리나라에서는 부모나 남편을 잃은 때가 아니면 머리를 풀어서는 안 되었고, 성례成禮를 해야 비로소 귀밑머리를 풀 수 있었던 그 귀한 머리를 지금에 와서는 문명의 혜택인지는 몰라도 할아버지 할머니들의 말씀을 빌면 지지고 볶고 갖은 학대를 다하고 있으니 우리는 좀 반성하여 우리의 소중한 머리를 좀 더 보람있게 간직함이 우리의 미를 더 한층 빛나게 하는데 도움이 되리라.

내 얘기를 좀 더 하면 그래 나는 단발이 하도 편하고 좋기에 그만 머리는 평생 단발로 하리라 작정하고 단발머리대로 결혼식을 했었는데 남편은 그런대로 이해를 해주었어도 시어머니께서 종시 반대하시던 차에 아이들이 자라 학교엘 가면서부터는 어머니의 단발이 말썽거리에서만 그치지 않고 점차 아이들에게서 용납되지 않는 기세를 보게 되니 나는 생각을 다시 하지 않을 수 없었다.

아이들 얘기가 동무들이 너희 어머닌 왜 단발했느냐고 묻는다고 한다.

"그래 넌 뭐라구 했니?"

"암말두 안했지 머……" 하며 뾰로통해진다. 그런데 하루는 작은 것이 학교에서 울면서 돌아왔다. 암만 물어도 대답을 안하더니 울음을 그친 다음 한다는 소리가 제 동무들이 저 앤제 언니보구 엄마라구 그런다구 했다는 것이었다. 단발로 인해 놀림쯤 당하기는 예사였고 해방 후 날로 심하게 문란해 가는 거리엔 나갈 적마다 머리를 고쳐야 할 것을 생각하기는 했었지만, 그날은 더 생각할 필요가 없어 나는 머리를 기를 것을 아이와 약속하고 그럼 머리를 어떻게 만들어야 할 것인가 곰곰이 궁리하기 시작했다.

아이들은 또 다른 어머니들처럼 파마를 하라고 조르는 것이다. 아버지는 파마머리는 천하다고 반대한다. 나는 어느 친구와 의논할까 하고 하루는 그를 찾았더니, 그도 대체 며칠 전 하도 머리가 안 틀어져서 파마를 했다가 남편한테 천하다고 야단을 맞고 몇 마디 말대답을 한 끝에 얻어맞기까지 했다고 남자란 참 무뚝뚝한 물건들, 폭군일 줄만 알지 여자의 섬세한 감정 내지 감각은 이해할 줄 모른다고 하소연하는 것이다. 우리는 서로 고소하지 않을 수 없었다.

이 얘기 저 얘기하며 헤아려보니 대체 파마를 안 한 사람

은 찾아내기 힘들었다. 그의 이야기가 그 동리에 이북서 온 어떤 여인이 아이 셋을 데리고 야매 떡장수를 해서 근근히 연명해 나가는데 하루는 그가 파마를 하고 왔더란다. 때국이 줄줄 흐르는 옷에다가 머리만 뒤버무려 놓아 보기에 흉하기 짝이 없는데 자기도 그것을 느꼈음인지 "거, 참 우리 같은 사람은 파마 안 헐거드구머요. 한 번 하면 저절로 틀어지고 안 풀어진다기에 했더니 웬걸 날마다 몇 시간씩 거울 앞에서 치장하는 아가씨들 말이지, 우리같이 먼지만 뒤집어쓰고 다니는 물건들이야 어디 손질할 겨를이 있어야지요. 여간 손질 안 하면 괜히 도깨비 모양만 만드는 걸요 머." 하더란다.

집에 와 남편에게 그 얘기를 했더니 "여자란 참 무재주 한가 봐. 자기 머리 하나를 제 취미대로 못한담 그래."하는 것이 경멸하는 눈치다. 하기는 여자가 자기의 머리 하나를 제 취미에 못 맞추어 빗는다는 것이 부끄러운 일이겠으나 자기 취미라는 것이 어려운 일이고 또 남의 눈에도 거슬리지 않아야 할 것이니 그렇게 간단한 이야기는 아니라고 나는 혼자 생각해 보았다.

사실은 남성에 비하여 더 섬세할 것 같은 여성들의 감각이 반대로 우둔한 실례가 많다. 이따금 거리에 나가면 도처에 쌓인 쓰레기보다도 소음과 먼지를 꼭 일부러 그러는 것처럼 휩쓸어 쏟아 놓으면서 질주하는 외국 차보다도 더 눈에 띄고 불쾌

한 것은 여자들의 부자연스런 몸치장이다. 복장도 그러하려니와 특히 머리가 더 그러하다.

이것은 해방 후 음식점과 병행하여 번창한 장안 미장원의 미용사들의 책임이기도 하다. 짧은 다리 짧은 허리와 평면적인 얼굴에 머리만 입체적으로 쌓아 올리고 늘어뜨리니 이것은 사람이 걸어오는 것이 아니라 머리가 걸어오는 것이다. 미용사는 좀 연구하여 남의 나라의 것을 수입하되 이것을 우리나라의 기후풍토에 맞추어 잘 요리하여 솜씨를 낼 것이고 미용사에게 머리를 맡기는 여인들은 미용사의 솜씨를 낸 것으로 각색하여 보다 더 나은 솜씨를 내도록 안목을 길러야 할 것이다.

생각하면 피눈물 나는 민족적 비애 속에서 미장원이란 별세계는 무엇이냐고 외칠 사람도 있겠으나 이것은 명일을 기대할 줄 모르는 얕은 소견이요, 우리는 다소 반성하여 순전히 소비 기관인 미장원은 우선 그 수를 줄여 질의 향상을 도모할 것이고 미장원을 이용하는 여인들은 출입하는 도수를 줄여 각자의 기술로 보충하여 언제나 아름다운 우리나라 여성다운 머리를 가질 수 있도록 미적 교양을 쌓아야 할 것이다.

우리 것을 찾기 위하여 굳이 낭자를 해야 할 필요는 없을 것이나, 간혹 변화를 갖고 싶을 때 낭자를 해 보는 것은 좋은 일이고 하여튼 쪽이든 양발이든 간에 여자는 항상 의복과 아울러 머리를 단정히 해 가지고 있어야 할 것이다. 아침에 일어

나면 먼저 세수하고 머리 빗고 깨끗한 옷을 갈아입고 주방에 들어가는 주부가 몇 사람이나 되는지. 애기를 핑계하고 일어나서 손도 안 씻고 부엌에 들어가 파마한 머리를 작소鵲巢처럼 한 채 출근하는 남편을 보내고 아이를 학교에 보내는 주부는 없는지.

이른 아침 문간에서 배웅하는 아내의 아리따운 모습이 밖에서 종일 남편을 행복하게 할 수도 있는 것이고 엄마의 항상 단정한 모습이 언제나 빨리 엄마 품 안에 돌아가고 싶은 향수를 무의식중에 아이들로 하여금 갖게 할 수도 있을 것이다.

나는 아이들의 희망을 받아 주고 싶어 파마를 다시 했다. 아이들은 좋아하며 하루에도 몇 번씩 와서 만져보고 수 없이 머리핀을 주워다 준다.

남자들이 싫어하고 할머니 할아버지들이 싫어하시는 파마도 우리가 두뇌를 써서 잘 이용하면 미적 안목도 높아질 것이고 생활하는데 능률도 올릴 수 있을 것이다. 우리는 좀 더 우리들의 머리를 거울 앞에서 연구해보자.

계절

마지막으로 앞마당 반이나마 고목이 된 감나무를 베었다. 아주 죽진 않았으니까 조금이라도 감이 열릴 텐데 하고 아이들이 섭섭해하는 것을 나는 눈 딱 감고 서툰 톱질을 하고 도끼질을 해서 패 놓으니, 한 이틀 땔나무로 풍족했다. 이것이 떨어질 때까지는 나무를 들여 줄 테지 믿었으나 역시 허사였다. 이제는 아무리 앞뒤 마당을 돌아보아도 패어 땔 만한 나뭇조각은 보이지 않는다.

노모老母가 안 계시고 어린것들이 없다면 이토록 생활에 무능한 남편에게 반성의 기회를 주기 위해서라도 그대로 냉방을 체험시켜 주고 싶은 생각이 간절하나 아이들은 둘째치고도 노래老來에 타향살이 고생 막심한 노모를 위로할 길이 없다. 외아드님 하나 무사하고 해방된 것 한 가지만으로 족히 모든 것을 체념할 줄 아는 노모는 그런대로 살아가자고 오히려 아드님을 위로하고 초여름 장마 전부터 조금이라도 쌀 때 겨울나무를 준비하자고 아드님을 달랬던 것이었으나 아들은 그런 노모와 공명하는 아내를 멸시해 가로되 "아니 싸면 얼마나 싸담, 남은 당장 끓여 먹을 나무도 없는데 여름에 겨울나무를 준비하다니?"

또는 "남은 한두 되 쌀을 팔 돈도 없는데 말 쌀 파는 것만도 과하지 가마니 쌀을 팔아 날라 몇 달 식량을 준비해? 그저 굶지 않고 사는 것만 요행으로 알아요." 한다.

뒤주에 쌀이 똑 떨어져 하는 수 없이 자루를 들고 나가면 그때는 으레 쌀금이 오른 때다. 이러한 살림에 심신이 시달리는 아내의 도로徒勞를 남편이 모를 리 없겠지만 세상에 대한 울분을 이렇게라도 아내에게 소리쳐 보는 것으로 자위해 보려는 것인지. 그러나 아내의 경우는 실로 답답하기 짝이 없다. 행여나 저녁에 돌아오는 남편의 입에서 오늘은 바깥세상의 반가운 소식을 들을 수 있을까 희망을 가져 보아도 그저 날이면 날마다, 아니 날이 갈수록 더욱더 전달되는 것은 혼탁해 가는 바깥세상의 잡음뿐, 게다가 바깥세상에 대한 남편의 모든 화풀이의 대상은 아내인 것이다. 그러면 남편은 끝끝내 그러한 세상과는 타협하지 않고도 앞으로 가족을 부양해 나갈 자신이 있다는 것일까. 아니면 가족쯤 굶겨 죽이더라도 할 수 없다는 심산일까. 하루에도 몇 번씩 나는 그렇게도 세상과 타협할 줄 모르는 남편을 비웃어 보고 싶은 충동을 느끼는 것이다. 그러나 반성해 보면 나는– 남의 아내이고 남의 어머니 되는– 내 힘으로 내 아이들을 길러낼 아무런 실력도 없는, 오직 남편에게 기생하는 생활 무능력자다. 내가 아무리 남편에게 새로운 세대를 선언하고 자유와 동권을 주장해 본다 해도 실제로 나의 두뇌적인 실

력, 경제적인 실력이 대변代辯하지 못한다면 나는 남편의 큰소리에 대항할 도리가 없지 아니한가.

　오늘도 나무는 안 들어온다. 옥동같이 추운 날씨다. 곧 학교 간 아이들이 손을 호호 불고 돌아올 테지. 골방 가득히 찬 그림 틀들을 부수면 한 주일 나무는 넉넉하리라. 나는 남편의 쇠를 꺼내어서 골방문을 열어젖혔다.

　그러나 아아, 유화 냄새가 먼저 폐부를 찌른다. 몇몇 해를 두고 골방 신세만 지고 있는 그림들- 무시로 쥐란 놈이 쏠까 보아, 장마가 지면 곰팡이 슬까 보아 계절마다 거풍하고 먼지 털고 갖은 나의 정성을 기울여 아끼고 간직해 온 나의 사랑하는 남편의 작품들- 언제고 좋은 세상이 오면 이것들이 움직일 수 있는 남편의 좋은 앞날을 나는 얼마나 기다렸던가 모른다. 그러나 나는 지금 이것들을 한 주일 나무로 바꾸려 한다.

　그러나 이것은 분명히 남편에게 미안한 일은 아니리라. 골방이 텅 비어서 남편은 오히려 가벼운 심사로 그의 새로운 일을 시작할 수 있을 것이요, 또 나는 남편의 짐을 간직하는 책임에서 해방됨으로써 나의 새로운 앞날을 시작할 수 있을 것이다.

창가에서 보는 달

-양화가洋畫家 김환기씨 부인

    우리 가정의 가을은 남편의 아뜰리에에서 우선 느끼게 됩니다. 아뜰리에를 정리할 때 코를 찌르든 그 냄새가 옅어지는 것이 가을의 첫 촉감입니다. 가을의 풍물 중에서 가장 사랑하는 것은 벌레 소리와 달입니다. 풀 속에서 맘껏 노래 부르다가 일제히 약속이나 한 듯이 뚝 끝인 뒤의 그 정적을 몹시도 좋아합니다. 창가에 기대앉아 달을 바라보며 화단의 벌레 소리를 듣기에 정전停電의 불편도 잊어버리는 것이 가을이 가져다주는 고마움입니다.

사라진 것들

-수첩에 대한 기억

언제부터 갖기 시작했는지 기억이 분명치는 않으나 나는 어려서부터 수첩을 좋아해서 지금까지 30여 년을 살아오는 동안에 실로 무수한 수첩을 애용해 왔다.

1년에 하나를 꾸준히 써본 때도 있었고 1년에 대여섯을 쓰다 말고 버린 때도 있었지만, 하여튼 새 수첩을 장만하는 재미란, 또 아름다운 수첩을 선사 받는 기쁨이란 어른이 되어 나이를 먹어 가도 더욱더 절실한 맛이 늘어만 갈 뿐이다.

어떤 시기에는 새로 장만한 아름다운 수첩을 쓰기가 아까워 그대로 두고 보기만 한 공백의 생활도 있었으나, 그때에도 한 해가 다 가서 기록이 없는 껍데기뿐인 수첩을 발견했을 때는 그 해의 나의 정신생활의 마이너스가 그대로 증명되어 반성의 좋은 기회가 될 수도 있었다. 부자유한 생활에 얽매여 살 때는 촌가寸暇를 타서 수첩을 만지는 시간이 더할 수 없이 소중하고 또 즐거운 것이었다. 그런 때일수록 새해를 맞이해서 지난해의 낡은 수첩을 뒤져 볼 때 거기서 자신의 굴욕, 혹은 인종의 세월을 느끼고 투쟁과 항거의 의지로 굳어지게 되고, 또한 반성

에서 오는 지향에 대한 노력의 결의도 발견되는 것이었다.

수첩이 내 인생의 반려처럼 느껴질 때가 많았다. 어디다 대고 호소할 수 없는 마음을 풀 수 있어 그러했고, 허위도 허식도 비밀도 있을 수 없이 자유로웠기 때문이다. 내가 죽는 날 나의 일생의 역사를 이룰 수 있는 그러한 귀중한 나의 수첩들이, 자유로울 수 없는 날을 만나 땅 속에 파묻히지도 못하고 그대로 화재를 당해 버렸다. 이 무섭던 날을 계기로 나의 수첩들은 사라지고 수첩의 기억만이 남았다.

그 후 어찌어찌하여 생명을 건지게 되고 생활이 다시 연속되어 나는 다시 수첩을 장만하지 않으면 안 되었는데 웬일일까, 이번에는 나라는 단수單數가 없어지고 우리의 수첩이라는 공유의 것이 부지불식간에 이루어지고 말았다. 나만의 고독이라든가 나만의 비밀이라든가 하는 인간의 허영이 전란과 더불어 사라진 것일까.

우리의 수첩은 두 종류의 다른 필적으로 나날이 부피를 더해갔다. 가계부를 겸한 수첩에 숫자의 비밀을 둘 필요가 없어져서 우선 나는 편했다. 이러한 어느 날 나는 뜻밖의 것을 발견하였다. 내가 모르는 사이에 사라진 수첩의 기억들이 옮겨져 온 것이다.

조선백자, 귀뎅이, 고려 접시, 송자술병 외 열점 - 그는 필시 무심코 수첩을 펴들고 있는 동안 이러한 기억들이 떠올라 그대

로 기록하였을 뿐이리라. 그러나 이것은 분명히 사라진 내 수첩의 기억이었고 내 손으로 직접 갖다 없앤 거나 다름없고 나의 실수라고도 할, 내가 저지른 사건과 관련되는 것이었기 때문에 나는 가슴이 뭉클하였고, 동시에 그것들의 환상이 또렷 또렷이 떠올라 보일 듯 보일 듯하면서도 잡히지 않는 꿈속과도 같은 안타까움을 어찌할 도리가 없었다.

세상에는 참 무서운 사람도 있었다. 결국은 돈을 가진 사람은 무섭다는 결론도 될 수 있으나 이것은 나중에 깨달은 진리요, 나는 그때 궁해서 애완지물愛玩之物을 팔려 하는데 돈을 많이 가졌다는 사람은 값을 잃느니보다는 내 빚을 드리리다 하니 고맙지 않을 수 없었다. 나는 그의 요구대로 물건을 담보로 주고 빚을 얻어 썼던 것인데 그 물건들은 송두리째 없어지고 말았다.

서울이 온통 불바다로 변할 때 나는 그 위험을 무릅쓰고 그 집을 찾아갔다. 우리 집이 안전할 것 같으니 소개시켜 놓자는 의논을 했으나 물건의 소유권 문제보다 오직 물건을 살리자는 나의 심정은 통하지 않아 그대로 돌아오고 말았다.

그 며칠 후 거리에 정적이 다시 돌아왔을 때 나는 그 집이 있던 일대가 폐허가 된 것을 발견하고 종일토록 폐허를 더듬었으나 그것들의 흔적은 물론 없었다. 그 귀한 것들은 이래서 없어지고 말았다. 그러나 이미 잃어버린 것은 얼른 단념해 버리

는 것이 영리한 일이겠기에 나는 되도록이면 생각하지 않으려고 노력하였다. 그것이 뜻밖에도 사라진 수첩에서 다시 우리의 수첩에 옮겨져 있는 것은- 나는 그렇게 생각하는 동안에 문득한 가지 생각이 떠올랐다. 그 사람이 자기의 생명을 아낄 줄 알고 있었으면 응당 그 물건들의 생명을 아낄 줄 알았을 것이라는 생각이다. 어쩌면 내가 소개시키자고 하기 이전에 벌써 안전한 곳에 소개시켜 두었을지도 모를 일이다. 아니, 분명히 그랬을 것이다. 이렇게 생각하기 시작하니까 자연 그렇게 믿어지고 만다. 필연코 그도 이와 같이 느꼈기 때문에 우리의 수첩에 다옮겼을 것이다.

그러나 무수히 사라진 것 중에서 오직 그것들만이 살아 있었다고 해서 나는 내 오라버니와 동생과 조카들과 또 사라진 모든 나의 혈족들과 바꿀 수는 없는 일이다.

물

　　양철통들이 서로 부딪치는 소리와 여편네들의 아우성에 섞여 남자들의 굵은 소리가 무어라고 고함고함 지르는 것을 어렴풋이 귓가에 들으면서도 또 물이 나는 그거로구나 하는 의식과는 반대로 종일 피로한 심신을 엄습하여 오는 수면 속으로 자꾸만 잦아들었다.

　　봄내 여름내 수도가 안 나와서 숫제 식수 구걸을 하다시피 그렇게도 물 고생하던 일을 생각하면 밤중에라도 물 나오는 것만이 다행한 일이기는 하다. 웬일인지 이 달포째 들면서는 제법 거르지 않고 사흘 걸러 수돗물이 나오는데 꼭 한밤중 사람들이, 주로 부인네들이 단잠을 자다 말고 일어나서 물을 받아야만 하게 되었다. 처음에는 물 나오는 것만이 다행해서 자다 말고라도 일어나서 신이 나 물을 받고 빨래까지도 해냈다. 피난살이에 저마다 기구가 넉넉지 않으니 물 나올 적에 빨래를 하지 않으면 받아논 물로서 빨래까지 하기에는 수량이 부족되었다. 그러나 한 번 두 번 서너 번째까지는 견디어 냈으나 거의 한 달을 계속해서 사흘 걸러 밤에 잠을 못 자고 나니 건강에 지장이 생기고 말았다. 이렇게 되고 보니 절대 불가결의 물이기는 하나 한

밤중에 쏟아지는 물이란 꼭 원수 같이만 여겨지는 것이다.

가족들을 위하여 내일을 위하여 일어나야만 하겠는데 이대로 꿀맛 같은 단잠을 푹 자고 나면 살이 찔 것만 같다. 저 여편네들의 아우성에 섞여 남자들의 굵은 목소리는 무엇일고! 차츰 의식이 또렷하여지면서 들리는 소리를 귀담아보니 남자들의 굵은 목소리란 조용히 물을 받지 않으니 시끄러워서 잠을 못 자겠노라고, 아우성치며 아귀다툼하는 여편네들을 꾸짖는 소리였다.

그 소리를 들으며 나는 이상한 생각이 들었다. 만일에 이것이 어떤 문화민족의 경우였다면 전화戰禍로 인하여 이렇게 몰리게 되는 경우에는 무엇보다도 먼저 급수 시설을 임기응변으로라도 마련했을 것이요, 우리의 경우라면 시 당국은 부산에서 제1착의 임무는 무수한 우물을 파는 일이었어야 옳았을 것이다. 3년을 접어드는데도 물 사정은 3년 전 그대로다.

남자들은 허구헌날 여편네들의 물 타령 물 싸움에 진절머리들도 났으리라만 여편네들은 허구헌날 생활에 지치고 그 위에 물 난리에 시달리지 않았던가. 행길[한길] 바닥 계량기 물은 속에서 나오는 물을 받을 적에는 한 방울씩 고이는 물을 기다려 받기 위해서 추운 겨울날 기나긴 밤을 덜덜 떨면서 길바닥에서 날을 밝히는 일도 있었다. 그러나 일찍이 어느 민의원 출마 연설에도 이 여성들의 물고생을 해결해 주겠다는 갸륵한 대목

은 없었다.

　왜 하필 밤중에 물이 나올까. 밤이 아니면 급수하지 못하는 특수한 사정이라도 있는 것일까. 그렇다면 그에 대한 어떠한 대책은 없을 것인가. 이리저리 자리 속에서 뒤치다가 마지못해 일어나고야 말았다. 이날 밤도 나는 물을 받고 빨래를 하고 거의 날이 밝으려 할 무렵에야 자리에 다시 들 수 있었다.

　혼곤한 꿈속에서 역시 물 싸움의 광경이 계속되고 있었다. 악머구리 끓듯 여편네들이 물통을 이고 서로 부딪치며 악을 악을 쓰며 아우성치는 속에서 군데군데 기둥만 한 물줄기들이 어디선지 뻗기 시작하였다. 꿈속에서도 꼭 지옥의 광경 같구나 하는 것을 의식했는데 삽시간에 그 굵다란 물줄기들은 말할 수 없이 거대한 집채만 한 기둥으로 변하였다. 거기는 하늘 같기도 하고 그 거대한 물줄기들은 구름 같기도 하였다. 하늘은 새파란 하늘이 아니라 먹장구름의 번개 천둥하는 무서운 하늘이었다. 그 아래 저 몇십 길 아래 지옥 속에서는 여전히 물 싸움하는 여편네들의 아우성이 들려온다. 물줄기는 점점 더 팽팽하여지면서 부풀어 오르더니 그만 시야를 가려버린다. 거기는 이미 아무것도 보이지 않고 시각으로는 보이지 않는 감각으로만 느껴지는 물의 세계가 있을 뿐이었다. 그 혼몽昏懜 속에서도 나는 또 꼭 '노아의 홍수' 같구나 하는 것을 느끼는 것이다.

나는 방주方舟에 오른 것도 아닌데 숨도 막히지 않고 몸도 젖지 않고 물 위에 떠 있는 것이다. 내 몸이 물고기로 화한 것일까 하는 의심이 든다. 그러나 이미 시각의 세계가 없고 그저 물의 세계가 감각으로 느껴질 뿐이다. 나는 눈을 감고 있는 것인가 본데 주위가 차츰 환해지는 것이 느껴진다. 물 위에 떠 있던 나는 10첩방疊房 한가운데 홀로 누워 정오 햇살을 눈 부시게 받으며 도로 다시 사바세계에서 눈을 떴다. 가족들은 다 나가버리고 아무도 없다. 방에 널어놓은 빨래들이 어느새 바싹 말라 버렸다. 나는 빨래에 풀을 하기 위해서 풍로에 불을 이뤄야겠다고 생각하며 일어나 머리맡에 아이들이 차려놓고 간 밥상을 받으며 그렇게도 흐뭇이 젖었던 꿈속의 문의 세계를 오래도록 생각했다. 홍수라도 좋으니 정말로 이 세상에 그런 물 세계가 한 번 이루어져 봤으면! 그리하여 온갖 땅 위의 오물을 깨끗이 씻어가버렸으면 하는 꿈도 아니오. 현실도 아닌 생각을 해보는 것이었다.

월하의 마음

　나는 여성보다는 남성이 좋다. 남성도 중년 신사보다는 청년이 좋다.

　그러저러한 볼 일로 내가 허물없이 드나드는 어느 다방에 최근 웬일인지 난데없는 노년 손들이 들끓기 시작해서 나는 그 다방의 커피 맛이 싫지 않으나 어쩐지 오래 앉아 있기가 싫어져서 볼일만 끝마치면 얼른 일어나서 나오곤 한다.

　가다가 낯선 다방의 문을 열고 들어섰을 때 거기 하나 가득 청년 장정들이 어깨를 버티고 늘어앉아 담소하고 있는 것을 볼 때가 있다. 그런 때 나는 나도 모르게 가슴이 후끈해지고 미소가 절로 부풀어 오르며 무엇엔지 나도 모르나 어떤 자신이 만만해지는 것을 느끼는 것이다. 그래서 나는 안심하고 다방 문을 도로 닫고 되돌아 나올 때가 있다. 그런 날 나는 퍽 유쾌하다.

　설혹 그들의 담소가 유치하고 가다가는 지나치게 건방진 때가 있다손 치더라도 그것은 조금도 탓할 바 없는 무관한 일이다. 정의와 용맹과 이상에 불타는 그들의 젊음은 오늘날 비록 그들의 조국이 낡고 병들었어도 내일 다시 그 위에 새로운 조

국을 세울 수 있는 건전한 반석임에 틀림없기 때문이다.

나는 누구보다도 청년을 사랑하고 아낀다. 이렇게 오늘 느끼는 나는 어려서 몹시도 노년을 부러워했다. 조모의 백발과 이마의 주름살이 어찌도 그리 신기하였으랴. 거울을 들여다보고 이마에 주름을 잡아 보려고 아무리 애를 써봐도 성공하지 못하던 유년 시절의 기억이 엊그제 같은데 나는 오늘 부산살이 3년에 이마에 무수한 잔주름을 발견하고 놀란다. 갑자기 세월들이 와 부딪치는 소리에 초조하다. 지금은 분명히 노년이 아니고 청년이 부러운 것이다. 정의보다는 타협이 앞서고 용맹은 안일을 먼저 꾀하고 이상은 달관을 주장하려 드는 이러한 자신이 나는 아직도 싫다. 그러나 이러한 허세가 끝나는 날이 왔다. 방을 빌려야겠는데 과년한 딸이 있어 새댁을 들일 수 없다고 거부를 당하였다.

나는 내가 이미 새댁이 아니라 사위를 볼 수 있는 연령에 가까운 딸들이 있다는 것을 역설하다 문득 나는 나의 모든 허세가 절로 허물어지면서 순수로 돌아가는 자신을 느끼며 미소로웠다.

나는 이미 감미로운 새댁은 아니다. 내 앞에는 무수한 딸들과 무수한 사위들이 있다. 그들은 또한 청년들이다. 나는 그들을 아끼고 사랑하는 데 자신이 있다. 동시에 내 자신의 인생에도 자신이 있는 것이다. 나는 이제 아무런 경우를 당해도 당황

하지 않는다. 이것은 타협이 아니라 자신이다. 세월이란 아무렇게 마쳐도 들어맞는 것, 들어맞게 마련된 것이 인생이요, 자연이요, 또한 순수인 것이다.

애기가 어버이를 잃고도 자란다. 지어미가 지아비를 잃고도 산다. 사랑하는 아들을 죽이고도 어머니는 오래 산다. 서울 기후가 부산에 와서도 썩 잘 들어맞는다.

우리 집 주인 진주댁은 내가 새댁이 아닌 것을 인정한 후 남향 따뜻한 6첩방疊房을 빌려주었다.

한월寒月이 영창으로 하나 가득 비치는 밤, 나는 누가 내게 일러 준 것도 아닌데 고향이란 다른 게 아니라 가족이 있는 곳이라고 누가 은근히 들려준 듯도 싶은 그런 생각에 공명하면서 내일 아침 거울에 또 하나 주름살이 는다 하여도 싫지 않을 것 같고 어려서 본 조모의 백발이 내 머리에 왔을 때의 심경은 부처佛의 미소와도 통하지 않을까 그러한 생각도 하여 보는 것이다.

봄

엊그제는 분명히 서울 추위 못지않게 악착스레 추웠는데 오늘 거리에 나오니 갑자기 두루마기 무게가 가슴에 와 누른다. 벗어 버리면 날을 듯이 시원할 것만 같으나 산뜻한 봄 차림이 못 될 바에야 벗어 버린들 날 것 같지도 못할 것이니 어깨가 눌려도 견디기로 한다. 이번에는 치맛자락이 발목에 와 휘감긴다. 그리고는 고무신 바닥이 끈적끈적 땅에 붙어 디딘 땅을 되딛고 되딛고 당초에 발걸음이 앞으로 나가지를 않는다. 콧등과 등허리 화끈 땀이 솟는다. 좁은 부산 거리의 필시는 몇 미터밖에 안 되는 목적지련만 오늘은 천 리 길처럼 멀기만 하고 팔다리가 느른해지며 온몸이 노곤한 것이 어디고 그대로 푹신 주저앉아 버리고만 싶다.

청계천이 아닌 시궁창 도랑을 끼고 얼마를 내려오다 머무르니 불시에 사방에서 퀴퀴한 내음이 끼친다. 무더기 쌓여진 쓰레기에서는 금시에라도 발효될 듯 부걱부걱하는 기운이 감돌고 도랑물에서는 벌써 증기가 서리는 것 같기도 하고 한길이나 하늘이 내려앉은 듯 답답한 대기 속에서 나는 그만 가슴이 콱 막혀버리는 듯하였다.

이때였다. 나는 도랑 건너 길 언덕바지에서 서성거리는 기이한 것을 발견했다. 가슴에다 커다란 흰 조화를 꽂고 제법 후리한 키에다가 연미복을 입고 아무리 보아도 그는 식장에서 갓 퇴장한 신랑임에 틀림없었다. 그런데 웬일일까? 예복을 입은 신랑이 길 아래 개천에 내려서 있는 것은. 자동차가 좁은 개천 가를 달리다가 떨어진 것일까? 그러나 사고로 인정하기에는 주위가 너무나 아무 일도 없었던 것처럼 조용했다. 그러면 내가 무슨 시각에 착각을 일으킨 것일까. 그러나 아무리 자세히 살펴보아도 그가 가슴에 흰 꽃을 달고 예복을 입은 신랑인 것만은 틀림없는 사실이었다. 그런데 이 주위의 사람들은 왜 이렇게도 저 신랑에게 냉정하고 무관심한 것일까. 이상도 하다!

그러는데 바로 내 등 뒤를 지나치는 웃음 섞인 청년들의 말소리가 내 이완된 신경을 툭 건드리고 지나간다.

"야! 그 친구 수지맞았는데! 새집 짓구 장가 들구!"

아… 나는 그제서야 보았다. 도랑 건너 길 언덕바지로 새 판잣집이 나란히 세 개 세워져 있지 않은가.

그렇다. 신랑은 분명히 그중 하나의 판잣집 주인이었다. 오늘 아침 장가를 들었나 보다. 예식을 마치고 피로연도 끝나고 집에 돌아왔는데 친가에 들린 신부가 돌아오기까지 판잣집일망정 집 안을 깨끗이 치워 놓자고 판잣집을 들락날락하고 있는 것이다. 이 부근 이웃들이야 오늘 이 신랑이 장가든 것쯤 이미

알고 있었을 것이요, 신부가 왔다면 또 몰라도 늘 보던 신랑쯤 예복을 입었다기로서니 신기로울 것이 하나도 없는 것이다. 아니 예복이라는 것도 가슴에 단 조화로 말미암아 내 시각이 원거리에서 착각을 일으킨 것이지 실은 장가 든다고 한 벌 새로 장만한, 어쩌면 고물일지도 모르는 신사복에 지나지 않을 것이다. 그가 무의식중 가슴의 조화를 떼지 않았을 뿐이다.

나는 미소와 함께 안심하고 아까보다는 훨씬 가벼운 걸음걸이로 발을 옮기기 시작하였다. 길 아래 판잣집의 풍경이며 가슴에 흰 꽃을 달고 서성거리는 오늘의 신랑의 모습에서 더 한층 부산의 봄을 느끼면서 어떻게 이 봄에는 서울이나 가게 되었으면 하고 막연히 희망도 갖아보는 것이다.

춘하추동 사계가 다 그러하지만, 서울은 계절의 매듭이 분명한데 한층 더 봄은 예민하다. 벌써 동지만 지나면 아무리 춥다 해도 완연히 봄인 것이다. 그것은 해마다 동짓날 새벽에 죽을 쑤면서 느끼는 계절의 감각이다. 그 전날 천하 없이 춥다가도 이른 새벽 동지죽을 쑤어 가지고 앞뒤 마당에 뿌리고 날 때는 대지에서 발동하는 봄의 기운이 찰나 안개처럼 서리고 지나가는 것을 틀림없이 감각하는 것이다. 참 동지죽도 쑤어 본 지 오래되었다.

다음으로 계절에 예민한 것은 서울 반찬 가게다. 냉이, 달래,

씀바귀, 물쑥, 소루쟁이, 모시조개, 이런 것들이 찬가게 한 모퉁이에서 봄을 풍기기 시작하면 그만 서울의 봄은 미풍을 싣고 와 버린다. 그리하여 먼 산에 아지랑이 끼고 나뭇가지에 파릇파릇 새싹이 돋아 잔디가 푸르르기 시작하면 진달래 개나리 뒤이어 피고 버드나무 연둣빛을 물들이고 복숭아꽃, 살구꽃 만발한 중 노랑나비, 흰나비 넘나드는 서울의 봄의 향연이 시작되는 것이다.

이렇듯 아름다운 서울의 봄과는 너무나 거리가 먼 부산의 봄은 그저 노곤하고 가슴 답답하고 피로하기만 하다. 뿐만이 아니라 오늘 이렇게 갑자기 봄이 왔다가도 내일 느닷없이 바닷바람이 휘몰아 올는지도 모르는 이 고장 천후天候이다.

소반

　서울 가 살기로 정하고 나니 이번엔 가족을 거느리고 이사 갈 일이 큰일이었다. 떠나올 때처럼 모든 것을 다 버리고 알몸으로만 갈 수는 없는 처지라 짐 부스러기를 추리는 판인데 뜻밖에 귀한 선물이 들어왔다. 그것은 통영 사는 분이 손수 만들어 보낸 통영 소반이었다. 필수품만을 되도록 간단하게 추려서 꾸리는 판인데, 이 소반을 들고 갈 일은 다소 짐스럽지 않을 수 없었다. 그러나 만들어 보낸 분의 성의를 생각해서라도 우리는 이 선물을 가지고 가지 않을 수 없었다. 아이들보고 이 소반을 맡을 테냐고 하면 으레 서로 밀고 안 맡으려 들 것이 뻔한지라 나는 꾀를 내어 서울 가면 당장 아쉽지만 귀찮으니 그만 누구 주어 버리고 가자고 해봤다. 아이들은 내 예측대로 우리가 가지고 가서 요긴하게 쓰지 왜 남을 주느냐고 서로들 맡겠다고 야단이다. 그러면 됐다, 네가 맡아라 하고 나는 큰아이에게 서울까지 들고 가는 책임을 맡기고 다시 소반을 잘 싸서 한편에 얹어 놓았다.

　옛말에 짐 싸놓고 몇 해라더니 우리야말로 정말 이일 저일이 가로막아 보따리를 싸놓은 채 몇 삭朔을 살아오는데, 하루는 저물게 들어오니까 뜻밖에 아이들이 싸둔 상을 끌러 깨끗

이 밥상을 차려놓았다.

　대수롭지 않은 일이건만 새 상을 받고 앉으니 다시 감개가 무량했다. 피난 온 이후 내 집에서 제법 소반을 받고 앉기란 처음이 아니었던가. 몇 해를 두고 우리는 방바닥이 아니면 판때기, 기껏해야 궤짝 위에다 양재기 나부랭이를 늘어놓고 밥을 먹어 왔다.

　이번에는 양재기 그릇들이 상에 어울리지 않아 눈에 거슬렸다. 반상기까지는 못 바래도 막사기 그릇 정도라도 올려놓고 싶었다.

　한때는 고기古器에 미쳐 식기를 모조리 고기로 바꾼 때가 있었지만, 그때는 그릇을 깰까 봐서 몹시도 신경을 써가며 조심조심 그것들을 다루던 기억이 새로운데 지금 생각하니 그 생활들이 결코 무의미한 것이 아니었다. 우리의 고전과 전통을 몸소 익혔던 것은 지금의 나에게는 몸에 금은보패金銀寶貝를 지닌 것보다 오히려 보배롭다.

　고기는 둘째치고도 오늘 상 이야기가 났으니 말이지 우리나라 소반은 세계 어느 나라에서도 그 유례를 볼 수 없는 독특한 것이다.

　모양에 있어 그렇고 종류에 있어 그렇고, 또 그 소반을 다루는 솜씨에 있어서 독특한 민족성이 있다. 판이나 다리의 모양에서 오는 개다리소반이니 호虎반이니 도리상이니 하는 칭호가 있고 그 칭호에 따라 조반상이 되고, 점심상이 되고, 술

상이 되고 각기 용도가 다른데 호반이란 상다리 모양이 범虎의 다리와 같아 남자의 소반이 되었고 개犬 다리 모양을 한 개다리 소반은 하인들의 소반이 되었던 것처럼, 또 받는 사람의 신분까지도 구별되었던 것이다.

우리 문화재의 일부분인 우수한 목공예품 중의 하나가 소반인데 지금 그 유전해 온 형형색색의 소반을 보면 우리 조상들의 사치스럽던 생활이 그대로 느껴진다. 그 전통을 받아 우리는 얼마 전까지도 만주로 이민 가는 열차 간에도 바가지와 같이 개다리소반, 호반 들을 매달았던 것이고, 소위 행랑살이 이삿짐에도 소반은 반드시 따랐던 것이다. 그토록 우리네 살림살이에 중요시되어 오던 소반을 잊어버리고 살았다는 것은 지금 우리 생활의 비참함이 얼마나 극에 달했는가를 보여 주는 실증이 되는 것이다.

누가 말하기를 민예품民藝品은 만드는 사람과 쓰는 사람의 합작으로 이루어진다고 했다. 즉 만드는 사람은 하나의 기술공이요, 쓰는 사람의 손에서 비로소 하나의 예술품으로 완성되어가는 것이라고 했다.

아침저녁으로 소반을 행주로 닦아 쓰는 동안에 더러는 모난 곳이 닳아지기도 하면서 손때가 묻어지며 윤이 나서 아름답게 길이 드는 것이다.

빨간 칠을 먹인 내사內賜 상, 양각陽刻으로 무늬가 놓인 도리상, 고전 자개를 박은 교자상, 이러한 10여 종의 아름다운 소반

을 모았었다. 그것들을 발견한 곳은 골동상骨董商 진열장이 아니었다. 그들은 대개가 골동상 광 구석에서 먼지가 켜켜로 쌓인 채 학대받고 있었다.

나는 그것들을 내 집에 가져다가 먼지를 털어 깨끗이 닦아 호두기름을 발라서 매일같이 마른 행주질을 하여 윤을 내었다. 밥상으로는 물론이요, 술상으로 다과반茶菓盤으로 번갈아 내 손때를 묻혔다.

서울을 떠나기 전 나는 오랜 세월을 두고 애완해 오던 우리 소반들을 찬마루 선반 위에 가지런히 올려놓고 찬마루 방에 자물쇠를 채워 놓고 나왔던 것인데 올려놨던 소반들은 물론이요, 선반까지도 깨끗이 떼어 가버렸다. 내 지금 무엇에 다시 미련을 가지리오마는 오랜만에 아직 채 칠이 가시지 않은 통영 소반에 밥상을 받고 앉으니, 불현듯 그 아름다운 소반들의 모습이 떠오르는 것이다. 언제 따로이 일러준 것도 아니건마는 아이들은 어느새 마른행주를 만들어서 열심히 닦아 길을 들이기 시작하는 것이다. 무엇을 올려놓으면 긁힌다는 둥 모로 세워놔서는 안 된다는 등 제법 잔소리가 많다.

나는 아이들의 지껄임을 귓결에 들으면서 좋은 세상이 오면 다른 일은 못 해도 우리 소반을 이번에는 좀 더 본격적으로 모아 봐야겠다고 마음먹어 보는 것인데 전화戰禍로 말미암아 그 아까운 것들이 거의 다 없어졌으려니 생각하면 다시 가슴이 아파진다.

곡마단

봄도 가고 신록이 우거지니 흙 마당이 그립다. 안 부엌을 통해 나가는데 서너 평 명색이 뒷마당이라는 게 있어 우리는 갑갑하면 곧잘 이리로 바람 쐬러 나온다.

여기 나오면 하늘을 바라볼 수 있는 것은 물론이거니와 이 건너 저 건너 산등성이에 다닥다닥 가지각색으로 이어진 하꼬방[판잣집]의 전망이 재미날뿐더러 그보다도 또 판자 구멍으로 내다보는 한 3백 평 남짓 되는 운동장- 우리는 그저 운동장이라고 이 공지空地를 불러왔다- 풍경이 또한 심상치 않은 것이다.

들으면 모某 은행의 소유라는 이 광장에는 겨우내 장작이 쌓여 있었다. 여기다 하꼬방을 지으면 적어도 피난민 30여 세대는 주택난住宅難을 면할 수 있을 것인데 소유 측은 단 열 평도 분매分賣하지 않는단다. 그래서 우리는 그림의 떡 마냥 눈요기나 하던 운동장인데 겨울이 가는 동안 장작이 깨끗이 치워지면서는 동리의 공지가 동네 아이들의 놀이터요 학생들의 운동장이 됨은 물론이요 지나가던 엿장수도 와서 쉬고, 강냉이 장수도 오고, 요지경 수레가 와서 한몫을 잘 보고 가는가 하면 싸움패들이 몰려와 싸움을 벌이기도 하더니 요 얼마 전부터는

유치원이 와서 한몫을 보기 시작했다.

이 유치원의 율동 시간은 꽤 볼 만했다. 우리는 아이들을 가르치는 여선생의 유희를 더 많이 즐겼다. "나리나리 개나리……병아리 떼 종종종……." 아이들의 합창이 들려오면 우리 집 판자 구덩에서 뿐이 아니고 아기 업은 할머니들을 위시해서 이 동네 아이 어른 할 것 없이 운동회 때처럼 몰려들었다.

국민학교 체조 시간이 올 땐 핏대를 올려 고래고래 고함 지르는 남선생의 호령이 시끄럽기만 했는데 여선생의 율동 시간은 호각 하나로 조용하면서도 리드미컬하게 곧잘 아이들이 선생의 온갖 몸짓을 그대로 흉내 낸다. 여선생이 아이들을 다루는 솜씨가 훨씬 능란한 것이다.

우리 식구는 일요일과 비 오는 날을 빼놓고는 아침을 먹고 나면 으레 이 판자 구멍으로들 몰렸다. 그런데 하루아침에 난데없이 상이군인들이 기다란 장대들을 두어 트럭 싣고 달려들어 가마니와 포대와 텐트를 쏟아 놓기 분주했다. 어느새 알고 동네 아이들은 '싸카스'(우리는 이렇게 발음해야 실감이 난다)가 온다고 했다. 정말로 이튿날 아침에는 근사한 서커스 천막이 세워졌다. 그리고 천막 안에서는 뿜빠뿜빠 쿵쿵 쿵다쿵 장단이 시작되고 확성기에서는 아리랑을 위시해서 갖가지 유행가가 흘러나오기 시작한다.

동네에는 '대춘향전大春香傳'의 포스터가 쫙 붙었다. 우리는

시끄럽다는 관념을 잊어버리면 이번엔 뒷마당까지 고무신짝을 끌지 않아도 방안에 누워 '대춘향전'을 즐길 수 있었다. 눈을 감으면 무대 위에 벌어지는 온갖 장면이 그대로 느껴진다. 쉴 새 없이 파도처럼 일어나는 폭소에도 절로 호흡이 따른다.

'서커스' 하면 유년 시절의 향수가 있다. 지금은 폐허가 된 서울에서 계절 따라 서커스가 오면 우리 형제들은 곧잘 어머니와 같이 아버지를 따라 구경을 갔다. 이쁜 소녀가 남장男裝하고 줄을 타고 줄 위에서 자전거를 타고, 그 아슬아슬한 재주를 부리면 손에 땀이 쥐어지면서도 재미났고, 서커스의 소녀는 가련하면서도 동경이 갔다.

나는 커가면서도 가끔 이 서커스 구경을 즐겼다. 어려서처럼 심각한 맛은 없어졌고 다소 싱겁지만 심심치는 않을 정도로 역시 서커스는 재미난다.

사람이 나이를 먹으면 다시 동심童心으로 돌아간다지만, 아직 그런 나이를 먹은 것도 아닐 텐데 자꾸만 동심이 그리워진다. 동심이란 순수한 마음일는지도 모른다. 어렵고 복잡한 것을 생각하고 싶지가 않다. 마음껏 웃을 일이나 있으면 좋겠다. 저 서커스 구경을 가야겠다. 가짜 없는 진짜 서커스를 구경했으면 좋겠다. 정말 말이나 약대나 코끼리를 타고 길들인 맹수猛獸들을 거느리고 울긋불긋 깃발을 날리며 거기 어디 산마루에 여장旅裝을 푸는 곡마단을 보고 싶다.

고향의 하늘가
-대학을 졸업한 젊은 학사에게

요한 군!

진심으로 사과를 드리오. 총망 중에 지내다가 깜빡 어제 25일 군의 졸업식을 잊고 말았소.

오늘 아침나절 총총히 의대 앞을 지나다가 문득 몰려나오는 학생군^{學生群}을 보았을 때 생각이 났소. 군에게 미안하다는 감정이 아니라 내 가슴이 그대로 찌르르 아프오. 무엇을 하느라고 어제오늘 정신없이 지냈는지 나 자신에게 버럭 화가 났소.

물론 군과 약속했던 것은 아니었소. 그러나 우리는(군이 아저씨라고 부르고 누나라고 부르는 우리 내외는) 진작부터 별일이 있어도 군의 졸업식에 참석할 것을 약속했던 것이오.

군이야말로 만인의 축하를 받을 만한 형설의 공을 이룬 것이오. 군의 그 눈물겨운 노력의 과정을 우리는 누구보다도 잘 알기 때문이오. 그래서 우리는 일찍이 실행해 보지 않았던 축하의 기념품을 만들 것까지 약속했던 것이오. 군에게 절실히 필요한 실용품일 수 있는 만년필을 택했던 것이오. 그러나 우리는 선물도 마련하지 못한 채 군의 졸업식을 지나쳐 버렸소.

고향의 누나가 알면 몹시도 나를 책망하리다.

군의 누나를 생각하면 까마득한 옛날 같소.

누나를 마지막 만난 것은 8·15 해방이 되기 직전이었던가 보오. 소위 몸뻬를 입고 일본 부인들처럼 아기를 들쳐업고 학생 때 신던 농구화를 신고 성북동 우리 집에 찾아왔던 누나의 모습이 지금 눈에 선히 떠오르오. 그때 마침 우리 집엔 제사祭祀가 있어 안팎에 손님이 들끓어 차분히 이야기도 나누지 못하고 겨우 하룻밤을 같이 자고는 헤어지고 말았소. 누나는 떠나면서 동무도 없이 외따로 사니 적적해서 못 견디겠노라고 곧 서울로 이사오마고, 별일이 있어도 꼭 서울로 이사오겠다고 몇 번이나 되풀이하고 갔소.

그러던 누나는 오지 못한 채 38선이 막혀버리고, 8·15 이듬해 뜻밖에도 군이 단신으로 누나의 편지 한 장을 들고 찾아왔었소.

평소에도 긴 편지를 쓰지 않던 누나는 수천 리 길을 떠나보내는 군에게 쥐어 주는 편지에도 단 한 마디를 썼을 뿐이었소.

"요한이가 공부하겠다고 맨손으로 언니를 찾아갑니다."

우리는 그 편지를 기념품처럼 아껴 두었는데 전화戰禍에 잃고 말았소.

누나의 기대와는 너무나 어그러지게 우리는 군에게 아무런

도움도 못 되었소. 오직 군의 군센 의지와 성실한 노력이 순조로이 예과豫科에 입학하여 학부에 진학하게 하였소.

아버지와 어머니와 누나와 동생들과 단란한 가정에서 세상 고世上품를 모르고 자라난 군은 험악한 세파에 부딪히자 그냥 건강을 상해가지고 병상에 누워 버리게 되었소. 만일 군의 성격에 추호라도 자포자기한다든가 누구를 원망한다든가 하는 점이 있었던들 군은 다시는 못 일어나고 말았을 것이오. 군은 참고 견디고 또 병을 이기고자 끊임없이 노력하였소.

군의 뒤를 따라 부모님이 군의 동생들을 거느리고 오셨다가 군을 위시하여 동생들이 차례로 앓아눕게 되었을 때 처음으로 군은 "차라리 38선을 넘어오지 않았던들 아이들이나 앓지 않았을 것을……" 하시면서 어머님이 후회하신다고 전했소. 그때에도 군은 지극히 조용한 어조였고 미소조차 지었었소. 어머님 말씀이 누나는 친정을 남겨 두고 차마 발길이 안 떨어져 머뭇거리다 못 넘어오고 말았다고…….

누나는 맏딸이면서 동시에 외딸이었소. 누나 밑으로 군을 비롯한 5형제 남동생을 둔 것을 누나는 항상 자랑으로 삼았었소.

여름밤 시골 밤 박꽃 피는 밤
고향의 하늘가엔 우리 요한이가 있다.

군을 가장 사랑한 누나는 이 노래를 즐겨 불렀소. 군과 군의 동생들은 서울살이 부산살이 몇 해를 두고 이향異鄕의 하꼬방에서 반짝이는 별들을 쳐다보며 "고향의 하늘가엔 누나가 있다."라고 이 노래를 불렀을 것이오.

어떤 날은 얼굴빛이 백지장처럼 새하얘 가지고 땀을 뻘뻘 흘리면서 군이 우리 집엘 찾아온 때도 있었소. 다소의 치료비조차도 쥐여 주지 못하고 군을 돌려보내던 날들- 진심으로 미안했었소. 우리는 너무도 무능했었소. 뿐만 아니라 군의 뒤를 따라가 군이 기거起居하는 하꼬방조차도 들여다보지 못했소. 그러나 군이 돌아간 후 오래도록 소식이 없으면 우리는 무수히 걱정을 했던 것이오.

군은 여하한 험로를 걸어오면서도 한마디의 불평도 없었소. 항상 겸손했고 무엇이든 사양했고 언제나 유족한 사람처럼 만족스런 원만한 미소를 띠고 있었소.

또한 군의 학문은 우리를 찾을 때마다 장족의 진보를 하고 있었소. 군이 예과를 마치고 학부에 진학했을 때 군은 우리한테 전공할 방향을 의논한 적이 있었소. 우리는 그때 군에게 미학美學을 권했었소. 군 같은 성실한 학도에게 이 길을 부탁하고 싶었기 때문이오. 그러나 군은 생각하고 또 생각한 나머지 이 길은 군의 힘에 벅차다고 사양하면서 철학을 해보겠노라고 했었소. 광범하고 심오한 동양 철학의 일부를 담당하기에 군 같은

성격은 가장 적임이라고 우리는 믿으오.

　대학까지의 학교 교육은 학문의 기초인 것이오. 정말 공부는 사회에 나와서부터 시작되는 것임을 군은 이미 터득하고 이제부터 공부를 하겠노라고 하였소. 우리는 그 믿음직한 군의 말을 언제까지나 기억하고 있으리라.

　군이 형설의 공을 이룬 이 장한 날, 우리가 군을 생각하는 이 귀중한 시간에 북쪽 하늘 군의 고향 하늘가에선 군의 누나가 군을 생각하고 부모님과 동생들을 생각하고 또 우리를 생각하고 있을 것이오.

5월과 새노래와

해마다 5월이 가까워지면 이상하게도 어느 잡지사에서든 5월의 수필을 쓰라는 청탁이 온다. 그래서 그리 자주 쓰지도 못하고 가다가 마음이 내키면 하나둘쯤 분만하는 솜씨인데, 그것들이 거지반 5월의 수필들이다. 5월은 우리와 인연 깊은 달인데 편집자가 그것을 알고서인지 그저 모든 사람들이 5월을 즐거워서인지.

우리의 일 년은 정월이나 4월이 아닌 5월에서 시작한다. 으레 4월이 되면 생활의 결산과 아울러 정신적인 영신迎新의 태세가 갖추어졌던 것인데, 그도 저도 잊고 지내는 오늘날 피난살이에 나는 뜻밖에도 5월 수필의 청탁을 다시 받고 무심코 청탁인에게 불쑥 화를 냈다. 이 피난살이에 5월의 수필은 무슨 5월의 수필이냐고……

그러나 그와 헤어져 서너 발걸음을 채 옮기기 전에 불현듯 5월이 파도처럼 가슴에 와 부딪친다. 5월, 하고 입 속에 되뇌이기만 하는데 가슴이 뿌듯해진다.

살아 있어 다시 이 행복한 시간을 느끼는 것을 실존하는 모든 불행 앞에 사과해야 할 것인지.

이 소요와 아우성 속에서 나는 어느 날 종다리의 노래를 들었다. 멀리 바다를 바라보며 둔덕길을 한없이 걸어간 곳에 잔디가 푸르르고 이어 푸른 산이 솟아 있었다. 홀연히 종다리가 삐삐이 울기 시작했다. 하늘 높이 무수히 동그라미를 지으며 새까만 점이 되어 구름 속으로 사라졌다가는 다시 나와 무수한 동그라미를 지으며 다시 구름 속으로 사라지고…… 꽤 오랜 시간을 두고 종다리의 울음은 계속되었다. 그러나 그에 호응하는 또 하나의 종다리는 끝내 나타나지 않았다. 종다리는 애가 닳아 울음이 떨렸다. 우리는 참 몇 해 만에 종다리의 노래를 들었는지 몰랐다.

종다리의 노래는 들에나 나와야 들을 수 있지만 우리 집 산장山莊에선 초록이 눈부신 5월이 되면 가지각색 새 노래를 골고루 들을 수 있었다. 꾀꼬리는 숫제 창 앞에 와 노래했다.

5월 훈풍이 간지러워 맨발로 흙 마당에 내려서면 마치 알맞게 싸늘함이 혈관에 번진다. 그런 때 문득 한층 소란한 교향악이 들려오는 곳을 고개를 들어 살펴보면 감나무 높은 가지 위에서 꾀꼬리의 싸움이 벌어질 때가 있었다.

조류의 세계에도 희로애락과 아울러 인간들처럼 온갖 감정 세계가 그대로 있었다. 한 마리를 향하여 수다한 무리가 덤벼드는 때도 있었고 두세 마리와 대여섯 마리가 대항하는 때도 있었다. 양편의 수가 비슷할 때가 없었고 그들의 전투는 항상

짝이 기울었다.

　평화시에 그들은 꼭 제 짝이 있었다. 언제나 같이 와서 쨋쨋거리는 짝이 있었다.

　실로 오랜만에 종다리 노래를 듣고 고향의 폐허에도 잔디는 푸르르고 인적이 끊긴 산장에는 배암이 집을 지었을지도 모르지만, 숲속에는 때를 맞추어 아름다운 새 노래가 한창이리라. 5월엔 우리와 인연을 맺은 여러 가지 기념일이 있었다. 서울 다녀온 사람이 마당에 굴러다니더라고 주워다 준 스크랩북 쪼가리에서 이 잃어버렸던 기록을 찾은 것인데…….

　5월 모일某日 – xx기념일, 5월 모일 – 꾀꼬리가 와서 울었고, 5월 모일 – 동이 틀 무렵 참새들의 교향악에 잠을 깨다. 창문을 여니 초록의 향기가 훅 코에 스민다. 혈관에 녹색이 물드는 초록의 세계. 녹색은 평화의 상징이렷다. 그러면 우리는 얼마나 오랫동안 이 평화를 잊고 살아왔던 것일까. 평화의 여신이여! 녹색의 베일을 타고 뭇 새들의 교향악에 발맞추어 이 초록의 세계로 어서 임하소서!

　우리는 또 5월 기념일을 기하여 괴나리봇짐 등에 메고 폐허를 더듬어 산장의 새 노래라도 들어야겠다.

해몽

　우리 시가媤家 시골에서는 생선도 고기라 하고 쇠고기도 고기라고 한다. 또 시골에서는 유난히 해몽을 즐기는데, 꿈에 돼지고기나 쇠고기 같은 네발 달린 짐승의 고기를 보면 그것은 상문喪門이라고 해서 아주 기忌하는 풍습이 있다.

　그런데 작은아이가 꿈에 이 고기를 보았다고 하는 것이다. 큰아이가 그거 나쁜 꿈이라고 막 윽박지르는 것을 나는 무심히 듣다가 문득 생각이 들어 애 그 고기가 쇠고기더냐 생선이더냐 물으니까 아이의 말이 생선이더라는 것이다.

　그러면 됐다. 그것은 좋은 꿈이다. 우리가 이사 가려는 그 집에 가니까 방과 마루로 하나 가득 생선이 주렁주렁 매달렸더라고 하니 우리 그 집에 이사 가면 돈이 많이 생길 것이다. 어느 지방에서는 꿈에 보는 생선은 돈이라고 한다는 얘기를 들었기에 나는 적이 명랑해졌던 것이다.

　꿈의 이야기라고 하면 프로이트의 학설에 의하면 잠재의식의 8할이 꿈이 된다고 하지만 나는 어려서부터 수많은 꿈을 꾸어 오는데, 그 꿈들은 대부분이 잠재의식이라기보다는 앞으로 일어날 일의 예고인 경우가 많았다.

이를테면 오래지 않은 과거의 일로 8·15를 앞두고 꾼 꿈들이 그러했다. 전쟁이 극도로 치열했을 무렵인데, 내가 꾼 꿈들은 태극기라고는 상상도 못 했던 그때 깃발들이 휘날리는 평화의 상징인 꿈들이었다. 그런가 하면 정작 8·15를 맞이하고 꾼 꿈들은 그와 반대로 무서운 전화戰禍의 꿈들이었다. 이 꿈들이 들어맞아 우리는 8·15를 맞이하고 난 후 상상도 못 했던 6·25와 9·28의 전화를 겪었다.

이러한 추상적인 것들 이외에 나는 또 가다가 영특한 꿈을 일쑤 잘 꾸었다. 그것들은 내 자신에 관한 경우보다는 남의 일인 경우가 많았다.

하늘에 오색 무지개가 서고 찬란한 광채를 가진 별 모양으로 생긴 큰 집채만 한 괴석怪石이 회오리바람을 일으키며 하늘에서 굴러 내려와 우리 집 마당을 거쳐 건넛집 밭에 가 떨어졌는데, 이튿날 아침 그 집의 산모産母가 옥동자를 낳았다는 소식이 들려왔다. 이러한 꿈은 한두 번이 아니었고 평소에 그리 친하지도 않던 사람인데 뜻밖에도 그 사람이 석관石棺 속에 들어앉은 꿈을 꾸었는데, 다음날 들리는 소식이 그이가 감투를 썼다는 것이라든가, 또 아는 사람이 꿈에 머리를 빡빡 깎았더니 그 사람이 며칠 후 직장에서 파면됐다는 소식이 들려오기도 했다.

그런데 근자에 와서는 언제부터인가 이 꿈들이 어긋나기 시작하더니 통 들어맞지 아니했다. 아마 나이를 먹은 탓이리라

생각하고 여러 가지로 꿈의 사실을 분석해 보다가 나는 근자의 꿈들은 그것들이 모조리 정반대로 들어맞고 있는 사실을 발견했다.

이를테면 시험을 친 아이가 꿈에 합격이 되면 그것은 영락없이 불합격이었다. 계획한 일은 꿈에 성공하지 않아야만 실제에 있어서 성공할 수 있었다.

그런데 나는 요즘 이러한 것을 깜박 잊고 아이가 생선 꿈을 꾸었다는 것에 희망을 품었던 것이다. 여섯 번째로 피난 보따리를 싸면서 나는 적이 명랑했던 것이다.

이튿날 아침, 바로 짐을 싣고 가려다가 어쩐지 미심쩍어 그 집에 다시 한번 가본다고 들렀던 것이 뜻밖에도 그 집 문 앞에는 상중喪中이라고 붙어 있고 곡성哭聲이 들렸다. 멀쩡하던 주인이 술안주에 중독이 되어 간밤에 세상을 떠났다고 한다.

만일에 짐을 싣고 왔더라면 어쩔 뻔했을까. 아이의 꿈은 그 집의 어떤 흉조를 예고했던 것이다. 아무리 싼 집이라고 해도 우리는 그 집에 이사 갈 용기가 안 났다.

"그거 봐. 나쁜 꿈이라고 내가 이사 가지 말쟀지……."

큰아이의 말이 옳았다.

옥중獄中 춘향春香의 파경破鏡의 꿈 대목을 생각하고 꿈이란 해몽을 잘해야 하느니라 하는 그야말로 잠재의식에서, 또 의지가지없는 불안한 심경이 실오라기만한 일이라도 희망을 붙이려

고 무턱대고 아이의 꿈을 길몽이라고만 해석했던 것이 생각하면 서글픈 현실이기도 했다. 교통 편리하고 전기, 수도, 채광 등 모두 조건이 좋은 데다가 염가라는, 집이라기보다는 방이 생각도 안 했던 곳에서 굴러 들어왔다가 제물에 굴러 나가버린다.

밑져야 본전이라는 말이 있다. 그러나 우리의 경우는 본전도 못 추린 셈이다. 정력의 소모는 말할 것도 없고 우리는 이미 방 하나를 비워 주었던 것이다. 부질없는 해몽이 동티가 나서 녹음이 짙어 가는 이 계절을 다섯 식구가 다다미 한 장씩을 의지하고 숨이 콱콱 막힐 지경이다.

다시는 꿈 같은 것은 염두에도 두지 않으리라. 해몽이란 관념도 털어 버릴 작정이다. 자기가 노력해서 얻은 성과가 아니라면 아예 공짜 같은 기적은 바라지 말아야 할 것이다. 이러한 생각을 하며 나는 기왕 짐을 꾸렸으니 바로 서울로나 올라가 버려야겠다고 이 궁리 저 궁리해 보는 것이다.

고향길

차에 오르니 창밖은 딴 세상이다. 3년 동안에 연선沿線엔 제법 수목이 무성했다. 수목 사이로 멀리서 보면 꼭 꽃밭처럼 보이는 빨간 흙빛이 아름답다.

오늘이 단오端午를 지나고 열흘쯤 되나 본데 여기들은 벌써 이종移種이 끝난 뒤다. 보리가 누렇게 물결치는 곳에서는 타작이 한창인 데도 있다. 이 푸른 풍경들, 아름다운 산야에는 평화가 깃들어 있건만 군데군데 아직도 전화戰禍를 입은 상흔傷痕이 임리淋漓할 적마다 가슴이 뭉클한데 옆에 앉은 일선一線의 체험을 지닌 젊은 청년은 이야기를 그칠 줄을 모른다.

"아무도 없는 무인지경에 가니까 어떻게도 사람이 그리운지 몰라요. 사람의 옷이라는 게 참 좋은 것이더군요. 인가 근처에 왔다가 무색옷을 입은 사람들을 만났을 땐 그냥 눈물이 쏟아졌어요."

"무인지경에선 아무리 뒹굴어도 옷이 더러워지질 않아요. 날이 너무 좋아도 바람이 일고 태양이 노랗게 돌기만 하면 그냥 서럽기만 하던 날들…… 그러한 시간이 더 오래 지속된다면 미칠 것만 같았어요."

"일선에선 외국인들도 우리와 꼭 마찬가지예요. 펑펑 울 줄들을 다 알아요. 그들이 요강에다 뚜껑까지 덮어서 밥을 담아다 주는 것을 다 먹었지요. 그들은 우리 장독에다 대고 뒤를 보았답니다."

일본 사람들이 처음 우리나라에 와서도 놋요강을 밥통인 양 아랫목에다 모셔 놓더라는 이야기를 들었다.

나는 우리 민족의 기구한 운명을 생각한다. 외인外人들의 발자취가 끊일 줄 모르는 이 땅의 앞날은 어떻게 될 것인가. 일찍이 그러한 귀중한 체험들을 지닌 오늘 젊은이들의 앞날은 부디 우리와 같은 불행을 반복하지 말아야 할 것이라고, 그러한 생각에 잠기는데 불현듯 부산 생활이 왁자지껄 머리에 떠오른다. 방 때문에 그렇게도 불쾌했던 일들 - 3조 다다미방에다가 짐꾸러미와 세 아이들을 처박아 넣고 왔다. 그 더위에 아이들이 푹푹 삶아질 것이다.

폭격이 오느니 도강渡江이 어려우니 하는 떠도는 이야기에 귀를 기울이고 묶었던 짐을 다시 풀었던 어리석음을 뉘우친다. 별일이 있어도 이 차를 타고 부산길을 다시 더듬어서는 안 될 것 같다. 두 번 다시 그러한 부산 생활을 반복하고 싶지는 않기 때문이다.

차창에 비가 뿌린다. 언제부터 내리기 시작했는지 어느 역에 차가 머물렀을 땐 지우산에 비가 내리는 소리가 제법 좍좍

들렸다.

옆자리에선 또 언제부터 시작된 것인지 술잔치가 벌어져서 소주병이 왔다 갔다 야단이다.

하룻낮이면 올 길을 자그마치 3년을 두고 별렀다. 차츰 서울이 가까워지니 가슴이 설렌다. 한 많던 한강이 보이기 시작하니 자꾸만 눈시울이 뜨거워진다. 다리가 파괴되었을 뿐 강물과 더불어 주위의 산천은 의구依舊하지 않은가.

그리던 고향, 비 내리는 서울역에 내려서니 우산을 안 받아도 좋았다. 그냥 내 집에 들어선 듯이 편안해진다.

서울에 들어서니 숫제 허허벌판이다. 그사이 이렇게도 많이 부서졌는지, 서울이 아니라 어디 이국異國의 폐허 같다. 설움이 앞선다.

우리는 비를 맞으며 비가 내리는 족족 깨끗이 씻겨 내려가는 아스팔트 길을 걸어 본다. 드문드문 몇 사람의 행인이 지나갔을 뿐 깨끗하고 쓸쓸하기만 한 거리다. 고향에 돌아왔으나 우리는 꼭 나그네 같기만 해서 어쩐지 일가집을 찾아들 기분이 안난다. 저마다 서러운 이야기들을 지녔을 그들을 이러한 저녁에 찾기는 예의가 아닌 성싶기도 했다. 그렇다고 그대로 쑥대밭을 이루었을 산골 동리 내 집을 찾아들기도 무모한 일이어서 우리는 정말 나그네마냥 거기 아무 데나 여관에 찾아들기로 했다.

이튿날 아침, 씻은 듯이 갠 맑은 하늘 아래를 걸어서 아름

다운 북악北岳, 삼각三角의 연봉連峰을 바라보며 가로수가 우거져 터널을 이룬 돈화문敦化門 구름다리 밑을 지나 성북동城北洞 산협山峽을 찾았다.

골짜기에 들어서니 참 산천은 의구하건만 인적은 끊인 듯 우리 집에 다다를 때까지 아이들의 그림자조차도 안 보인다. 비 온 뒤 모랫길 위에 군용차 바퀴 자국이 패였을 뿐 개울물 소리만이 산협의 정적을 깨뜨리고 있었다.

한 길이 넘는 잡초를 헤쳐 돌층대를 올라가서 큰 대문을 연다.

3년 전 마지막으로 내 손으로 잠그고 나온 대로가 아니라 그동안 뭇사람의 손에서 잠겼다 끌렸다 한 대문이다.

대문을 들어서니 지붕을 넘는 잡초에 가려 대청도 안방도 아무것도 안 보이고 그저 쑥대밭이다. 우리는 다시 대문 밖으로 나가 돌층대에 걸터앉아 두루 동리를 바라다보며 대체 어디서부터 손을 대서 치울 것인가 생각해 본다.

우리 집 대문 여는 소리에 동리 분들이 달려 나온다. 어찌 그리도 서로들 반가웠으랴.

끝내 집을 버리고 나가지 않았던 분들도 있다. 나는 진정 이런 이들한테 미안했다. 집도 동리도 다 버리고 나갔던 우리들이 무슨 낯으로 집이며 동리를 대할 수 있으랴. 집이 남아 있어 준 것만이 고맙고 동리를 지켜 준 분들이 고마울 뿐이다.

공복감과 허무감

어려서는 곧잘 심술이 나면 밥을 안 먹었다. 커서도 심사가 불편할 땐 역시 밥을 굶는 버릇이 있었다. 그런 때 얼마만큼 시간을 두고 공복空腹을 느끼다가 다시 밥을 먹었는지 지금 기억에 분명치 않으나 하여튼 며칠씩 밥을 안 먹어도 별로 배고픈 줄을 몰랐던 것만은 확실히 기억에 떠오른다.

2차 대전 말기에 강냉이 무거리 배급을 받아먹었을 때 일을 생각하면 어떻게 그런 것을 삼켜 넘겼던지 기이스러울 정도인데, 그러나 그때도 별로 절실한 공복감을 느꼈던 기억이 없는 것은 아마도 강냉이 무거리가 소화되는 시간이 몹시도 더디었기 때문인지도 모른다.

6·25 전화戰禍 때도 90여 일을 거의 죽으로만 연명해 오다시피 했는데도 배고픈 줄은 몰랐었다. 그것은 또 항상 보다 더 무서운 생명의 위협을 느꼈기 때문이었는지도 모르지만, 하여튼 남하 이후 작금년처럼 절실한 공복감을 빈번히 느낀 때는 없었던 것이다.

내가 왜 이렇게 빈번히 일찍이 체험해 보지 못한 공복감에 사로잡히는 것일까 곰곰이 생각해 보니 거기에는 몇 가지의 이

유가 있었다.

첫째로 우리에겐 집이 없기 때문이다. 거처가 쉴 곳이 못 되기 때문이요, 따라서 생활이 거지반 거리에서 이루어지기 때문이다.

아침에 밥을 먹고 거리에 나오면 두어 시간이 채 못 되어 벌써 공복이 느껴지는데, 그것은 거처다운 거처에서 제대로 숙면熟眠하지 못했기 때문이기도 하고 아침 식사라는 것이 식사다운 식사가 못 되기 때문이기도 하다. 그러나 거리의 볼일은 한두 시간에 끝마쳐지는 것이 아니고 거의 종일을 두고 계속되는 것이어서 그러한 시간에 몇 차례씩 공복감을 느끼곤 하는 것이었다.

거리를 가다 말고 갑자기 눈앞에 아물아물 개똥벌레가 좍악 번지는 때가 있다. 그러면 마치 꿈 맛 같은 잠이 퍼부어올 때와도 같이 천 길 땅속으로 가라앉는 듯 아찔하여 정신이 아득해진다. 그러다가 또 갑자기 정신이 들어 생각해 보면 식사 시간을 훨씬 지나쳐 있는 것이다.

그렇다면 곧 거기 어디서 공복을 채울 도리가 있을 법도 한데 여기 그렇지 못한 두 번째 이유가 있는 것이다.

나는 귀족도 아니요 가장 민주적인 평민의 한 사람인데, 웬일인지 나의 습성은 귀족적이다. 거기 아무 데나 장바닥에 쭈그리고 앉아 하다못해 한 그릇의 죽을 먹는다 할지라도 눈앞에

아물거리는 개똥벌레의 군상을 물리칠 수는 있을 텐데 나는 마치 어려서 심술이 나면 밥을 안 먹었던 때와도 같은 어떠한 항거 의지로 식욕을 거부하면서, 나의 귀족성은 어디까지나 분위기와 아울러 식사의 내용까지 요구하는 것이다.

고답적인 분위기와 미각적인 동시에 시각적일 수 있는 미식 – 이러한 식사에서 이루어지는 만족감은 길을 가다 말고 거기 어디 아무 데서나 함부로 채워지는 만복감과는 다르다. 쉽사리 채워지는 만복감처럼 또 허망한 것은 없다.

또한 나는 이 만복감 뒤에 따르는 허무감을 싫어한다.

요새도 나는 가끔 그 개똥벌레의 군상을 보는데, 그러나 차츰 이 공복감과 허무감을 유출 시켜야겠다고 생각한다. 우선 거처다운 내 집을 만들 것과 나의 식사의 귀족성을 평민화시키려는 노력을 해보려는 것이다.

집에 돌아와서

　우리는 우선 이웃에서 호미와 낫을 빌려다가 길이가 지붕을 넘는 앞마당의 잡초를 베기로 했다. 그런데 뜻밖에도 잡초 이외에 손에 잡히는 것들이 많다. 서울 부근에서는 보기 드문 벽오동이 싱싱하게 자라나고 있었으며 묘목을 꽂아 두었던 감나무, 대추나무 들이 그새 자라서 대추나무는 벌써 꽃이 피고 열매를 맺고 있다. 주인 없는 동안에도 꽃들은 철 따라 피고 지고 했는가 보다. 무성한 잡초 속에서 새빨간 한련이 눈부시게 반기고 있다. 한동안 풀을 베고 나니 비로소 사람 살던 집 같아 보인다.

　그런데 이번에는 대청을 위시하여 안방이며 다락이며 방마다 문고리를 틀어 제쳐 열어 벌려 논 채로 샅샅이 뒤져 간 흔적이 흡사 도깨비 살던 집이다. 우선 안방 다락에서부터 남아 있는 허섭쓰레기들을 모조리 쓸어 내는 수밖에 없다고 나는 다락에 기어 올라갔다. 조심조심 더듬는데 무언가 시꺼먼 것이 뭉클하니 움직이는 것이 있어 범인가 싶어 악 소리를 지르려다 말고 다시 자세히 보니 고양이 새끼 세 마리가 웅크리고들 있었다. 어미가 여기다 새끼를 낳아 놓고 먹을 것을 찾아 나간 모

양이다. 새끼들은 어미 젖을 떼어도 될 만했다. 우리는 어미 오기 전에 새끼들을 감춰 두었다. 한 마리는 물론 우리가 기르고 한 마리는 뒷집 바가지 우물집 할머니 드리고 한 마리는 축대 아래 구멍가게 아이들 주기로 하고, 구멍가게에서 멸치 부스러기를 얻어다가 새끼들을 주었는데 새끼들은 도무지 안 먹으며 양양거리고 부스럭대기만 해서 암만해도 어미한테 들킬 것만 같았다.

좀 있으니까 어미가 나타났다. 새끼들이 제가 둔 곳에 없으니까 눈에 불을 켜고 찾느라고 야단이다. 먹을 것을 주어도 이 폐허에서 자란 고양이는 사람에게 길들여지지 않고 그렇다고 쫓아도 새끼들을 못 잊어 영 사라지려 하지도 않는 것이, 우리가 제 새끼들을 잘 길러 준다고 하는데, 뿐만 아니라 제가 원한다면 어미까지 길러도 좋다고 생각하고 있는데 어미 고양이는 우리들에게 적의를 가득 품고 점점 사나워지는 것이다. 우리는 쑥대밭 속에서 움직이는 생명체를 발견하고 반가웠는데, 그럼 저 어미 고양이는 자유로이 살다가 갑자기 사람들이 나타나 제재를 받는 것이 불만인 것일까. 영원히 이 집에는 사람들이 나타나지 않았으면 좋았나보다. 저 고양이는 대대손손 우리 집에서 살려고 하였나 보다. 우리는 사람을 반기지 않는 이 고양이가 슬며시 미워진다. 영 새끼를 내주지 않으리라.

우리는 바쁘게 이방 저방을 치워 간다. 그런데 생각하던 것

보다 남아 있는 것이 많다. 소위 신식 양가구洋家具 양복장이라든가 하는 부류의 옷장들은 모조리 없어졌어도 골동骨董에 속하는 오동 사층장, 오동 옷걸이 장 같은 내가 손때 묻혀 길들인 것들은 그대로 남아 있다. 조선백자 항아리들도 몇 개 금이 간 채로, 귀가 떨어진 채로 마당 이 구석 저 구석에 뒹굴고 있다. 어떤 것은 보기 좋게 절반이 딱 깨져 흩어져 있기도 하다. 어느 무지한 손이 이처럼 참혹한 짓을 해낸 것인지 모르겠다.

우리는 또 고양이가 궁금해서 다 부서져 나간 경대 서랍 한 짝에다 감춰 둔 새끼를 찾아본다. 세 마리 중의 한 마리가 없어졌다. 어미가 뚜껑을 물어뜯고 새끼를 물어 간 것이다. 우리는 더 단단히 뚜껑을 덮어 눌러 놓고 남은 두 마리를 지키려 하였다.

책이라고는 한 권도 안 남기고 비로 쓴 듯이 모두 가져갔는데 단 한 권『영랑시집永郎詩集』이 그것도 서재와는 거리가 먼 안방 다락 안 허접스레기 속에서 굴러 나왔다. 혹은 내 집을 다녀간 사람들 중에도 어느 문학청년이 있어『영랑시집』을 품속에 넣고 다니며 읽다가 빠뜨리고 간 것이나 아닐까! 이러한 부질없는 상상도 해보았다.

다 버리고 간 것들 중에 3년을 두고 가슴 한 모퉁이가 찌잉하니 저려오는 것이 있었다. 우리가 이다음 늙어서 즐기려고 아껴 둔 우리의 젊은 날의 서간집書簡集이 있었다. 이것은 아무

도 가져갈 사람이 없겠지 했는데 그것을 담아둔 함이 탐이 나서 땅바닥에 쏟아 놓고 가져가 버렸다. 그리하여 우리의 귀중한 서간집들은 뭇발에 짓밟히고 그 위에 풍마우세風磨雨洗하여 어느 것은 흙 속에 깊이 파묻혀서 흙이 되어 버린 것도 있고 대부분은 더럽혀져 글자를 분별할 수조차 없게 되고 간신히 피봉 속에서 알맹이가 남아 있는 것은 겨우 10여 통에 불과했다. 그나마 남아 있는 것을 우리가 살아 있어 다시 대할 수 있음을 사라진 모든 희생 앞에 감사해야 할 것인지.

서간집 속에서는 10년 전 15년 전 이야기들이 쏟아져 나오는 것이었다. 우리는 지금 무엇 때문에 3년 동안에 어지러진 것을 하루에 치우려고 드는 것일까. 치워서 또 무엇을 한다는 것일까. 우선 아쉬운 대로 손쉬운 방 하나만을 치워 가지고 휴지를 모아 뜨끈히 불을 넣고 오늘은 부산살이 3년의 피로나 먼저 풀어 볼 것이 아닌가. 갑자기 서울 온 긴장이 마디 마디에서 풀려나가 버린다.

집 청소를 하기 위해서 서울 온 것은 아닐 게다. 무엇 때문에 서울에 왔는지 서울에 온 목적이 애매해진다. 꿈에도 서울 서울 하다가 막상 서울에 와보니 또한 허망하기 짝이 없다. 서울 와 산다는 것도 남들이 와서 살면 우리도 와서 살게 될 것이요, 남들이 오지 않는데 우리만이 와서 살 수도 없는 일일 것이다.

그저 집을 돌아보자는 것이겠지. 남들이 하는 대로 환도還都라도 하게 되면 우리도 와서 살기 위하여 3년간 비워 놨던 우리 집을 한번 두루 돌아보자는 게지.

우리는 주워 모은 편지 나부랭이를 머리맡에 놓고 내일은 아침 일찍 명동에 나가 친구들을 만나 보아야겠다는 생각을 하며 잠을 이루려 하는 것인데 오늘 하루 과로한 심신은 좀처럼 잠을 이루지 못하는 것이었다.

뾰족당과 명동

　호남 사투리에 '밀킨다'는 말이 있다. 포식상태飽食狀態를 지나 늘늘한 실감을 의미하는 말인데 부산살이 3년에 내가 '밀킨 것'은 바닷바람보다도 궂은 날씨보다도 물싸움보다도 실로 인해人海의 거리 광복동이다. 이 거리를 3년을 두고 허구한 날 하루에 한 번, 때로는 두세 번도 내왕했던 것이다. 자고 새면 들어앉아 견디기 어려운 거처의 탓뿐만 아니라 그날그날의 수수께끼 같은 피난살이 생활을 영위하기 위해서 이 지나치게 사치가 범람하는 좋지 않은 거리를 밀키도록 다녀야만 했던 것이다. 서로가 역경에 있으면서도 협력할 줄은 모르고 시기와 질투와 중상과 모략을 일삼던 악의 거리이기도 했던 부산의 광복동─ 그러나 거기서 간혹 그윽한 우정들이 남모르게 맺어지기도 했던 것 또한 사실이다.

　서울에 오면 되도록 거리에 안 나가려 했다. 그런데 역시 사흘에 한 번 나흘에 한 번은 거리에 나오게 된다. 그리고 나오면 찾게 되는 방향은 종로가 아니라 웬일인지 명동이다. 아마도 친구들의 얼굴이 그리워서일 게다. 두 달 전 내가 다니러 왔을 때만 해도 명동은 가장 많이 전화를 입어 허허벌판 폐허의 모습

이 나그네의 심정을 울렸는데 그중에 천행으로 아슬아슬 몇군데 남아섰던 건물들이 이번에 와보니 모조리 다방으로 신장新裝을 했다. 그리고 나는 뜻밖에도 이 다방 거리에서 부산 광복동 거리의 재판을 발견하고 놀라는 것이다. 예로부터 인품은 산수를 탄다 해서 부산서는 공연히 풍토만 탓했지만 인제 우리는 산자수명山紫水明한 서울에 돌아왔으니 산수와 더불어 아름다운 인심이 이루어져 부산의 3년이 또다시 반복되지 말기를 바라마지 않는다.

명동은 옛날에도 좋은 거리는 아니었다. 명동정明洞町 – 하면 지금도 곧 게다짝 소리가 들리는 것 같다. 차라리 싹 쓸어 폐허가 되어 버려 시원하다. 지금은 명동을 들어서면 종현 마루턱에 높이 솟아 있는 뾰족당이 바로 보인다. 뾰족당 뒤엔 수목이 무성하고 그 너머 드높은 푸른 하늘이 때로는 뭉게뭉게 하얀 솜구름을 피우기도 하고 거기서 맑은 종소리가 울려 오기도 한다. 지금 명동의 유일의 아취는 오직 이 뾰족당 뿐이리라. 아무리 커피 맛이 좋고 친구가 그리워도 나는 차라리 다방에 앉아 있기보다는 친구와 더불어 때로는 혼자라도 이 종현 마루턱을 거닐며 서울에 온 보람을 느끼고 싶다.

누가 이 거리의 도로 계획을 담당할지 모르나 나 같으면 뾰족당 앞까지 꽉 밀어 올려 큰 도로와 가로수가 우거진 거리의 공원을 만들겠다. 그러면 명동은 없어지고 오직 뾰족당이 명동

을 대신하여 남을 것이다.

고만 어지간히 하는 광복동에 '밀키듯이' 명동에도 '밀킨 것'이다. 다시 말하면 다방거리에 신물 나도록 '밀킨 것'이다.

흔히들 다방 거리를 문화인의 거리라고 하는데 이것은 착각이다. 문화인들이 다방 거리에 모이는 것도 사실이나 이러한 다방 거리에서 좋은 문화가 이루어지지는 못 할게다. 명동이 또 다시 다방 거리가 되고 광복동의 재판이 될 바에는 차라리 명동이 싹 쓸려 없어지는 것이 낫다. 그러면 혹여 거기 어디 다른 곳에 정말 문화인의 거리가 생길지도 모르기 때문이다.

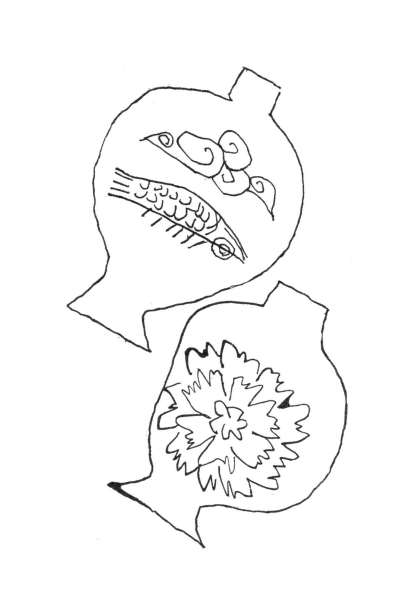

백자 항아리

　개울을 끼고 아침저녁으로 오르내리는 길, 개울 건너 어느 집 허물어진 돌담 너머 장독대에 어느 날 뜻밖에도 시커먼 질 항아리들 틈에 끼여 하얀 백자 항아리 하나가 동그마니 올라 있었다.

　아침에 그것을 발견한 나는 돌아오는 길에 한 번 더 확인하고 집에 돌아와 얘기하려는데 학교서 돌아온 아이들이 먼저 저 아래 어떤 집에 우리 항아리가 있더라고들 하는 것이었다. 아이들은 그것이 우리 집에 있던 항아리들과 비슷하니까 덮어놓고 우리 항아리라고 했지만, 그것은 물론 우리 항아리는 아니었다.

　항아리가 약간 많았다 해도 그것들의 형태가 기억되기 때문에 우리는 첫눈에 그것을 구별할 수가 있었던 것이다. 그리고 또 그 항아리는 어느 분의 소유였을 것이라는 짐작까지도 갔던 것이다. 우리 것이 아니라니까 아이들은 이내 잠잠해지고 나 역시 그것을 발견했을 때 가슴이 뭉클하다 말았을 뿐이었는데, 며칠을 두고 오르내리며 눈독을 들인 아버지는 드디어 그것을 무슨 방법으로든지 소유해 오라고 조르기 시작했다.

그 많던 항아리들을 주체할 길이 없어 마루 밑에다가, 광 구석에다가 되는대로 처박아 넣고 부산으로 내려가서 해 걸러 3년을 살면서 이따금 그것들을 생각할 때면 산골 집 마루 밑에 즐비하니 늘어선 항아리들이 눈에 선히 떠올라 서럽기까지 했던 기억이 새로운데, 돌아와 보니 대부분의 항아리들은 간 곳 없고 나머지 굴러다니는 것들이란 보기 좋게 절반으로 쪼개져 있지 않으면 금이 가고 쪽이 떨어지고 성한 것이라고는 하나도 남아 있지 않았다.

그렇듯 서러운 체험을 하고도 또다시 그 항아리들을 모아 보자는 것일까. 나는 아예 그런 생각은 먹지도 않았다.

그러나 백자 항아리는 우리가 아침저녁으로 오르내리는 길목 개울 건너 그 집 장독대에서 유별나게 우리의 시선을 끌었다. 어떤 날은 항아리의 위치가 바뀌기도 했다. 그럴 땐 까닭 없이 가슴이 뭉클하니 동요하다 말았다. 그러다가 어떤 날 항아리가 아주 안 보이는 날이 있었다. 그날 나는 종일 내가 무엇을 잃어버리기나 한 것처럼 허전했다. 다음날 그것을 다시 발견했을 때 어쩌나 반갑던지. 그 후로는 나도 모르게 그 항아리에게로 마음이 쏠렸다. 대체 저 집 주인은 저 항아리한테 관심이 있는 것일까. 어쩌다 난리 통에 굴러들어온 항아리를 그저 장독대에 올려 둔 것뿐이겠지. 관심이 있다면야 하다못해 대청 뒤주 위에라도 올려 줄 테지. 그 주인이 항아리에 관심이 없는 것

은 분명한 사실일 것도 같았다. 그러나 그렇다면 또 왜 그 집 주인은 이따금 항아리의 위치를 바꾸는 것일까. 다소라도 관심이 있어서 다치지 않으려고 주의하는 것은 아닐까. 어떤 날은 나도 모르게 내 발길이 다리를 건너 그 집 대문 앞에서 어정어정할 때가 있었다. 누구를 시켜 슬쩍 그거 어디서 난 항아리냐고 물어보라고 해볼까, 혹 그것을 팔 의사가 없느냐고.

또 공연히 그랬다가 그 집 주인이 이거 정말 무슨 보물이나 되는 줄 알고 장독대에 두지 않고 다락 안이나 어디다 깊이 감춰버린다든지 또는 턱없이 비싸게 값을 부른다든지 한다면 오히려 문제였다. 그대로 두고 보자니 항아리가 곧 어떻게 될 것만 같아 불안했다.

가을이 지나고 김장철이 가까워지면서 그 집 장독대는 옹기 항아리 수효가 하나둘 줄기 시작했다. 조금씩 김장을 하는 모양이었다. 나는 다소 초조했다. 백자 항아리는 귀가 떨어진 것을 보니 필시는 안에 금이 갔을지도 모르니까 김장의 소용은 되지 않으리라고 자위하면서 다행히 또 항아리의 밑이 성해서 깍두기라도 담아 버린다면 나는 영 단념해야만 하지 않을까. 단번에 저 허물어진 담을 넘어 들어가서 슬쩍 들고나와 버릴까. 이것은 분명히 도적 행위일 것이다. 그러나 우리는 수많은 항아리들을 잃어버렸으니까 이러한 도둑 행위쯤은 용서될 것도 같았다.

안으면 마치 알맞은 한 아름이요, 술이면 말가웃[한 말 반쯤의 분량]도 듬직한 유백색乳白色 항아리는 허물어진 돌담 사이로 보이기에 더한층 추억처럼 아름다웠다. 달밤이면 월광 속에서 더한층 아름다움을 빛냈던 것은 말할 것도 없거니와 배경이 또한 개울을 낀 산골 동리라서 이 백자 항아리는 사뭇 이온 동리의 빛이기도 했다. 그가 허물어진 돌담 사이로 동그마니 솟아 있음으로 해서 그 옆에 또닥또닥 이어 붙인 판자 조각이라든가 양철 지붕 같은 것은 시야에 들어오지 않았다. 어느덧 나는 그것은 굳이 내가 소유하지 않아도 되는 것이라고 생각하게 되었다.

그랬는데 바로 며칠 전 백자 항아리는 소리 없이 그 자리에서 사라지고 말았다. 그 집 일대뿐만 아니라 온 동리가 어두워진 것 같았다. 뉘우쳐도 이미 소용이 없었으나 간 곳이나 알고 싶었다. 백자 항아리가 아침저녁으로 오르내리는 우리에게 크나큰 기쁨이나 즐거움을 주었다면 과장이겠지만 적어도 우리는 그것을 바라보고 다니는 동안 심심치 않았을 뿐 아니라 때로는 그것을 바라봄으로써 시내에서 묻어온 온갖 어지러운 사념思念을 씻어 버릴 수도 있었고 피로까지도 풀 수 있었던 것은 사실이었다.

항아리는 필시 고물古物 팔 것 없느냐고 외치고 다니는 장사치 손으로 넘어갔을 것이다. 장사꾼이 역시 그 길을 지나다니면

서 눈독을 들였다가 몇 푼 안 되는 금액으로 바꾸었을 것만 같다. 그럴 줄 알았더라면 그렇게도 소유하고 싶어 하던 사람을 위해 나의 약간의 노력으로 이바지해 주었더라면 얼마나 보람 있는 일이었으랴.

소유했던 것을 잃었다고 해서 수장蒐藏의 취미를 잃는다면 그것은 오직 물욕에 불과했던 것이 아닐까. 소유한다는 관념은 이미 물욕을 의미하는 것이다. 그저 아름다운 것을 발견했을 때 우리는 아무 생각 없이 그것을 소유하고 싶어 하고 보관하는 의무를 느끼는 것이 순수한 미학美學의 길일 것이다. 내일은 내려가는 길에 항아리의 행방을 탐지해 봐야겠다고 나는 곰곰이 그 방법을 생각해 보는데 백자 항아리는 또 제멋대로 어느 집 대청 화류 탁자 옆에 앉아 있기도 했다. 어느 골동가게 무수한 항아리 틈에 끼어 있기도 하다 어떤 때는 바로 그 집 김치광 속에서 하나 가득 깍두기를 담고 있기도 하여 자꾸만 나의 추리를 어지럽히는 것이다.

핸드백

양복이든 한복이든 간에 남자의 의복에는 의례 포켓이라는 것이 무수히 따르는데 여자의 의상은 이와 반대다. 사실은 포켓의 필요성은 여성에게 더 많은 것 같은데 의상의 역사는 여성에게는 포켓을 다는 대신에 따로이 손에 드는 주머니를 애용시켜 왔다. 이 손 주머니가 발달한 것이 오늘의 핸드백인데 오늘날 이 핸드백이 단순한 주머니의 용도에서 마치 여성의 한 분신과도 같은 소중한 위치에까지 뛰어 올라가 있는 것을 볼 때 우습기까지 하다.

가령 거리를 활보하는 어느 한 여성에게서 갑자기 핸드백을 빼앗아 보자. 그 여성은 그만 꼼짝을 못 하게 되고 만다. 그 안에 귀중품과 필수품을 모조리 담아 가지고 있었으니 한동안은 활동이 중지되다시피 할 것이다.

핸드백 속에 들어 있는 가장 중요한 것은 화장도구일 거다. 요새 여성들은 유난스레 화장을 즐긴다. 거리를 걸으면서도 핸드백을 열어 거울을 꺼내 들고 들여다보는가 하면 가로수 밑에 서서는 아주 천연스럽게 콤팩트를 두들기고 다방이나 식당에서는 물론이요, 달리는 전차나 버스 속에서도 틈만 있으면 화

장을 고치는 것이 요새 유행인 것 같다. 화장은 마치 여자의 생명인가도 싶게 느껴질 때가 있다. 따라서 이처럼 소중한 화장도구를 담아 가지고 다니는 핸드백이 또한 여자의 분신이 되지 않을 수 없다.

그러나 나는 이러한 분신을 지니고 다니는 데 때로는 고역을 느낄 때가 많다. 더욱이 더운 여름철에는 한 손에 양산을 들고 또 한 손에 핸드백을 들어야 하는 여간 고된 노동이 아닌 것이다. 남자들처럼 손수건이나 지갑이나 휴지 부스러기를 주섬주섬 호주머니에 넣고 두 팔을 휘휘 내저으며 직사하는 태양 아래로 용감하게 걸어갈 수 있다면 얼마나 편하랴 싶어 사뭇 부러울 때도 있다.

나는 핸드백 중에서도 특히 부피가 큰 것을 애용해 왔다. 화장도구는 물론이요, 휴지나 돈지갑 이외에 책이나 공책 같은 것을 담기도 하고 또 보자기 같은 것을 담아 가지고 다니다가 무엇이고 사 들고 들어오기 편리해서이다. 누구나 내 큼직한 핸드백을 보면 그거 참 무엇이고 많이 들어가서 좋겠다고 부러워들 했다. 나는 그 커다란 것을 들고 다니기에 가끔 피로하기도 하다는 이야기는 안 하고 많이 들어가서 무척 편리하다고 곧잘 자랑을 했다. 사실 그것은 무겁다는 폐단을 제외하면 자랑할 만도 했다. 안과 밖이 두 겹으로 되어 있어 절대로 찢길 염려가 없었고 2, 3일 정도의 여행용 도구는 충분히 들어가기도 했다.

자랑 끝에 불이 붙는다고 이러한 손가방을 찢겼다. 안까지 직통은 면했으나 지퍼가 끊어졌다. 이 통에 새것을 하나 장만해 버릴까도 생각했으나 그만 쓰기는 아직도 아까웠다. 나는 지퍼를 새로 갈았다. 그러나 어쩐지 전처럼 애정이 안 간다. 그만 핸드백을 가지고 다니지 말까 싶어 보자기에다 싸가지고도 다녀 보았다. 물론 불편하기 짝이 없다. 만년필 하나를 꺼내려 해도 보자기를 다 풀어야 할 뿐 아니라 잘못하면 그 안의 것이 빠져나가 분실될 염려가 다분히 있었다. 암만해도 핸드백이 다시 하나 필요했다. 이번에는 되도록 작은 것을 마련하자고 했는데 안성맞춤으로 조그마하고 다부진 것이 하나 생겼다. 아주 무게가 없는 것은 아니나 알맞게 묵직한 무게에다 생김새가 다시없이 귀엽다.

나는 앞으로 한동안 나와 생활을 같이할 이 애완물을 앞에 놓고 이상한 생각이 들었다. 핸드백이란 필요성에서보다도 여성이란 무엇이고 애완하는 물건이 없이는 못 견디는 그러한 습성을 가졌기 때문에 핸드백도 여성의 애완물의 하나로서 생겨난 것이 아닌가 싶어진다.

사실 핸드백은 애무하기에 마침 알맞은 물건이다. 여성들이 화장을 자주 고치는 것도 사실은 심심해서 핸드백을 열었다 닫았다 하는 하나의 애무하는 습성에 불과한 것일 거다.

봄과 더불어 꽃 잔치를

새해가 오면 곧 봄이 될 테지…… 오는 봄에는 뒷 암석을 깨뜨려 바가지 우물을 얻고 나머지 돌로 전쟁을 겪은 북쪽 축대를 쌓아 올리고 우선 돌아가며 개나리를 심으리라.

개나리가 피면 고향 계신 할머니를 모셔 오고 일가 친척한데 모아 꽃 잔치를 베풀련다.

우리는 피난살이 3년을 두고 얼마나 이러한 즐거움을 잊고 살았더냐.

친구와 더불어 한 끼 저녁을 나누려 해도 남의 집 곁방살이 주인집의 눈치를 살펴야 했던 집 없는 설움을 우리는 모두 뼈 아프게 당해 봤다.

이 봄엔 친구들을 불러다가 꽃 잔치도, 술잔치도 베풀련다.

우리 시가媤家 시골서는 일 년 중의 명절들은 유난히 성하게 쇠는 풍습이 있어도 서울처럼 특히 가을 들어서 겨울을 지나면서 고사 지내는 풍습은 없어 나도 10년 가까이 고사를 잊어버리고 살아왔다. 이번에 돌아와 3년이나 비워 놨던 집에 들어서니 불현듯 집에 고사를 지내고 온 동리 고사떡을 나눌 생각이 들었다. 생각만 두고 실행을 끌고 있는 판인데 동리 부잣집에서

먼저 고사떡을 돌려왔다.

그리고는 연달아서 동리에서 고사떡이 들어온다. 모두들 같은 생각들인 모양이다.

맛있는 음식을 해서 서로 나눠 먹는다는 것이 사람 사는 세계에서 얼마나 아름다운 풍속이냐.

나는 기회만 있으면 핑계만 있으면 명절이라고 생일이라고 잔치를 베풀어서 일가친척 이웃사촌은 물론이요, 멀리 가까이 있는 친구들까지 부르련다. 살아 있어 다시 만나 볼 수 있는 친구들이란 얼마나 소중한 것이냐.

어서 겨울 가고 봄이 와 잔디에 파릇파릇 새싹이 돋아나라.

화가의 아내

　어느 잡지사에서 청탁서가 오기를 '화가 아내의 수기'를 쓰라는 것이다. 나는 그때 구미가 당기지 않았을뿐더러 유별하게 화가의 아내라고 붙여진 레테르[라벨]가 겸연쩍어서 쓰겠다는 약속을 안 지키고 말았다. 그랬는데 그 일이 있은 얼마 후 우연히 나는 내가 화가의 아내이기에 남들과 달리 당해야 하는 어색한 경우가 있다는 것을 발견하게 되었다.

　그러니까 바로 그날 나는 화가의 심부름이라기보다는 내 자신의 의사로 화가가 고안한 어떤 잡지의 표지화를 들고 그 잡지사에 들렀는데 공교롭게도 나와 안면 있는 청탁인은 자리에 없고 낯모르는 청년이 앉아 있었다.

　아무개씨의 표지화를 가지고 왔다니까 반갑게 맞아 종이에 싸인 그림 한 장을 펼쳐 들던 청년은 돌연 이상한 표정을 짓는 것이었다. 그것을 보니까 나는 문득 이러한 표정들을 더러 전에도 어디서 본 듯한 기억이 떠올라 쉽사리 그 뜻을 알 수 있었다. 회색 바탕에 뚱글뚱글한 노랑색 과일 몇 알이 굴러 있을 뿐인 이것이 그림인지 장난인지 알 수가 없다는 얼굴이다. 그러면서 한다는 소리가 청탁인의 이름을 아느냐고. 나는 그때 또 아

까 그 어디서 더러 본 듯했던 표정들이 한꺼번에 역력히 떠오르는 것을 느꼈다.

　내가 처음으로 어느 피난지에서 화가의 그림 한 폭을 팔려고 했을 때 그림을 들고 가니까 좋아하면서 받아 끌러 보던 그 주인도 역시 오늘 만난 청년과 같은 표정을 지었다. 그다음 두 번째도 그러했고 또 그 사람 다음에도, 아마 서너 번은 분명히 나는 피난지에서 이러한 경험을 했었을 성싶다. 그래서 그 후로는 그림을 팔지 않으리라고 결심하고 오늘에 이르렀기에 그동안 그러한 기억을 잊고 지내 왔는데 문득 청년의 표정에서 다시 그 모든 기억들이 소생했다. 그 기억들로 말미암아 그날의 나는 약간 달라졌다.

　"선생이 이 잡지의 편집 책임자라면 응당 이번 호 표지화는 어느 화가에게 위촉되었으며 그 화가의 화풍은 대강 어떠한 것이라는 짐작이 있어야 할 것 아니오. 더구나 이 화가는 요새 개인전 준비 중인데도 불구하고 귀사貴社의 청탁을 거듭 물리치기 미안해서 적지 않은 시간을 소비하고 이것을 만든 것이고 나는 또 청탁인과의 약속 시간을 지키지 못한 미안함에서 귀사까지 이렇게 직접 찾아온 것인데 그림을 모르면 몰랐지, 청탁을 했는지 안 했는지 모호하다는 그러한 무례한 태도가 어디 있소. 이 과일들은 레몬이나 오렌지 같은 노란색 과일이오. 그 아름답고 찬란한 과일의 빛깔을 표현하고자 노란색을 가장 효과

적으로 아름답게 나타낼 수 있는 회색 빛깔의 바탕을 쓴 것이요. 봄과 희망을 상징해 달라는 귀사의 본의을 쫓아 아름다운 열매를 택한 것이오. 무수한 과수의 열매처럼 또 지상에서 희망을 상징하는 것이 있으리까."

전 같으면 나중의 여론이야 어찌 되든 표지화만을 전하고는 돌아섰을 것인데 그날 나는 굳이 아래층으로 그림을 들고 내려간 청년의 답을 기다려야 했기 때문에 이러한 회화를 마음속에 준비했던 것이다. 그러나 아래층에서의 경위는 알 바 없으되 다시 돌아온 청년의 태도는 대단히 겸손해졌다.

그래서 나는 무사히 되돌아오는 길, 다시는 이러한 심부름을 자진해서 하지 않으리라 맹세하면서 곰곰이 생각해 보니 나는 참 남들과 달리 화가의 아내라서 당하는 어색한 경우가 실로 많았던 것 같다.

이를테면 내가 내 자신의 취미와 교양으로 질과 무늬와 빛깔을 골라 한 벌의 옷을 장만하는 경우에도 화가의 아내라서 아내의 옷은 화가의 취미와 교양으로 오산 되는 경우라든가.

화가의 아내라서 남들과는 다소 다른 재미나는 이야기가 있으리라고 기대하는 청탁서를 보낸 잡지사에 미안한 생각이 지금쯤 들기 시작한다. 굳이 수기가 아니어도 여러 가지 경우의 체험을 피력할 용의가 있는 것 같기도 하기에.

생활감정에서

집에 돌아오면 아무것도 없겠지했는데 수삭數朔을 살면서 보니 의외로 남아 있는 것들이 많다. 물론 기명器皿이라든가 하는 살림 도구는 방치돌 같은 것에 이르기까지 없어졌지만, 오동 장이라든가, 소나무 탁자라든가, 괴목 문갑 같은 목공예품들이 사개가 물러나고 쪽이 떨어진 비참한 형상으로 이 구석 저 구석에서 살아나왔다. 내 집에 들어왔던 사람들이 못 쓸 것인 줄만 알고 버리고 갔을 이러한 것들이 우리의 지난날에는 가장 애완지물愛玩之物이었던 것이다.

지붕을 고치고 도배를 하고 창을 바르고 나서 방 안이 심심해져서 우리는 탁자니 문갑이니 하는 것들을 손질하기 시작하였다.

물러난 사개를 다시 맞추고 떨어져 나간 자리를 때워 3년 쩌른 때를 벗겨서 우선 아무데고 놓아 보았다. 그러나 웬일인지 몇 안 되는 이런 것들이 좀처럼 눈에 썩 어울려 들어오지를 않는다. 그래서 우리는 이것들을 이방 저방으로 들고 다니면서 여러 번 자리를 고쳐 잡아 겨우 그 중의 하나 둘을 제격에 맞는 자리에 놓고 즐길 수 있었다. 그렇게 그것들은 직세織細하고 예

리하여 분위기를 잘 탔던가 보다.

지금 남아 있는 목공물이란 대개가 이조 말엽의 것들이겠는데 그러면 적어도 5·60년 이상의 세월을 지난 것들이다. 몇 차례의 전화戰禍를 겪고 간신이 생명을 유지해온 것들이려니 생각하니 아마도 오늘 남은 이것들은 우리의 마지막 민예품들 인상 싶다. 왜냐하면 오늘날 우리는 우리의 전통을 지닌 한 사람의 기공도 갖지 못하였기 때문이다.

돌아와서 집수리 같은 것은 엄두도 못 냈지만 우선 공방이 아쉬워서 헐어진 벽의 바람을 막고 창을 내는 정도의 수리를 부탁하는데도 그나마의 기술이 부족해서 엉망진창이다. 휘지 않으면 비뚤고 높지 않으면 기울어 문 한 짝이 제대로 맞지 못하는 방에 크도 작도 않은 마치 알맞은 소나무 탁자는 그렇게도 귀족적일 수가 없는데 문짝을 짜 달은 솜씨는 같은 민족의 솜씨건만 이렇게도 착이着異질 수가 없었다.

탁자 위에 먼지가 뿌연 날이 많다. 우리도 전과 달라 집에서보다 밖에서 볼일이 많아지기 때문이다. 어쩌다 화창한 대낮 남창에 기대어 이 아름다운 탁자를 다시금 바라보니 이것은 내 것이 아니라 우리 민족 미술사의 한 페이지를 장식할 귀중한 소재라는 생각이 든다.

물론 어느 세월이 지나면 우리 주위에는 이보다 더 좋은 생활 도구들이 나타날 것이겠지만, 그러나 오늘에 남은 것들 같은

우리 민족 고유의 맛을 지닌 것들은 다시 보기 어려울 것이다.

그러나 생각하니 나는 참 오랫동안 방 안에 꽃을 꽂는 일조차 잊고 지내왔던 것이다. 이 아름다운 탁자 위에 불란서[프랑스] 고전 유리병을 올려놓고 개나리를 꽂아 보리라는 생각이 든다. 이 감橙 빛 유리병은 우연히 피난 보따리에 묻어갔던 것이다.

서울에 돌아와도 세간이나 그릇 같은 것은 다시 장만하지 말고 그저 레이숑 빡스[시레이션 박스] 플라스틱 접시 같은 것으로 살다가 여차하면 버리자고 했는데 서울 오니 레이숑 박스 같은 것은 두 번 다시 보기도 싫어서 모두 불살라버리고 양재기 쪼박은 도저히 그릇으로 인정하고 음식을 담아 먹을 생각이 안 나서 버려 버렸다. 자연이 생활 도구가 하나둘 늘어간다. 따라서 손도 많이 가고 일도 많아진다. 이 아까운 시간을 독서나 글 쓰는 데 이용하리라 하는 생각은 거짓말이고 사람은 이렇게 멍하니 앉아 꽃을 바라보는 시간이라든가 지나치는 바람결에 걸음을 멈추고 흘러가는 구름을 바라보며 좋아하는 사람을 생각하는 시간이 더 소중한 것처럼 사랑하는 사람들을 위해서 맛있는 음식을 만들어 나누어 먹는 일이라든가 또 내 사랑하는 사람들을 위해서 아름다운 분위기를 만들어 놓는다는 일도 다시없이 즐거운 일이며 이러한 즐거운 시간을 갖는 것이 또한 독서하며 글 쓰는 시간 이상으로 소중한 것이다.

누가 말하기를 먹는 것도 예술이라고 했다. 먹는다는 것은 배가 불러진다는 것만을 의미하는 것이 아니다. 아름다운 그릇에다 보기에도 아름다운 음식을 담아서 먹는다는 그 자체가 예술인 것이다. 보기에 아름다운 음식은 그 맛도 풍미로울 것은 물론이다.

지금 우리는 모두 가난한데 무슨 풍미를 찾느냐고 할는지 모르나 가난할수록 우리는 풍미를 진珍히 여겨야 부富해질 수 있으리라고 생각한다.

내일 다시 폐허가 되더라도 나는 오늘 여기에 꽃나무를 심으리라는 것은 너무나 유명한 이야기다. 내일 다시 다 버리고 가는 한이 있더라도 나는 오늘 이 아름다운 탁자와 문갑들을 열심히 닦아서 윤을 내고 내 손때를 다시 묻혀 두리라.

여자의 의상

거리에 나가면 눈에 띄는 것이 나날이 화려해지는 여자들의 의상이다. 화려하다는 것은 아름답다는 의미와는 다르다. 여자들의 의상이 아름다워진다는 것은 그만큼 여자들의 미에 대한 안목이 높아졌음을 의미하지만 가난한 나라에서 여자들의 몸차림이 화려해진다는 것은 여자들의 허영 이상의 의미는 아니어서 자랑할 일은 못 된다. 나는 이러한 현상을 우선 두 가지 견지에서 비관한다. 하나는 그 의상들의 대부분이 국내 생산품이 아니고 외래품인 데서 오는 우국적 의미에서요, 또 하나는 의상의 바탕이 외래품인 데서 오는 우리 의상 미의 타락을 비관함에서다. 전자는 아무리 국산 애용을 떠들어도 실제에 있어서 국산품의 질이 우수하기 전에는 막아 낼 길이 없는 일이지만 후자는 좀 더 여성들 자신이 연구해서 노력할 수 있는 문제라고 생각한다.

우리의 의상은 물론 자타가 공인하는 아름다운 의상이다. 그러나 오늘 그들이 입은 의상에서 우리가 아름다움보다 먼저 화려함을 느끼는 것은 그들이 우리의 전통을 망각하고 있기 때문이다.

아름다운 기후와 풍토 아래서는 거기에 어울리는 아름다운 빛깔과 무늬가 필요하다. 오늘 그들이 즐겨 입는 양단이라든가 나일론 같은 옷감은 빛깔은 둘째치고도 우선 무늬가 우리의 아름다운 하늘 아래서는 맞지 않는다. 물론 그 박래품舶來品 고급 옷감들은 하나하나 들여다볼 땐 모두가 아름답다. 그러나 치마저고리를 해 입어서 썩 고상하게 조화되지 못하는 것은 무늬가 너무 뻔쩍거리기만 하기 때문이다. 무늬는 어디까지나 고전적이라야만 한다.

우리의 푸른 하늘 아래서는 단색 또는 단색으로 이루어지는 조색이 아름답게 조화된다. 특히 흰빛이 우리의 기후풍토 아래서처럼 잘 맞는 곳은 또 없다. 이러한 먼지 많은 거리에서 흰빛을 입어 낸다는 것은 여성들의 정력 소모라고도 할 수 있겠으나, 그러나 우리는 우리나라 고유의 민족성인 흰빛을 버릴 수는 없다. 뿐만 아니라 어서어서 폐허가 다듬어지고 꽃나무와 잔디가 심어져 먼지 없는 거리가 되어 거리에 나오되 정원을 거니는 듯 새하얀 버선발로 마음 놓고 거닐 수 있는 금수강산이 되고, 그리하여 아름다운 흰빛을 보람 있게 살릴 수 있는 세월이 와야만 할 것이다.

흰빛에는 새하얀 흰빛과 뽀얗게 우윳빛 도는 흰빛과 파랗게 비취색 도는 흰빛이 있다. 흰빛이란 참 아름다운 빛깔이다.

흔히들 우리의 의상은 비활동적이어서 생활복이 못 된다고

들 한다. 요새도 어떤 사람은 우리는 파티복을 입고 거리를 다니는 거라고 생활복이 꼭 있어야만 한다고 주장한다. 따로이 생활복이 창조되는 것은 물론 좋다. 그러나 우리의 치마저고리를 가지고 어떻게도 할 수 없는 것이다. 기껏 짧은 치마 통치마를 만들었다 저고리의 고름 대신 단추를 달아 보다 심지어는 긴 소매를 반소매로 하는 정도밖엔 할 수 없었던 것이다. 치마저고리는 그대로 살리는 수밖에 없는 것이다.

얼마 전 여성의 전시복 운동이 일어났을 때 어느 시인이 한 얘기가 지금 다시 생각난다.

폐허가 된 거리에 여성들의 아름다운 의상마저 사라진다면 외인ㅅ들 눈에 비치는 코리언의 인상은 미개인들로밖엔 안 비칠 것이 아니겠느냐고 하던 그 시인의 얘기에 나도 공감하는 한 사람이다. 아름다운 의상이란 고래로 그 나라의 문화의 역사를 말하기 때문이다. 허물어져 가는 코리아가 아직도 세계에 외칠 수 있는 것은 우리의 문화사다. 그중에 우리 의상의 발달사가 어김없이 한 페이지를 차지하리라고 믿는다. 현혹하는 외래의 물질에 휩쓸리지 말고 우리 고유의 전통을 계승하여 다음 세대에 전하는 올바른 역할을 다함이 소중하다고 생각한다.

양단이나 나일론을 입되 빛깔이나 무늬를 잘 골라서 우리 의상의 특징인 아름다운 선을 죽이지 말아야 한다. 흔히들 위 아래를 같은 감으로 입는 경우가 있는데 한여름 모시옷이나 초

여름 같은 때 옅은 빛깔의 경우를 제외하고는 저고리와 치마의 아름다운 선이 죽어 버리고 더욱이 그것이 양단의 호화찬란한 무늬의 경우는 그저 한 덩어리가 되어 뻔쩍뻔쩍 천하게 뻔쩍거리기만 한다. 나는 상례복喪禮服이라든가 혼례복婚禮服 같은 예복의 경우를 제외하고는 치마와 저고리의 선을 살리기 위해서 위아래의 빛깔과 무늬를 달리하는 것이 좋다고 생각한다. 그리고 될 수 있으면 옷감 자체도 우리 전래의 무명이나 명주나 마포나 모시를 바탕으로 하는 우수한 질이 생산되었으면 하는 바람이다.

거리엘 나가면 호화로운 의상이 많이 눈에 띄는 것이 사실인데 그 중의 어느 의상 하나가 빛깔이나 무늬나 선에 있어 완벽하게 조화된 것은 극히 드물다. 이것은 여성들이 창의성 없이 유행을 따르기 좋아하기 때문이 아닌가 생각한다.

시바이

  '시바이'라고 하는 것은 일본 말이다. 이것을 우리말로 하면 연극이라고 하겠는데 이 연극이란 뜻 이외에 또 하나 다른 의미로 쓰여지는 시바이가 있다. 이것은 또 우리말로 해본다면 신파新派 연극이라는 데서 오는 신파란 말에 근사한데 그러나 "이 집 마담 시바이가 우마이야." 할 땐 "이 집 마담 연극을 아주 잘 꾸며." "신파 선수야." 하는 것보다 역시 "시바이가 선수야." 는 것이 실감 난다.

  이 집 마담뿐이 아니라, 이 고장 집주인들은 모두 시바이가 선수다. 이것을 이날 이때까지 모르고 지내 왔는데 요새 와서 가만히 생각하니 우리는 이 시바이에 깜빡 넘어간 적이 한두 번이 아니었다.

  이를테면 이달 아무날께 우리 딸 잔치를 하는데 잔치 후는 당분간 데리고 있어야 하겠으니 2층을 아무래도 비워 주어야 겠소 하면 우리는 곧이듣고 참 그렇겠다고 부랴부랴 2층을 비워주었던 것인데 출가한다던 그 딸은 수삭[몇달]을 지난 오늘도 미혼인 채 아직 그 2층엔 몇 차례나 이삿짐이 드나들었다고 한다.

이러한 어려운 시기에 다행히 집칸이나 지니고 있던 사람들이 아무쪼록 집이라도 이용해서 생활에 보탬 한다는 것은 당연한, 나무랄 수 없는 현실이기도 하지만 솔직하게 타협해도 통할 것을 가지고 굳이 시바이를 즐기는 것은 기호의 탓일지도 모른다.

　심지어는 내가 요새 몸이 자꾸 아프고 재수가 없어 되는 일이 없기로 무꾸리를 하니까 원식구와 갈려 있고 객식구가 드나드는 탓이라고 하니 아들 며느리를 불러와야겠으니 방을 비워 주오 하면, 무어 그까짓 무꾸리가 맞을까 보냐고 그런 것 미신이라고 하다가 이런 이야기쯤으로는 어림도 없고 시위와 위협과 죽어 가는 형용에 이르기까지의 그 시바이를 당해 낼 재주가 없어 끝내는 밀려나고야 만다. 서류상의 계약도 소용이 없고 언약 같은 것은 애당초에 문제가 아니다. 오직 그들의 유일의 관심사는 보증금액의 가감加減뿐이다. 우선, 석 달만 지나도 삭감된 것이 새로 보충됨으로써 얻을 수 있는 3개월분의 이윤이라는 것에 눈이 벌겋다. 이러한 경우에 틀림없이 시바이는 연출됐다.

　날이 더워지니 방을 비워 주어야겠다고 했다가도 마음이 풀어지면 뭐 한집안 식구 같은데 열어 놓고 같이 지내자고 할 때가 있다. 그러다가 다시 한 달쯤 지나면 아무리 생각해도 생활이 옹색해서 못 견디겠소, 학생이라도 쳐야겠으니 방을 비워

주오, 하기가 일쑤다. 이런 때는 또 일가친척 이웃 사람들이 모두 동원되어 한바탕 시바이가 벌어지는데 가관이기도 하다.

양심이라든가 도덕이라든가 의리 같은 것까지는 바라지도 않으나 하찮아도 좋으니 우리는 인정이 그립다.

우리는 그들의 시바이를 알아차린 후로는 우리도 같이 시바이를 놀기로 했다. 그러나 우리는 언제나 그들보다 한 수 위여야 할 것을 명심해야 했다. 날짜가 다가오기 전에 기억하고 있다는 표시를 해야 했고 보증금이 줄어들기 전에 항상 채워놓을 수 있는 준비를 하고 있어야 했다.

사람들이 집을 지니고 사는 것은 집에 돌아와 휴식하기 위해선데 우리는 몇 해를 두고 이와 반대의 경우를 체험한다.

차라리 진애塵埃의 거리가 마음 편했다.

거처에 돌아오면 온 식구가 숨을 죽이고 마음을 졸이고 살아야 한다는 것, 행여나 싫어 만사에 조심히 가고 항상 남의 눈치를 살펴야 한다는 것은 피로하기 짝이 없는 노릇이다. 아무리 시바이를 즐기는 배우도 쉬어야 하듯이 더욱이 우리 같은 여염 배우는 어지간히 시바이에 싫증도 났고 언제까지나 이러한 헛된 제스처로 살기는 힘든 것이다. 마음 놓고 푹 쉬고 싶다.

"이 집 마담 시바이가 우마이[능숙]야. 저번에 그거 다 시바이였어. 조카가 오네 어쩌네 한 것 다 시바이야. 결국은 이 방을 다시 내놓고 싶단 말이지."

그러나 3조 다다미방을 받으면 얼마나 더 받을까. 국으로 우리보고 돌려 달라면 되지 않나. 이 집 마담도 어지간히 그런 시바이에 피로할 텐데.

그렇게 생각되지만, 그들은 그런 시바이에 물리지 않는지 줄곧 같은 투였다.

그러나저러나 요는 우리가 서울로 가면 되는 것이다. 시바이를 즐기는 이 고장 집주인들도 시바이의 쓴맛을 좀 체험할 테니까……

나는 언제나 이렇게 생각하며, 피난살이 슬픔을 겪어 냈다.

호박의 미각

　넓다고는 할 수 없으나 백 평 남짓 되는 터가 있어 봄에서 가을에 이르는 동안 푸성귀는 자급자족한 셈이다. 좀 더 부지런하면 양계도 할 수 있고 집 앞을 흐르는 내가 있으니 오리도 칠 수 있겠는데 우리는 철 따라 화초와 푸성귀를 가꾸는 것이 고작이었다.

　그래도 화초엔 정성이 가는 것이 아름다운 꽃을 즐기기 위해서지만 푸성귀에 이르러서는 그것이 얼마나 성장에 지장이 있는지를 알면서도 귀찮아서 배추벌레를 내버려 두는 것이 버릇이었다. 그래서 김장철에는 남들과 별 차이 없이 김장 배추를 들여야만 했고, 집안 농사로는 허드레 김치 정도의 보충밖엔 안 됐던 것이다.

　그러다가 6·25를 당하자 우리는 이 대수롭지 않게 여겨 오던 터와 푸성귀 농사의 혜택을 얼마나 많이 입었던지 모른다. 그중에서도 호박은 처음부터 끝까지 90일의 고난을 우리와 같이했던 잊을 수 없는 작물作物의 하나이다. 지금도 우리 식구는 6·25 하면 호박죽을 연상할 정도로 우리 가족은 고스란히 90일을 호박죽으로 연명했었다.

피난지의 첫여름 장마당에서 호박을 보고 반겨 사 들고 들어왔으나 씨만 많고 겉늙은 그 고장 호박은 연하고 사근사근한 서울 호박의 미각을 도저히 따를 수 없었던 것이다.

서울에 돌아오니 뜻밖에도 이웃들이 씨를 뿌리고 가꾸어서 풋고추며 호박이 주렁주렁 매달려 있었다. 쪼들리기만 하다 온 우리는 터의 푸성귀만 보아도 갑자기 부자가 된 듯 마음이 흐뭇해졌다. 이제부터야 말로 닭도 치고 오리도 기르고 푸성귀도 열심히 가꿔서 수확을 풍성히 하여 친구들과 나눠 먹어야겠다고 열을 올렸다.

환가還家하여 집 안도 채 치우기 전인데 어느 날 우리는 하여 뜻밖의 첫 손님을 영접하게 되었다. 가족들보다 한 걸음 앞서 집을 마련하려고 상경 중이던 S씨가 우연히 우리 집 부근까지와 들렀다가 하룻밤을 유하게 되었다.

말이 집에 돌아왔지, 맨손 쥐고 피난지에 내려섰을 때와도 같은 우리는 S씨의 객지와 조금도 다름없는 형편이기는 했으나 그래도 주객이라는 관념에서 무슨 대접을 해야겠거니 생각하니 자다 말고 갑자기 잠이 안 왔다. 돈도 없고 동리엔 아직 외상도 트기 전이요, 장 된장은 물론 있을 리 없고 그야말로 소금의 진지라도 대접하는 수밖에 도리가 없었다. 아무리 궁리해야 묘안은 서지 않고 지쳐서 그대로 잠들고 말았으나 이튿날 아침 일찍 눈이 뜨여 다시 곰곰 생각하니 별일 있어도 내 집의 귀한

첫 손님을 염반鹽飯으로 대접해 보내고 싶지는 않았다.

나는 일어나 두루 터 안을 살펴보았다. 그랬더니 뜻밖의 것이 있었다. 십 년 가까이 묵은 간장을 소주 독에 담아 묻어 두었었는데 물론 파갔으려니 만 했던 것이 자세히 보니 소주 독의 아가리가 작아서 퍼가지도 못하고 독이 무거워 파 옮기지도 못했는지 진간장이 그대로 남아 있지 않은가. 나는 마음속으로 손뼉을 쳤다. 맛있는 장만 있으면 저 터 안의 푸성귀만 가지고도 몇 가지의 반찬을 만들 수 있으려니 생각하니 마음이 다시 없이 즐거웠다. 나는 밭에 내려가 풋고추와 호박과 호박잎, 호박순을 따가지고 들어왔다.

호박으로 전도 부치고 나물도 무치고 찌개도 끓여서 오첩이 넘는 조반상을 만들었다.

예로부터 시장이 찬이라는 말이 있다. 이날 아침 필시 S씨는 그 전날 저녁도 설치고 시장했던 참인지도 몰랐다. 진지 한 그릇을 맛있게 자시고 돌아갔는데 그 후 가끔 거리에서 만나면 반드시 그날 아침 호박 찬이 참으로 진미였다는 치하를 빼놓지 않는다. 나는 인사치레거니만 생각하고 여러 번 들어 넘기다가 한번은 S씨에게 그래 정말로 진미였더냐고 따져 보았다. S씨는 정색하고 "아, 그래 거짓말일까 보냐?"고 한다. 그 후부터는 나도 지지 않고 "호박이 열리거든 꼭 오세요. 내 정말로 솜씨를 한번 부려 볼게요." 하였다.

그동안 해가 바뀌고 정말로 호박꽃이 피는 시절이 다시 돌아왔다. 어느 날 다방에서 만난 S씨는 빙그레 웃으며 한다는 소리가 "호박이 열릴 때가 가까웠죠?" 한다. "가까워 오다마다 꽃이 피었는데요." 하고 우리는 헤어졌었다.

며칠 전 현대공론사現代公論社에서 전달된 원고 청탁서에 제목은 '호박의 미각'이라 해놓고 부기하기를 "잘 쓰셔야 선전이 돼서 호박 부침개가 잘 팔릴 것입니다." 그리고 바로 S씨의 사인이 있었다.

나는 소리를 내어 웃고 말았다. 어쩐지 유쾌했다. 그럼 어디 내 호박의 미각에 대한 감미법鑑味法을 피력해 보리라. 지금은 양념도 풍족하게 있으니 얼마든지 솜씨를 낼 수가 있다. 뿐만 아니라 우리 집에서는 이미 호박 부침개가 대단히 성행盛行한 지 오래다.

푸성귀 농사 중에서 그중 간단한 것이 호박 농사다. 밑거름만 두둑이 해서 덩굴이 오를 자리만 잡아 주면 내버려 두어도 초여름에서부터 늦은 가을 산들바람이 일 때까지 실컷 따먹고도 남는다. 흔한 것은 흔히 천대받기가 일쑤여서 우선 우리 집만 해도 얼마 전까지 수화嬸話는 호박으로 만든 요리는 전을 제외하고는 전혀 입에 대지 않았다. 나는 호박밖에 먹을 것이 없었을 때의 체험으로 여러 가지 맛있게 먹을 수 있는 요리법을 터득했다.

이제 그것을 S씨의 요청으로 여기 피력한다면 우선 서울 호박은 대략 세 가지 종류로 나눌 수 있는데 파란 것 중에는 갸름한 원추형과 약간 배부른 타원형의 두 가지요, 또 아주 누렇게 늙혀서 먹는 청둥호박이 있다. 청둥호박쯤 누구나 말려서 떡을 해 먹든가 밀범벅을 해 먹는다든가 다 아는 일이지만 내가 알뜰하게 먹을 수 있다는 건 이 파란 호박들의 이야기다. 살이 맛이 있기는 원추형보다 타원형이다. 이것의 살은 연하면서도 탄력성이 있는 것이 특징이다.

그러나 무심이 보면 비슷하다고 치고 이 파란 호박들을 가지고 만들 수 있는 요리란 우선 호박전이고 다음 나물이나 찌개가 되겠는데 원체 호박 자체가 물렁물렁한 것이라 요리하는 데의 묘미란 살짝 익히는 열도에 따른다. 밥 위에 약간 얹었다가 나물을 하는 경우는 약간 두툼하게 썰어서 갖은양념 외에 초를 한 방울 뿌리면 퍽 신선한 맛이 난다. 얇게 썰어서 무치는 경우엔 살짝 소금을 뿌렸다가 꼭 짜 가지고 기름에 볶았다가 무치면 좋고 서울에서는 새우젓으로 호박 나물을 볶는 것이 보통인데 요는 모두 익히는 열도를 알맞게 하지 못하고 뭉그러뜨려 버리면 그만 호박 요리는 실패하고 마는 것이다.

또 호박철에는 호박의 보드라운 어린잎을 따가지고 밥 위에 얹었다가 갖은 양념해서 쌈을 싸 먹으면 이것은 또 들깻잎처럼 단순히 보드랍기만 하고 풍미風味로운 것이 아니라 약간 깔깔한

듯하면서도 보드라운 데 각별한 풍미가 있다. 이러한 요리법을 피력하면 한이 없으나 잘못하면 자가도취自家陶醉가 되기 쉽고 누구나 여인이면 조리할 수 있는 세계이기에 어지간히 이만큼 해서 호박의 미각을 끝마치련다.

군이 풍미로운 미각을 찾으려면 호박 찌개에다 호박꽃을 따 넣기도 하는데 이것은 사람에 따라 기호가 다르기도 할 것이다.

덕적도 기행

쇠 파리떼와 소야리蘇爺里의 달밤

우리 집 사랑 마당에서 건너다보이는 이웃집 과원 마루턱에 아름다운 소나무 한 그루와 청록색 이끼 돋은 큰 바위가 있어 우리는 아침저녁으로 그 전망을 즐기는데 어느 날 그 소나무 아래 근사한 천막이 세워졌다. 물으니 바다에 못 가는 이웃집 중학생들이 거기 천막을 치고 앞 내에 내려가 목욕을 하면서 캠핑 기분을 내는 것이라고 한다.

그렇게 듣고 보니 우리도 어디 바닷가에 가서 조개라도 주워 보고 싶은 생각이 났다.

본시 우리는 바다보다는 산을 즐기는 성미, 십수 년 전 학생 시절에 동해안 바다에서 놀아 본 이후로는 바다를 찾아간 일이 없다. 피난 통에 밀키도록 부산 바다를 대했지만 멀리서 전망을 즐겼다 뿐이지 송도나 다대포 흰 사장에서 한번 뒹굴어보지도 않았다.

그런데 웬일인지 이제 저 아이들의 천막을 바라보면 볼수록 바다 생각이 간절해지는 것이다. 툭 터진 바다— 일망무제의

수평선 - 그 앞에 서면 그만 가슴이 후련해지고도 남을 시원스런 파도 소리를 종일 들어도 좋고, 그만 바다에 몸을 내맡겨 버리고 둥둥 떠다니면 온갖 땅 위에서의 어지러운 상념이 깨끗이 씻길 것만 같다.

바다에 못 가는 아이들에게는 미안한 일이지만 우리는 그 천막을 4, 5일 빌리기로 했다. 아무 데고 가까운 거리에서 바다가 맞닿은 곳을 목적하고 인천서 7시에 뜬다는 배를 타기 위해서 새벽 5시에 집을 떠났다.

참 세월이란 모든 인간의 상처를 씻어 주는 신의 은총인지도 모른다. 우리는 분명히 4년 전 섣달 그믐밤 사람과 짐을 만재한 지옥의 트럭을 타고 이 길을 달렸었다. 자칫 한 발을 잘못 내디디는 순간에는 풀 스피드로 달리는 트럭 위에서 굴러떨어져 즉사할 수밖에 없는 그 죽음의 트럭 위에 간신히 매달려 인천서 마지막 뜬다는 피난선을 타기 위해서 우리는 얼마나 마음을 죄었던지…… 훌쩍 떠오른 이러한 기억에 가슴이 뭉클해진다.

그러나 오늘 아침, 장애물 없는 포장도로를 경쾌한 지프로 달리는 우리들 뇌막에는 잊어서는 안 될 이러한 기억들이 주마등처럼 스치고 지나간다. 가도에는 플라타너스가 우거지고 연선 평야에는 조·메밀·감자·과수의 푸른 빛 물결이 굽이친다. 돌아오는 길에는 소사에 들러 복숭아를 사가지고 오자고들 했다.

인천서 덕적도로 향하는 똑딱선은 7시 정각에 떴다. 삼복
염천의 태양이 내려쬐는데도 배 위에 있으니 오히려 선선하다.
똑딱선은 순조順潮를 타서 예상 시각보다 일찍 목적지에 닿았
다. 여기가 귀에 익은 덕적도 – 9·28 서울 수복 시에 UN군이
이곳에 먼저 상륙했다고 들은 덕적섬이다.

뱃머리에서 우연히 아는 분을 만났다. 이 섬이 고향인 서울
S대학의 조교 M씨는 우리 일행에게 온갖 친절을 다 베풀어 주
었다.

우리는 캠핑할 적당한 자리를 찾기 위해서 나룻배를 타고
이 섬 저 섬을 건너다녔다. 일행 중 S씨의 주장으로 멀리서 바
라보고 그럴듯한 자리를 찾아왔더니 소를 먹이던 자리라 쇠파
리가 들끓었다. 해가 저물어서 하는 수 없이 여기다 천막을 치
고 제1야를 맞이하려는데 이 마을에는 아무것도 먹을 것이 없
어 우리는 실망했다. 바닷가에서 뛰는 생선을 사 맛있는 요리
를 해 먹자고 조미료만 가지고 왔는데 고깃배는 나가서 다 팔
아 버리고 빈 배로 돌아온다는 것이다.

이 마을에는 채소도 귀하다. 호박이나 오이 한 개를 얻을 길
이 없어서 낙망하는데 M씨의 당숙뻘 되고 이 마을의 주인 격
되는 분이 각별한 후의로 우리 일행에게 저녁을 대접하여 우리
는 구수한 된장국에 맛있는 꼴뚜기젓, 새우젓에 밥 한 그릇을
다 비워 냈다. 그리고 모래밭에 뒹굴면서 아름다운 바다의 만

월을 바라본다. 어쩌면 바다의 달밤은 이렇게도 좋을까— 모두들 그 이상의 표현들을 못하고 여로에 지친 몸들을 모래밭에 뒹굴면서 제각기 상념에 잠겨 버리고 만다.

밧지름外林里이라 부르는 아름다운 마을

날이 밝기가 무섭게 찌는 듯한 햇볕이 내리쬔다. 바다에 들어가 있으면 시원하지만, 하루 세끼를 만들어 먹기 위해서 그늘 없는 모래밭에서 땀을 뻘뻘 흘려야만 한다. 게다가 쇠파리가 덤벼들어 따가워서 견딜 수가 없다. 그리고 바다에 들어가는 일은 하루 세끼의 채식으로는 에너지가 모자란다.

물이 나간 다음 바위에 붙은 굴을 따먹기도 하고 마을 아이들이 잡아 온 낙지 새끼를 삶아도 먹었다. 바위에 붙은 굴을 한동안 따먹고 난 S양이 메슥메슥하다니까 따라서 굴 따먹은 사람들이 모조리 구역질을 한다. 나는 굴 안 먹기를 잘했다고 좋아했다.

수영의 선수는 역시 B씨다. 이 바다와 산에서 단련된 훌륭한 건구를 지닌 B씨는 순식간에 까마득하게 멀어진다. 보기 좋은 크롤로 막 재미가 나는 모양이다. 수영이란 아름다운 스포츠다.

모두들 먹는 것이 탐탁지 않아 시장해한다. 내일은 다른 곳으로 자리를 옮겨 보자고 누군가 제안하니까 모두 동의한다.

또 누가 저 아름다운 낙조를 보라고 소리를 친다. 동화 속의 그림 같다 싶은데 정말로 또 동화 속의 노인 같은 한 노인이 지팡이를 짚고 나타난다. 우리 일행을 번갈아 쳐다보며 노인은 묻는다.

"댁들은 모두 어디서 온 손들이오?"

서울서 왔다니까,

"나는 이 너머 마을 사는 김 아무개요. 본은 안동이오. 올해 여든두 살이오. 밀물 때가 돼서 물꼬를 막으러 넘어왔더니 이 마을 박 생원이 다 막아 놔서 그냥 넘어가는 길이오. 그럼 잘들 놀다 가시오."

우리는 이 노인의 세련된 인사성에 놀란다. 우리도 각기 이름을 대지 않을 수가 없었다. 82세면 우리의 갑절 이상을 산 노인이다. 지팡이를 짚었으되 허리가 굽은 것이 아니다. 귀도 밝고 눈도 밝은 노인이다. 우리는 도저히 저 나이를 살 자신도 없으려니와 산들 저렇게 정정할 자신은 더욱이 없다. 우리들은 정신적으로 먼저 조로해 버리는가 보다.

노인이 지나간 후 우리는 노인이 남기고 간 여운 같은 것을 느낀다. 우리는 이 섬마을에서 이러한 노인을 만난 것이 흐뭇했다. 거진 한 세기를 살아오는 정신력을 우리는 노인의 인상에서 느낄 수 있었다. 노인의 정신력이란 그대로 자연이다.

달밤의 바닷가엔 요기가 돈다. 요염한 인어가 불쑥 떠오를

것도 같다. 갑자기 달이 흐려지더니 부슬부슬 비가 뿌린다. 우리들은 도깨비 이야기를 하다 말고 천막 속으로 뛰어들었다. 내일은 아침 일찍 천막을 걷어 가지고 이 소야리 마을을 뜨려 하니 어쩐지 섭섭하고 자리에 들어도 잠이 안 온다.

바다를 즐기지 않는 탓인지 우리는 사나흘에 고만 바다가 단조로워진다. 천막을 걷으니 귀로에 오르고도 싶어진다.

일행 중에서도 소장파들은 더 머무르기를 주장하고 노장파들은 배가 있으면 돌아가기를 바랐는데 뱃머리에 나오니 오늘 뜰 정기선이 내일 아침에야 간다고 한다. 소장파들은 함성을 올리고 우리는 하는 수 없이 이 진리라는 마을을 찾아들어 여관에 짐을 맡기고 다시 해변으로 나갔다. 조그만 재를 두어 고개 넘어가니 제법 울창한 송림 사이로 새파란 바다가 툭 터진 아름다운 해변이 나온다. 여기는 쇠파리떼도 없는 보송보송한 모래밭이다. 이 송림 그늘에 천막을 치면 좋았을 것을- 모두들 처음에 이 자리를 못 발견한 것을 후회한다. 여기는 또 인적조차도 고요하다. 송림 그늘에 누워 바라보면 눈이 부신 백사장 너머 묘연한 수평선이 맞닿은 바다와 하늘이 있을 뿐이다. 우리는 태고로 통하는 아득한 갈망 같은 것을 느낀다.

송림 뒤에는 20호 남짓 되는 아담한 마을이 있다. 이 마을의 이름은 밧지름外林里이라 한다. 오늘 하루 이 바닷가에서 흡수한 강장제를 가지면 우리는 1년을 살고도 남을 것 같다. 소야

리에서 만난 그 노인은 이러한 자연을 마시고 사는 까닭에 그 토록 정정한가 보다.

어둑어둑 저무는 황혼의 고갯길을 다시 우리는 진리 여관 으로 향했다. 이 자그마한 고갯길에는 숲이 아름답게 우거져 있다. 이렇게 숲이 아름다운 곳엔 인심이 고운 법이라고 누가 아는 체한다. 여기는 또 서울 등지에서 보지 못하는 아름다운 식 물들이 있다. 가져다가 정원목으로 심으면 희한할 청초한 이름 모를 수목들이 많다. 언제 다시 와서 옮겨가야겠다고 하는 이 들도 있다.

진리 마을이 다시 나온다. 달걀처럼 몽글몽글한 초가지붕 사이사이로 보랏빛 연기들이 피어오른다. 울타리마다 기어 올 라오는 하얀 박꽃들이 황혼 속에서 희다 못해 오히려 푸르다.

달 밝은 밤 농가 마당에 멍석을 펴고 달구경을 하며 저녁을 먹다. 여관 주인은 밤이 이슥토록 짚으로 새끼를 꼰다. 마당에 깐 멍석도 자리도 모두— 주인이 손수 만들었다 한다. 자급자 족이란 의미에서보다도 이렇게 자기에게 소용되는 물건을 손수 만들어 쓴다는 것이 의의 있는 민예民藝의 길이 아닌가 생각하 면서 우리는 내일 아침 일찍 뱃머리에 나갈 궁리를 하면서 자 리에 든다.

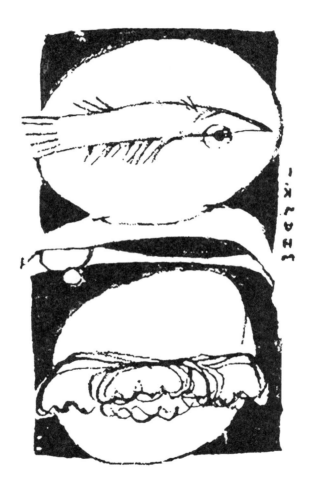

난방

서울서 천릿길 부산이 그다지도 추었던지 부산살이 3년에 오들오들 떨며 새운 겨울밤이 몇 밤이었는지 모른다. 다시 겨울을 맞이하여 감개가 무량하다.

그리운 내 집에 가면 우선 뜨끈한 온돌에서 허리를 펴본다는 것이 아쉬운 소망이었다. 그러나 그렇듯 그리던 내 집에 왔지만 우리는 쉽사리 뜨끈한 방에서 허리를 펼 수 없었다.

작년만 해도 지나고 보니 따뜻한 겨울이었지만 초겨울 으스스 삭풍이 뼈에 스며들 땐 겨울이란 그대로 공포가 아닐 수 없었다.

방이 있으되 난방할 방도가 서지 않아 우리는 모이면 의논이 구구했다. 뿐만 아니라 구공탄 아궁이를 선전하는 곳마다 쫓아다니며 견학을 했고 또 경유를 때는 것이 경제적이라는 아궁이도 가서 견학을 했다. 그래 믿을 수 없는 남의 말을 믿느니보다 실제로 내가 해보는 수밖에 없다고 우리는 구공탄 아궁이를 하나 만들어 보기로 하고 또 경유도 한번 써볼 만하다고 그 도구와 연료를 사들였다.

우선 부엌에다 구공탄 아궁이를 하나 만들었다. 공교롭게

서투른 기술자를 만나 다락 밑 바싹, 너무 가까이 그나마도 비뚜르게 아궁이를 붙여 놓았다. 아랫목이 따뜻해서 무방하기는 하나 다락 밑이 가까워 겨우내 화재를 조심하는 데 피로했다. 비뚤어진 부뚜막의 외모도 볼썽사납지만 구공탄을 누를 적마다 그 먼지를 당할 길이 없었다. 그 먼지 탓에 부산살이 3년 동안 그렇게 남들이 편리하다는 구공탄을 거부하고 석유 곤로[풍로]를 사용해 왔는데 석유에 폭발물이 섞여 위험해지면서는 하는 수 없이 구공탄을 사들였지만 역시 먼지는 견딜 수 없이 싫었다.

우습게 생긴 경유를 때는 도구, 서투르게 만든 장난감만도 못한 소위 장사치 말대로 기계라는 것을 가지고 경유를 아궁이에 때보았다. 이것은 또 사뭇 구들장 밑에서 그대로 태풍이 이는 소리가 나지 않는가. 아무리 바닥이 뜨끈하다 할지라도 그 태풍 소리를 귀담으면서는 도저히 허리를 펼 용기가 안 났다.

할 수 없이 장작을 한 평 샀다. 한 평이라야 그전 반 평밖에 안 되는 장작을 자지고는 겨울 삼동을 나기에는 어림도 없었다. 그러자 누가 또 살 수 있다는 돌석탄을 좀 들었다. 물론 이 여러 가지 연료들은 경제적이지는 않았다. 뿐만 아니라 우리는 변변히 뜨끈히 허리를 펴지도 못한 채 허둥지둥 겨울을 났던 것이다.

한 해가 가고 또 겨울이 닥쳐왔다. 사람들 입에서는 절로

"그저 추위가 작년만 하다면야." 하는 소리가 나왔다. 나도 올겨울엔 당황하지 않을 자신이 있었다.

그랬는데 뜻밖에 올겨울은 30년 만의 추위라는 말이 났다. 올겨울의 경제력이 작년보다 나을 리 없건만 물가고는 반비례하니 단 한 평의 장작도 살길이 없는 우리는 그 싫은 구공탄을 다시 쓰는 수밖에 없다고 겨울이 되기 전 일찌감치 구공탄을 들여놓았다.

그런데 이번에는 또 아궁이가 말썽을 부린다. 겨우 한 방을 제외하고는 아궁이마다 바닥에 반석盤石이 깔려 구공탄 아궁이를 만들려면 대규모의 공사를 해야 한다는 것이다.

정말로 이제는 난방하는 데 지쳐 버려 완전히 손을 들고 말았는데 또 들리는 소리가 30년래의 추위란 시장의 장사치들이 겨울 물건을 팔기 위해 꾸며낸 근거 없는 거짓말이라고도 한다. 세상이란 점점 험악해져만 간다. 그러나 어쨌든 김장이 시어져도 좋으니 제발 더 추워지지 말았으면 하는 것은 지금 우리 모두의 심경이리라.

신인을 기대하면서

우리가 생각하기에는 우리보다 환경이 좋은 외국에서는 여성들이 자기의 재능을 맘껏 발전시킬 수 있으리라고 대단히 선망이 가는데 직접 외국 사람의 이야기를 들어 보면 또 그렇지만도 않다.

예를 들면 미국 같은 나라에서는 얼마나 여성들이 자유로울까 상상하는 데 자유로운 것이 사실이기는 하나 환경이 너무 여성들을 우대하기 때문에 그 속에서 길러진 여성들의 재능이란 실력 이상으로 찬양되는 폐단이 많다 한다. 뿐만 아니라 그들 - 이를테면 여류 예술가 또는 여류 사업가들은 성격적으로도 고만 여성도 아니요, 남성도 아닌 중성中性의 불구성不具性을 지니게 되어 일반 남성들은 이러한 여성들을 대단히 싫어한다고 한다. 그러니까 결국은 우리가 부러워하는 것처럼 그네들이 행복하지는 못하다는 의미이리라. 그러나 이것은 남성들이 상식적인 여성관으로 여성에게 요구하던 것들이 충족되지 않는 결핍에서 느끼는 불만이라고 짐작할 수도 있다. 우리는 불우해도 좋으니 굳이 그러한 자유자재로운 환경이 부럽다고 무턱대고 고집하는 것은 아니나 우리들의 주위에도 좀 더 여성들이

나아가는 길에 편의가 돌봐진다면 얼마나 우리의 헛된 정력이 소모되는 것을 막는 데 도움이 되랴 싶을 뿐이다.

한 소녀가 순풍順風 안에서 자라나 행복스런 결혼을 하고 원만한 가정을 이루어 평생을 다복하게 살다 죽는다면 문제는 없겠으나 사람의 일생은, 특히 여자의 일생은 평탄치 못한 것이 원칙이어서 한 여성이 평생을 살아가는 동안에는 갖은 우여곡절이 따르는 것이다. 또 타고난 운명과 재능이 이에 박차를 가해서 때로는 여성이 힘에 벅찬 예술이란 과업을 짊어지게도 되는 경우가 있다. 이런 때 우리나라와 같이 여성의 입장이 모든 의미로서 불리한 조건으로만 되어 있을 경우는 여성이 예술에 종사해서 일가를 이룬다는 것이 참으로 어려운 일이다. 오늘까지의 우리의 과거를 돌아보건대 제법 남성과 겨루어 일가를 이루어 본 여류 예술가의 존재란 희구하다. 이렇듯 선천적인 여성이라는 조건 이외에 우리의 사회적인 조건이 항상 여성의 발전을 막아 온 것이 사실이기도 하다. 오늘날 우리의 현실은 여러 가지 의미로 여성에게 해방의 길을 열어 주었다. 이것이 어느 의미로서는 일부 여성에게 자멸의 희생을 시켰다고도 볼 수 있으나 어느 역사에도 과도기의 희생은 불가피한 것으로서 나는 오히려 이러한 과도기의 혼란을 낙관시하며 이 과도기가 지난 우리 여성계의 앞날을 대단히 기대하는 것이다.

20대를 격려하고 싶다는 것이다.

오늘의 우리 40대는 이미 지나간 세대에 속한다고 본다. 그러나 이 40대가 분명히 새로운 세대가 교류되는 교량의 역할을 다했다고 보며 그러기에 새 세대에 직면한 오늘의 30대는 고민하고 있으며 앞으로 20대는 틀림없이 건전한 발전을 하리라고 기대한다. 나는 여성의 한 사람으로서 고민하는 30대를 가장 동정하며 20대를 무한히 아낀다. 다시 말하면 30대를 옹호하고 20대를 격려하고 싶다는 것이다.

그리고 내가 20대 새 세대에게 부탁하고 싶은 말은 부디 낡은 세대들의 경우처럼 여성이라는 핸디캡을 들고나오지 말라는 것, 당당히 두뇌적인 실력으로 등장하라는 것이다. 그러나 이것도 기우인 것이 새 세대는 이미 각 부문으로 우수한 두각을 나타내고 있는 것을 느끼고 있지 않은가. 응당 새 세대는 우수한 두뇌적인 실력으로 나올 것이라고 나는 믿는다.

파리 도착

5월 20일 오후 네 시 정각 오를리 공항에 내리다. 프랑스에 닿으니 수목이 울창鬱蒼하고 그 배치配置가 정연한 것이 먼저 눈에 띈다. 비행기에서 내려 광장廣場을 건너오려는데 공항 로비에서는 마중 나온 사람들이 소리를 지르고 키스를 던지고 야단들이다. 나도 누가 마중을 나왔으면 저 속에 있으려니 하고 두루 찾아보나 한국인의 모습은 찾아볼 수 없었다. 일본서 전보 요금이 비싸기에(2천 여 엔) 전보를 한군데만 쳤더니 연락이 안 되었나보다고 적이 불안하다. 수인의 일본인이 눈에 띈다. 이야기를 들어 보니 비행기가 닿을 때마다 공관원公館員이(나중에 알고 보니 에어프랑스 회사 일인 직원이) 나와 자기 나라 국민이 오고 가는 동태를 살피는 모양이다. 오늘 파리 도착은 두 사람뿐이고 일행 중 아무개 씨는 로마에서 내렸다고 보고하는 것이 귓결에 들린다.

패스포드를 제시하고 사진과 동일인同一人이면 그만이다. 간단해서 좋다. 그 다음은 앞에 죽 놓여진 짐들을 각기 찾아가지고는 삼삼오오로 흩어지기 때문에 같이 타고 온 사람들이 금방 없어져 버린다. 나는 그때 비로소 등 뒤에서 "사모님!"하는

소리를 들었다.

　나양羅孃이 반가워하며 막 소리를 지르고 있지 않은가. 그 뒤에 살이 오르고 얼굴이 새까맣게 그슬려 잘 알아볼 수 없는 김 선생과 바바리 코우트에 베레를 쓴 최 선생이 서 계시다. 반가움은 말할 수 없고 이 이역異域 수만 리에 우리 사람들과 우리말이 있다는 것이 여간 마음 든든해지는 것이 아니었다.

　하늘이 흐리고 거리가 어둡다. 요즈음 늘 비가 내렸고 오늘도 이제 곧 비가 올 것이라 한다. 김, 최 두 분이 다 차를 가지고 오셨다. 김 선생은 스꾸떼[스쿠터], 최 선생은 다또상[작은 차]보다 약간 큰 기묘하게 생긴 차를 가지고 나오셔서 거기다 짐을 싣고 우리 일행은 수목이 우거진 사이를, 빨간 지붕들이 보이는 가로街路 양편의 교외풍경郊外風景을 바라보며, 잿빛 고층 건물들이 늘어선 파리 시내로 달린다. 과연 차가 많다. 차들이 홍수처럼 밀려오고 밀려가는데 크락션 소리도 없거니와 우리나라에서 보는 그 크고 미끈한 고급차들을 볼 수 없고 차체가 모두 작으며 그 모양이 가지각색인 것이 퍽 재미난다. 오토바이 종류의 것들이 많고 소음을 내는 것도 그것들인데, 다또상보다 조금 더 큰(나중에 안 2마력이니 4마력이니 하는) 프랑스제 차들이 가장 많이 눈에 띈다.

　길 양편 보도에는 형형색색의 차들처럼 국적國籍을 달리한 가지각색의 몸차림을 한 사람들이 걸어가고 있다. 대체로 키들

이 작다. 여자들의 빛깔이 뛰어나게 희고은 것, 남자들은 코밑과 턱 아래 다갈색茶褐色의 수염을 기르고 있는 것이 파리쟝인 듯싶다.

길 밖에 나와 있는 까페茶房를 본다. 아름다운 조색調色의 양산을 받고 있다. 시가는 짙은 잿빛으로 시꺼멓게 그슬린 7·8층의 고층 건물들이 루이 왕조王朝의 고풍古風한 냄새를 풍기고 있다. 파리는 호화찬란한 도시가 아니라 대단히 고풍한 도시다.

도중에서 비가 쏟아진다. 그런데 여기 사람들은 태연히 비를 맞고 걸어간다. 겨울 외투를 아직 입고 있다. 아직도 여기는 기후가 선선하다. 며칠 전에는 상당히 더웠으나 여기는 여름에도 비가 내리면 춥다고 한다. 비는 소나기처럼 금시에 또 그치는데 길바닥에는 돌이 깔려 비가 와도 흙물이 튀지 않으니 양말이고 구두가 마르면 그만이다. 여기는 그 흔한 슈샤인 보이가 없어 마음이 편하다. 일본서도 노인이 길바닥에 꿇어앉아 슈샤인하는 것을 보았다.

우선 아무 데고 여장을 풀어야겠다고 찾은 곳이 이 곳 륙상부르 공원이 바로 내려다보이는 오데온이란 호텔. 호텔 3층 방에 짐을 두고 먹을 것을 찾아 거리에 나오다.

밥이 먹고 싶어 중국 레스또랑을 찾았으나 푸석푸석한 안남미安南米라 먹을 수가 없다. 공로空路에서 가끔 멀미를 한 까닭에 나는 서울을 떠난 이후 식사를 제대로 못했다. 무엇이고 비

위에 맞는 것을 먹어 우선 속을 가라앉혀야겠는데 밥이 아니고
는 구미가 도는 것이 없다. 떠나오기 전에는 외국에 가면 그 나
라 것으로 익숙해져야겠다고 마음먹었던 것인데 오자마자 밥
생각 김치 생각이 간절해진다.

파리제巴里祭

　　파리제를 '까또르즈 쥐이에'[14 Juillet, 프랑스 혁명 기념일]
라고 한다. 여기서는 이것이 한 해의 제일가는 축제일이다. 벌써
7월로 접어들면 온 파리시가 다가오는 '까또르즈 쥐이에'를 맞
이하는 흥분으로 출렁댄다. 외국인들도 덩달아서 흥미와 기대
를 가지고 이날을 기다린다. 파리제란 누구나 다 아는 1789년
프랑스 혁명 기념일의 축제祝祭다. 이 파리의 바스티유 감옥이
파리 시민들의 손에 의해서 허물어진 자유 혁명이 이루어진 것
이다.

　　해마다 이 축제는 13일 밤부터 시작되어 14·15일 밤까지
계속된다고 들었고 또 신문에도 분명히 13일부터의 행사를 소
개했길래 나는 13일 밤 일찌감치 시청 앞 광장에 먼저 가보
았다.

　　이건 딴 얘기지만 여기는 국기를 내거는 방법이 재미난다.
건물 하나에 국기 하나 다는 게 아니라 건물의 창마다 국기를
다섯 개씩 푸른 빛을 위로 해서 대를 모아 부챗살처럼 세워놓
아 멀리서 보면 꽃다발 같기도 하고 그것이 흑회색黑灰色 고풍한
건물에 잘 아울려서 참으로 조화가 아름답다. 그러니까 국기만

을 가지고 훌륭한 '데꼬라시옹'이 되는 것이다. 국기를 만든 감이 또한 구겨지지 않고 비를 맞아도 마르면 그만인 이상적인 감으로 만들어진 것은 물론이다. 이 국경일의 '데꼬라시옹'이라고는 국기들뿐이다.

　밤의 행사란 여기 말로 '당세Danser'─ 우리 관념觀念으로 말하는 사교춤인데, 이 광장─ 즉 거리에서 춤춘다는 것이 대단히 흥미로와 구경하고 싶었으나 열 시를 지나 열두 시가 가까와도 춤을 추려고 호브 뒤 스와레夜會服을 입고 나온 사람들이 서성거릴 뿐 시청 앞에 설치된 오케스트라의 막이 도무지 열리지 않는다.

　파리 사람들도 시간 에누리하는 것은 보통이길래, 그러나 두 시간 이상 에누리야 하랴 했더니, 아니나 다를까 신문이 오뗄 드 빌(시청) 광장에서도 야회夜會가 열릴 것이라는 억측憶測으로 보도했다는 것이다. 시청 자체는 14일 밤을 준비하고 있다는 것이다. 근사하게 차린 한 쌍의 부부가 시간이 늦었나 보다고 바쁜 걸음으로 시청 안으로 들어가려는데 어디를 가느냐고 수위가 막는다. 그것을 계기로 궁금히 생각하던 군중들이 수위 곁으로 몰려갔는데 거기서 신문의 오보誤報를 알게 되었다.

　그러나, 웅성거리던 군중은 누구 하나 불쾌한 언성으로 불평과 비난을 하는 일 없이 웃어버리며 다른 곳으로 방향을 돌리는 것은 즉 이 사람들이 이러한 경우에 관대해질 수 있는 것

은 또 다른 데 가서도 얼마든지 즐길 수 있다는 여유가 있으므로 해서일 것이다. 이 광장 다음에는 자유의 여신상女神像이 하늘 높이 날고 있는 바스티유 광장과 소르본 광장이라고 들었기에 나는 소르본 쪽으로 방향을 돌렸다. 여기는 진작부터 무도회舞蹈會가 시작되어 한참 익어가는 참이었다. 거의 전부가 세계 각국 남녀 대학생들로 이루어진 소르본 광장의 무도회는 샹송도 야하지 않고 격激하지 않고 달콤하면서도 애수적인 멜로디가 학생가學生街다운 분위기를 잘 리드하고 있어 인상적이었다. 이러한 경우 혼자 우두커니 섰든지 앉았든지 하다가는 같이 추기를 청해 오기가 일쑤라고 들었기에 그런 경우 거절하는 회화會話를 준비하면서 한참 구경을 하는데 아니나 다를까 "마드모와젤 씨르부뿔레!" 하고 연달아 청해 온다. 나는 하는 수 없이 자리를 비키는 수밖에 없었다.

14일 아침엔 아홉 시부터 에뜨왈凱旋門 광장에서 기념식과 분열행진分列行進이 있었는데 볼 만했다. 우선 그 코스튬들이 재미났다. 프랑스 기마대를 비롯하여 알제리 기병악대騎兵樂隊, 아프리카 기마대의 원색의 호화찬란한 망또와 모자의 빛깔이 사람들을 한층 더 눈부시게 하였다. 아직도 프랑스는 식민지를 많이 가지고 있는 것이 다시금 인식된다.

이날 밤은 세느강 다리 위에서도 하늘 높이 찬란한 불꽃을 올리고 오뗄 드 빌 광장에서도 정각 열 시부터 당세Danser가 벌

어졌다. 내가 다다랐을 때는 이미 그 넓고 넓은 광장이 그냥 남녀의 율동律動으로 파도치고 있었다. 어젯밤 내려져 있던 오르페뜨르[오케스트라]의 막이 걷히고 눈이 부신 일루미나 아래 무도곡舞蹈曲이 흐르고 있었다. 그런데 재미나는 것은 그들의 춤추는 광경이다. 이것은 지금까지 내가 생각했던 사교춤과는 대단히 다르다.

스텝이 첫째 제멋대로요, 자세 역시 가지각색으로 한 쌍의 남녀가 서로 껴안고 음악의 멜로디에 맞춰서 그저 유동流動하고 있을 뿐 내 눈에는 우리의 세계와는 다른 또 하나의 세계, 그것은 마치 멀리 바라다보는 도원경桃源境의 꿈나라와도 같이 느껴질뿐더러 이들은 이렇게 하고 밤을 새운다. 대개가 부부가 아니면 애인들, 아미[친구]들끼리 마음껏 심신心身을 즐기는 것이다. 이러한 당세Danser가 파리 시내 몇 군데 광장과 구역마다 광장에서 불야성不夜城을 이루고 새벽 네 시까지 계속하는 것이다. 15일 밤도 역시 이렇게 보낸다. 이것이 이들이 즐기는 파리제였다.

파리의 여름

파리에 온 지도 어언 3개월이 지났다. 겨우 지리와 언어와 풍속에 낯가림을 면할 정도다.

고국에서 온 편지에 90년래의 더위가 유럽을 엄습한다는데 얼마나 더우냐고-.

그런데 여기 파리는 지금 여름은 벌써 지났다. 혹자或者는 지났다고 혹자는 아직 더위가 남았다고 하는데, 어쨌든 요 2·3일 태양은 완전히 구름 속으로 사라지고 고국의 가을 같은 선들바람이 마로니에 가지를 흔든다. 파리에는 마로니에 말고 또 무슨 나무들이 있느냐고-. 플라타너스, 아카시아, 포플러, 보리수, 그리고 또 느티나무와 버드나무로 모두 우리나라에도 있는 나무들인데 산림의 수목처럼 우거져 있을 뿐이다.

파리제 전후해서는 제법 지독한 더위가 있었다. 태양이 직사直射하는 것도 아니고 그냥 찌는 듯한 무더위였다. 아스팔트가 훅훅 달아오르고 공원의 무성한 수목들까지도 열기를 내뿜어 정말 숨이 꽉 막힐 지경이었는데, 여기 사람들도 예년例年에 없는 더위라고 야단하는 바람에 그러한 더위가 계속할 줄만 알고 겁을 냈더니 파리제를 전후해서 몇 차례 비가 뿌리고 나서

는 이어 그냥 더위가 가셔버리고 만다.

간간이 태양이 얼굴을 내밀어도 고국의 만추晩秋처럼 땀이 나도 이내 식어버리고 마는 선기가 완연하더니 어제, 오늘은 글쎄 이렇게 선선하다 못해 추울 정도요, 오늘은 거리에 바람까지 일어 노인들은 겨울 외투를 입고 나와 서성댄다. 파리의 여름은 참 싱겁게도 가버린 것 같다.

그런데, 여기 사람들은 거의 다 바캉스 여행을 떠나버리고 이제 이번 주말에 마지막 패들이 마저 떠나버리고 나면은 정말로 파리시는 텅 비다시피 되려나 보다. 다 떠나버리고 텅 빈 파리에 혼자 남아보는 것도 무엇인가 얻는 것이 있을 거라고-. 무엇인지가 아니라 참으로 많은 것이 얻어지리라 생각되어, 나는 어서어서 다들 떠나버리기만 기다리는 참이다.

오늘은 토요일- 나는 한 주일에 한 번은 루부르에 나갔던 길에 콩코르 광장으로해서 샹제리제 거리에 나가본다. 파리의 심장인 넓고 넓은 광장에 나가보면 가슴 안이 끝없이 시원해지기 때문이다. 뿐만 아니라 한 주일마다 달라지는 거리의 모습이 또한 여간 재미나는 것이 아니다. 오늘은 마로니에, 플라타너스의 가로수들이 어느덧 누르스레 붉으스레 단풍이 들기 시작해서 완연히 가을이다. 참 성급한 계절이기도 하다.

언제고 파리는 어두컴컴한 날씨요, 서글프게까지 흐려가고 있다. 이래서 파리의 우울憂鬱도 나올 수 있고 다미아의 콧노

래도 나올 수 있는 것인지 모른다.

　더욱이 세느에는 강변을 걸어보면 누구나 여기서 예술이 아니 나올 수 없다는 것이 느껴진다. 이것은 언어나 문장의 표현이 필요치 않다. 누구나 몸소 체질로 느끼는 것이기 때문에 어딘지 모르게 서글프면서도 무한히 아름답고, 무엇인지 모르게 갈망渴望해지면서 체내의 피가 끓어오르는 의욕意慾 – 그러한 것이 예술이 나올 수 있는 가능성이 아닌가 한다.

　루부르에서 나오면 바로 세느강이요, 거기 예술교藝術橋가 있다. 여기 나오면 누구든지 이 다리에 올라가 쉬고 싶어진다. 이것이 유명한 퐁 데자르인데, 파리를 찾는 화가는 먼저 이 다리에 와서 경의敬意를 표하고 첫 스케치를 한다는 말이 있다. 이 다리에 올라오면 바라보이는 풍경이 아름다워서 누구나 한번 그려보고 싶은 충동을 받기 때문이리라.

　그래서 이름도 예술교요 여러 화가들이 이 다리 위에서 그린 그림이 유명하기도 하고 또 다리를 건너가면 거기 바로 루부르와 마주 서 있는 아카데미 프랑세즈가 있기 때문이기도 하리라. 얼마 전에 아카데미 회원이 된 장 콕도가 이 한림원翰林院에서 가장 젊은 회원이라고 한다. 이 다리 위에 서서 한림원을 바라보고 왼편이 노트르담이 있는 씨떼CITE섬이요 팔레 뒤 쥐스티스大法院도 그 안에 있으며 오른편으로 그랑 팔레, 프티 팔레의 둥그런 지붕들이 보이고 그 멀리 에펠 탑도 보인다.

세느강 양편에는 유명한 낡은 노점露店 책사들이 즐비하니 뚜껑을 열었는데, 이 책점들은 뚜껑을 닫으면 납작한 궤짝이 된다. 뚜껑을 열어 벌여 놓으면 책가게가 되는데, 그 모양도 크기도 같아서 가지런히 돌담 옆에 늘어져 있는 것이 아름답다고 할 수 있을 것 같으나, 실제의 그것은 세느강이 아름다우며 서글프듯이 저녁 무렵, 이 납작한 궤짝에 저마다 쇠를 채우고 돌아간 모습은 어쩐지 서글픈 풍경으로 보인다.

그러나, 이것은 공연한 에트랑제의 심사이고 실제의 그들은 그것으로 충분히 생활이 된다고 하며, 그 중에는 40년씩도 그 자리를 지켜온 노부부老夫婦들도 있어 그들의 이야기를 들어보면 그것은 그대로 파리의 역사이기도 하다.

부디 건강하고 부디 서둘지 말고, 부디 비굴한 생각 말고, 부디 초조하지 말고 부디 격激하지 말고, 부디 순간에 취하지 말고 부디 선악에 매섭고 부디부디 또 일체 감상을 버리라고─ 나는 이러한 고국의 부탁을 마음속에 되뇌이며 샹제리제 대로를 다시 활보해 본다.

멀리 에뜨왈(개선문)을 바라다보고 올라가면서 양편 거리의 진열장 안을 들여다보며 호화찬란한 호사를 마음껏 즐겨보기로 한다. 이것이 세계에서 제일가는 윈도우이리라. 한 주일마다 진열이 달라진다. 보다 더 새로운 것으로 보다 더 참신하고 아름다운 것으로─.

로댕미술관美術館

8월에 들어서니 완연히 거리가 한산해진다. 거리마다 꽉 차던 그 많은 차들이 어디로 다 흩어졌는지 모르겠다. 사람들의 수도 그만큼 줄어졌다. 뿐만 아니라 거리의 상점들도 많이 문을 닫았다. 중순이 되면 큰 백화점들마저 문을 닫고 9월 초까지는 이러하리라 한다.

파리답지 않게 청명한 날씨가 계속한다. 물론 우리 하늘처럼 푸를 수는 없으나 제법 하늘이 푸르기까지 하다. 바람이 일면 어느덧 우수수 낙엽이 구르고 흡사 한국의 가을이건만 여기 사람들은 해만 나면, 보라고 아직도 여름이 아니냐고 우긴다.

나는 나대로 어쨌든 단풍이 들고 낙엽이 구르면 이미 가을이라고 우기면서 우리나라는 춘하추동春夏秋冬 사시의 계절의 매듭이 분명하며 기후가 그렇게도 좋을 수가 없다고 자랑을 해 보면, 단순한 사람들은 가보고 싶다고 또 부러워도 한다.

오늘은 모처럼 청명한 날씨여서 나는 벼르던 뮤제 로댕을 찾기로 했다. 콩코드 광장에서 남쪽으로 세느강을 건너오면 거기 앵발리드 광장이 있고 그 뒤로 다시 돌아오면 낡은 건물들이 있는데, 그 중의 하나가 로댕의 미술관이다. 앵발리드란 루이

14세가 건설한 폐병원廢兵院인데 여기 나폴레옹의 무덤이 있다.

　미술관을 들어서니 정원 꽃밭 한가운데 '생각하는 사나이'의 조상彫像이 푸른 하늘과 그 사이로 피어오른 구름을 배경으로 높이 솟아 앉아 있다. 청동靑銅이 오랜 세월에 씻겨내려 대리석 대석臺石을 옥색으로 물들인 것이 더 한층 아름답다.

　이 너무도 유명하고 너무도 눈에 익은 예술품을 실제로 볼 수 있는 즐거움- 그러나 다시 관내館內로 들어가 일당一堂에 모아진 이 너무도 유명한 예술가의 수많은 걸작들을 한꺼번에 대하니 오히려 평범해진다. 빅토르 위고를 위시한 당시 로댕과 관련됐던 사람들의 무수한 초상들- 그러나 나는 실재의 인물을 보는 듯 매끈하게 다듬어진 초상들보다는 대리석을 덩어리 째 놓고 부각浮彫해 놓은 것들이 더 좋았고, 그중에서도 '여명黎明'이니 '바다'니 '시'니 하는 명제命題를 붙인 것들에 마음이 더 끌렸다.

　그 유명한 '베에제'Le Baiser[입맞춤]도 아름답지 않을 리 없겠는데, 루브르의 무진장의 조각들 더욱이 '미로'의 '비너스'를 본 눈에는 그저 평범하니 아름답게만 느껴질 뿐이다.

　로댕의 최고의 걸작은 아무래도 저 몽파르나스 거리 모퉁이에 서 있는 발자크의 조상彫像이 아닌가 한다. 발자크가 그 거리 뒷골목에서 살았는데, 날마다 그 시간이 되면 뒷골목으로부터 나타나는 그 모습을 조상彫像한 것이라는데, 멀리서 보면 나

무토막 같기도 하고 가까이 보면 메줏덩어리 같기도 한, 이 시커먼 브론즈 입상立像은 아무리 바라보아도 그냥 좋기만 하고, 바라보면 볼수록 그냥 가슴이 시원해지기만 한다. 무릇 예술의 걸작은 이렇게 보는 사람으로 하여금 가슴 속 깊이 시원한 흡족감洽足感을 주는 것인가 보다.

플라타너스 가지에 가리어져 멀리서 보면 아랫도리 옷자락만 보인다. 가까이 가서 쳐다보아야 거기 발자크의 모습이 보이는 것이 더 친밀감을 느끼게 한다. 장군들의 동상처럼 거리 한복판에 내다 세우지 않은 것이 파리의 세련된 감각일는지 모른다.

이 몽파르나스 거리가 예술의 심장 역할을 하던 당시엔 이 발자크의 입상이 세워짐으로 해서 한층 더 예술의 불꽃을 돋구었을 것이다. 뮤제 로댕의 조각들도 그렇게 일당에 모아 진열할 것이 아니라 욕심을 말하면 큰 로댕의 정원을 만들어 외광外光에 내놓으면 한층 더 아름다우리라는 생각을 나는 부질없이 해본다. 그러면 또 가벼운 것들은 〈모나리자〉의 실종失踪처럼 분실 도난의 염려가 있을지도 모르지만.

관館을 나와 뒤로 돌아가니 넓은 후원後苑이 있어 도심지 같지도 않게 과수果樹가 있고 울긋불긋 익어가는 과일이 매달려 불현듯 고국의 어느 마을에 온 것 같은 야취野趣를 느끼게 한다.

여기 나무 밑에 놓인 걸상들에도 어디서나처럼 쌍쌍의 연인들이 저마다 자리를 잡고 있고, 젊은 엄마들은 아기차에 아기를 태우고 와서 그 앞에 놀리며 뜨개질도 하고 바느질도 하고 있다.

　　여기는 거리가 바로 공원이요 정원이 바로 실내와도 같다. 나무 그늘마다 벤치가 놓였건만 그 많은 자리들이 별로 빌 때가 없어 나는 좀체로 다리를 쉬어 갈 수가 없다. 아무 데나 앉기는 싫고 기왕이면 근사한 자리에 앉고 싶어 찾아가면 그런 자리는 벌써 점령되어 있고 어쩌다 비어 있을 경우에 가서 보면 반드시 부근에 개똥이 있는지 걸상에 비둘기 똥이 쌓여 있든지 무슨 나쁜 조건이 따라 있다.

파리의 무덤

8월 말이 가까워지니까 제일차로 바로 떠났던 파리지앵들이 돌아오기 시작하고 조용하던 파리가 다시 활기를 띠기 시작하더니 새삼스럽게 잔서殘暑가 한여름 못지않게 더위를 몰고 와 춥다고 서두르던 사람들은 다시 웃옷을 벗고 여름 체제體制로 돌아간다. 당초에 종잡을 수 없는 요염妖艶스런 기후다. 나는 다시 맥을 잃고 찌는 듯한 더위에 정신을 차릴 수가 없어 구미조차 잃고 물만 마시며 나무 그늘만 찾아다닌다.

여기는 수질水質이 나빠서 날물을 안 마신다. 물 대신 포도주나 맥주를 마시고 우유나 과즙을 마신다. 항용 까페에서 부인이나 아기들이 맥주 한 잔을 쭈르르 마시고도 아무렇지 않은 것을 본다. 우리네 사랑에서 맥주 상에도 안주를 베풀어 놓고 취하도록 마시는 것을 생각하고 이상한 생각이 든다. 대체로 여기 사람들은 정력적인 것 같다. 이 찌는 듯한 더위에도 거리에 나가 보면 모두들 까딱없이 여전들 하다.

여자들은 되도록 나체를 노출시키는 복장인데, 남자들은 넥타이를 졸라매고 웃저고리까지 단정히 입고 있다. 여성들의 웃통은 거의 나체에 가깝고 맨발에 샌들을 신고 새빨간 발톱

을 보이며 시원스럽게 활보하고 있다. 나도 덥다고 늘어져 있을 것이 아니라고 용기를 내어 또 화랑畵廊들을 쫓아다닌다.

아직도 피카소 50년 전은 계속되고 있어 여기 가면 언제나 사람들이 법석거린다. 첫 번 와 보았을 때와 두 번째 세 번째 와 보았을 때의 감상하는 눈과 인식이 달라진다. 이에 대한 감상은 후일로 미루고- 지금 이밖에 보나르, 르누아르, 칸딘스키의 회고전回顧展이 있다.

그리고 지난 7월 30일에는 쟈끄 뷜롱의 80탄생 기념 축하회가 있었는데, 엊그저께 8월 17일에는 74세의 페르낭 레제가 세상을 떠났다.

뒤피가 떠나고 마티스가 떠나고 드랭이 떠나고 거장巨匠들이 자꾸만 떠난다. 또 8월 1일에는 문호文豪 토마스 만이 독일 본국에서 별세하고-.

여기 관련되어 생각나는 것이 있다. 내가 파리에 와서 가장 인상적이었던 것의 하나는 파리에 무덤이 많은 것이다. 처음 자리 잡은 꺄르띠에 라땡에는 파리의 모뉴망 중의 하나인 빵떼옹이 있다. 빵떼옹이란 누구나 아다시피 조국 프랑스를 위하여 위대한 업적을 남긴 영령英靈들을 국가가 모셔 놓은 무덤이다.

우리가 친히 이름을 기억하고 있는 빅토르 위고, 에밀 졸라, 장 자끄 루소 같은 이들의 영령이 이 안에 업적의 가치의 순서로 안치安置되어 있다. 나폴레옹도 프랑스의 위인 중의 하나임

은 사실이나 나폴레옹은 전쟁을 많이 해서 사람을 많이 죽였다고 해서 이 빵떼옹에 안치될 자격이 없어 그의 무덤은 아직도 앵발리드 안에 있다 한다. 빵떼옹 말고 또 우연히 지나간 데가 심띠에르 몽파르나스였다.

여기 춘희椿姬의 무덤이 있고 아르망의 무덤이 있고 얼마 전에 작고한 꼴레트 여사의 무덤이 있다. 이러한 무덤 앞을 지날 땐 나도 향기 어린 한 떨기 꽃을 놓고 가지 않을 수 없다. 무덤을 소중히 여기는 것은 그대로 인간의 가치를 인정하는 것이요, 따라서 살아 있는 사람들에게 생애를 노력하지 않을 수 없는 좋은 교훈이 될 수도 있는 것 같다.

우리도 남과 같이

더러 고국에서 오는 서신중에는 시골뜨기를 면하도록 모양을 좀 내라고 한다. 또는 그동안 더러 찍어 보낸 사진을 평하여 가로되 꼭 시골뜨기라고 주위의 풍경하고 통 어울리지를 않는다고-. 그러나 가만히 생각해 보면 우리나라 풍경에다 외국인을 갖다 놓고 찍어보면 역시 어울리지 않을 것 같다.

사실은 여기라고 뭐 대단한 게 있는 것은 아니다. 처음엔 사람들의 생김새가 입체적이요, 빛깔이 희고 또 의상衣裳들이 가지각색으로 아름다와 그것이 아름다운 도시의 거리와 잘 조화되어 현혹되는 것이지만 가만히 살펴보면 완벽의 미美라고는 역시 대단히 드물고 엉터리 날림의 차림도 있는데, 다만 이들의 재주는 무엇이든 체화시키는 기술이다. 색을 조화시키는 데 있어서는 과연 천재들이다. 또 아무렇게나 둘러맞추어 가지고도 자신만만하게 척 걸치고 나오는 그 자신들이다.

나는 생각되기를 이 자신이란 것이 대단히 소중한 것이 아닌가 한다. 물론 양식良識 없는 자신이란 말이 안 되지만 양식을 지닌 경우의 자신이란 대단히 귀한 것이다. 나는 여기서 유럽뿐이 아닌 세계 각국의 민족을 본다. 이러한 경우엔 개인 개

인이 아니라 각기 민족 전체로서의 인상이 더 뚜렷해진다. 나는 '마담 김'이 아니라 '마담 꼬레엔느'가 되어 버린다.

그러기에 외국에 나오면 항상 조국이라는 것과 민족이라는 것이 머리에서 사라지지를 않는다고 하는 것이 이러한 이유에서일 것이다. 꼬레[한국]나 꼬레앙[한국사람]이 이민족異民族의 눈에 어떻게 비치는지 나는 아직 모르겠으나 내 눈에 비치는 이민족들은 뚜렷이 구별이 되는 것이 재미나는 현상이기도 하다. 어느 민족들은 대단히 자신이 만만하고 어느 민족들은 소심하고 비굴해서 도대체 무엇 때문에 이 자유로운 천지에서 저렇게 기를 못 펴는 것일까 싶을 때가 있다.

유별하게 친절한 나라 사람도 있고 냉정하고 무뚝뚝한 나라 사람들도 있다. 스페인 사람들은 대단히 열정적熱情的이다. 이탈리아 사람들 역시 열정적인데 이 사람들은 한층 더 감정적이다. 독일 사람들은 우직愚直스러 보인다. 처음엔 이러한 것들이 한데 뭉쳐 현혹되어 분별을 할 수 없더니, 지금은 다소 비판이 서기도 하고 따라서 모든 것을 우리의 것과 비교하게 된다. 이러할 때 나는 조금도 실망하지 않는다. 우리도 남들이 부러워할 수 있는 보배를 지니고 있고 우리도 노력하면 다른 민족에 못지않게 잘 살 수 있다는 자신도 선다. 우리 민족이 지니고 있는 것은 결코 이민족에 못지 않는다. 다만 우리는 지역적으로 불리해서 그동안 이민족에게 시달림을 받았고 오늘 우리는

불행하나 반드시 우리 앞날에 영광이 있을 것이다. 외국에 나오니 이러한 희망이 절로 가져진다. 부디 우리는 서로 시기 질투하지 말고 다투지 말고 좋은 의미로서 서로 경쟁하여 공부하고 노력해서 민족적 보람을 느끼며 세계의 이목을 끌 수 있는 꼬레가 되어야겠다.

파리 여성들의 예술관

　파리는 실제로 여자의 수가 많아서인지 음악회를 가나 연극을 보러 가나 또는 미술전람회를 보러 가나 언제나 남성보다는 여성의 수가 훨씬 많다. 특히 무슨 부문이고 간에 예술강좌 같은 것이 열릴 때는 그 청강자의 대다수가 여성인데 놀란다.

　미술전람회를 감상하러 오는 그들의 태도를 보면 진지하고 열심이다. 아무 말 없이 열심히 그림을 들여다보는 태도가 첫째로 마음에 든다. 그리고 보고 나서는 반드시 한마디 자기의 솔직한 감상과 어느 것을 제일 좋아한다는 개성적인 기호까지를 첨부하는 것이 확실해서 좋다. 그렇게 함으로써 자기의 감상안을 높여 가는 것이 아닐까. 한층 더 마음에 드는 것은 자기 마음에든 전람회는 작가의 이름과 작품을 기억해 두는 것은 물론이고 한 번 자기가 기억한 작가는 그 변모해 가는 성장과 발전 과정까지를 관심하여 아주 그 작가의 팬이 되어 버리는 것이다. 그것도 어디까지나 단순한 아마추어에 그치는 팬이면서 그럴 수 있는 것은 그들의 취미생활에서 오는 것일 거다.

　파리에 있는 무수한 화랑은 그 경영자가 여성인 경우가 많다. 그림 감상의 안목이 어지간히 높은 수준에 있지 않고서는

파리에서 화상畫商이 될 수 없는 사실로 미루어 그들의 미의식의 교양을 짐작할 수가 있다.

거리의 상점 진열장을 장식하는 데꼬라뙤르(실내장식가)는 거개가 여성들이다. 파리의 상점들은 순전히 진열장 장사이다. 자기 상점에 있는 모든 물건의 샘플을 가격까지 명시해서 진열장에 전시한다. 그러니까 살 사람들은 열심히 진열장을 들여다보고 연구해서 진열장 앞에서 이미 살 물건을 결정해 가지고 상점 안에 들어가게 된다. 상점은 가격의 고하에 따라 품질의 차이는 있되 정직하고 양심적이다. 이러한 상점들을 여성들이 경영하고 매일같이 새로운 창안으로 진열장을 장식하는 것을 보면 파리 여성들은 장식하는데 천재들인 것 같다.

가정의 주부들이 집 안을 꾸미는 데 있어서도 마찬가지로 주부의 취미가 가장의 취미 이상으로 그 집의 분위기를 지배하고 있는 것 같다. 살롱에서 서재·침실·부엌·정원에 이르는 전부가 그 집 주부의 취미와 개성으로 조화되어 있는 것을 자랑으로 삼는다. 바쁜 생활 속에서도 여가를 이용해서 무엇이고 손질해서 주위를 미화시키고 실제로 예술 감정을 생활화하고 있는 것이 파리 여성들이 아닌가 한다.

그들은 여성이 정치에 참여하는 것을 그리 찬동하지 않는다. 물론 관심은 대단하고 비평은 날카로우면서도 또 무슨 큰 사업체 같은 것에 두목이 되는 예도 극히 드물다. 예술에 있어

서도 과거에 위대한 여성 예술가는 극히 드물다. 그러면서도 프랑스의 살롱 문화는 여성들의 손에서 이루어졌고 그것이 자라서 오늘의 프랑스 문화사상에 있어서 여성들의 위치가 크게 차지한다고 아니할 수 없다. 겉으로 보기에 프랑스는 가장 민주주의로 여성을 우대하는 것 같으나 실제에 있어서는 대단히 보수적이고 완고하다.

일례를 들어 프랑스의 예술원은 창설 이후 한 사람의 여성도 회원에 추대하지 않았다는 불평을 들어보아 알 수 있고 자신들이 싫어하기도 하나 역시 남성들이 되도록 여성을 정치에 가담시키지 않으려고 하는 것도 사실이라고 한다. 그것은 또 바꾸어 말해서 소위 남성이 할 일과 여성이 할 일이 확실히 구별되어 있기 때문이라고도 할 수 있다. 그 대신 오늘의 여성들은 또 무슨 일이고 하고 있는 것 같다. 과거의 살롱 취미가 오늘은 거리로 나와 시장을 이루고 있는 것 같다. 여성들이 장사들을 참 잘하는데 역시 취미 장사들을 하고 있다. 갖가지 장신구를 비롯해서 실내장식·미술품 등등 여성들만이 더 알뜰하게 할 수 있는 일들을 용하게 찾아내서들 하고 있는 것 같다.

파리의 가두街頭 예술가들

파리에는 순수 예술가와 확실히 구별되는 직업 예술가라는 것이 있다. 이 직업 예술가의 종류는 부지기수이며 등급 또한 여러 층이다. 그중에서도 가장 손쉽게 많이 눈에 띄는 것은 미술의 도시이니만큼 역시 직업 화가들이다. 노트르담 성당을 중심한 세느강가와 퐁 데 자르(예술교, 한림원翰林院과 루부르 궁전 사이에 놓여진 다리) 부근에는 언제 나가 보아도, 여름에는 물론이요 추운 겨울날에도 손을 호호 불며 부근의 풍경을 스케치 하고 있는 몇 사람의 직업 화가를 볼 수 있다.

그들의 솜씨는 보고 있어 유쾌하리만큼 능하다. 거리의 화가라고 해서 엉터리일거라고 생각했다가는 큰코다친다. 거리의 화가일수록 실력이 없으면 인기가 떨어지고 소위 거리의 화가로서의 생활을 유지할 수가 없게 되기 때문이다. 재미나는 구도와 정확한 뎃상으로 싹싹 귀신처럼 그려 나가는 일종의 숙련공과도 같은 그 솜씨를 바라보고 있으면 이상한 생각이 든다. 그들 중에는 청소년 때 꿈을 품고 파리에 왔다가 어찌어찌하다 뜻을 이루지 못하고 어쩔 수 없이 파리에서 늙어버린 그러한 흔적이 역력히 보이는 노화가의 모습을 볼 때도 있다.

예술이 무엇인지 그래도 예술을 포기할 수는 없다고 생각할뿐더러 아직도 자기는 예술가라는 자부가 도도하다.

지나가는 사람들은 방해가 안 될 정도로 구경을 할 수가 있다. 가다가 흥미를 느끼는 여행자가 있어 그 자리에서 흥정이 성립되면 끝마치기를 기다려서 채 마르지 않은 그림을 사 가는 수도 있다.

이러한 정도의 이야기는 가장 상식적인 파리의 직업 화가의 이야기이지만 이 거리의 화가 중에는 가다가는 기기묘묘한 종족들이 있어 때로는 강가의 흥을 한층 더 돋우는 수가 있다.

어떤 예술가는 세느 강가에서도 책사가 즐비하고 가장 행인이 많은 길목, 그럴듯한 장소에다가 화가畵架를 떡 버텨만 놓고 서 있기도 하다. 캔버스 위에는 뭐가 뭔지 모를 압스트레[추상]를 근사하게 미완성으로 휘갈겨 놓고 작가 자신은 마치 곧 지금까지 그리다 말고 쉬거나 하는 듯이 입에는 빈 삐쁘[파이프]를 물고 자기 그림이 세워진 곳에서 약간의 거리를 두고 부근을 왔다 갔다 한다. 그런 경우일수록 예술가는 근사하게 생겨 있어야 한다.

대개는 미목이 곧잘 생겼는데 그 중에게는 마치 중세기의 기사騎士와도 같은 차림새에다 다갈색의 장발長髮을 바람결에 휘날리면서 어깨를 떡 버티고 시위를 하고 있는 예술가도 있다. 자기 그림에 행인들의 관심이 모아질 땐 쓰윽 가까이 나타난

다. 몇 시간 후에 보아도 그림은 그대로인데 가다가는 그런 그림도 가뭄에 콩 나기로 원매자가 있어 마치 그의 그림과도 같이 알아먹을 수 없는 싸인을 근사하게 휘갈겨서 팔아 버리는 수도 있다 한다.

어떤 청년은 위아래를 새하얀 유니폼으로 차리고 흰 운동모를 쓰고 흰 운동화를 신고 가슴에는 큼직한 붉은 장미를 꽂고 그것은 마치 그림을 그린다기보다는 그림 그리는 포오즈를 연기하는 무대 위의 배우인데 역시 그려지는 것은 근사한 파리 풍경이다. 이왕에 거리의 화가이려면 이렇게 개성이 강하기라도 해야 눈에 뜨일 수 있을 게다.

거리의 예술가 중에는 물론 여성이 한 몫 안 낄 수 없다. 내가 가끔 만나는 여류화가는 주로 노트르담을 뒤에서 바라보고 그리는데 물론 잘도 그리려니와 그 차림새와 도구가 보통이 아니다. 스쿠터를 한 대 가졌고 스쿠터 뒤에는 철모鐵帽를 비롯해서 큼직한 가방 안에 종일 거리에서 사생할 수 있는 모든 도구가 들어 있음은 물론이고 판타롱에 장화長靴를 신고 가죽 잠바[점퍼]를 입은 차림새는 가까이 가서 보기 전에는 남자인지 여자인지 구별할 수가 없다.

우리같은 에트랑제 생각에는 그림엽서를 사는 대신 좀 더 비싸게 주고 이러한 오리지날 파리 풍경을 사는 것이 훨씬 실감이 나는 기념이 될뿐더러 사실 거리의 화가들이 그리는 파리

풍경은 참 재미난다.

거리의 초상화가들은 가다가 생 미셸 거리나 몽파르나스 까페에도 나타나지만 집단적으로 몽마르트 언덕에 모여 있다. 날이 좋으면 이 언덕 광장에는 초상화가들과 여행자들로서 군데군데 무리를 지어 일종의 노천露天 아뜰리에를 이루고 있다. 여성들이 서로 차례를 다투어 거침없이 멋들어진 포즈로 대중 앞에 모델이 되면 화가는 열심히 붓을 놀리는데 어쩐지 이 초상화가들의 솜씨는 풍경화가들에 비해 대단히 서투르고 우둔한 것 같은데 그려진 것을 보아도 역시 대단히 서투르나 한 구석엔 반드시 악상Accent[강조]과 위무르Humour[유머]가 풍기고 있어 어딘지 모르게 애정이 가게 한다. 단순한 기념사진을 찍는 것보다 얼마나 즐거운 기념이 될 것이냐고 모델과 화가를 번갈아 구경하던 사람들은 나도 한 번 그려볼까 하는 생각이 절로 나게끔 된다.

거리의 화가로서 일급은 못 되나 그래도 역시 직업 화가로서 인정할 수밖에 없는, 길바닥에다 색 먹으로 그림을 그리는 화가가 있다.

불어에 바도(Badaud)라는 말이 있다. 누구 하나가 길 가다가 무심히 하늘만 잠깐 쳐다보아도 부근을 걷던 사람들이 모조리 발을 멈추고 하늘을 쳐다본다든지 누구 하나가 기침 소리만 크게 내어도 단박에 시선이 그리로 모이는 군중심리에서

오는 행동을 가리켜 바도데(Badauder)라고 한다. 이러한 프랑스인의 기질이 거리의 예술가들에게는 안성맞춤이다. 길바닥에다 그림을 그리기 시작하는데 어찌 사람이 안 모일 것이냐. 그리는 것이 별것이 아니래도 어쨌든 남이 보니 나도 들여다보지 않을 수 없어서다.

대개는 흔한 파리의 명소를 그리는데 딱딱 기하학적으로 선을 맞추어 풍경을 이루어나가는 것은 불만도 하다.

파리 사람들은 경제 관념이 인색하지만 경우들은 밝아서 무엇이고 흥행적인 것을 보고 자기가 즐겼을 때는 반드시 그 대가를 지불하는데 인색하지는 않다. 길바닥에다 그리는 것을 구경한 사람들은 직업 예술가의 벗어 놓은 모자에다 구경값을 놓고 간다. 이 거리의 예술가는 모아진 돈을 주워 담은 후 덤(쎄르비스)으로 장미꽃 가지 하나를 더 그리고 가는 때도 있다. 길바닥에 그려진 그림은 어느 시간이 지나면 행인의 발에서 자연히 지워지거나 거리 청소부의 비로 깨끗이 소멸된다.

화가 다음으로 명물인 것은 거리의 악사樂師들이겠는데 오늘의 이 거리의 음악가들이라는 것은 거리의 직업 화가들에 비해 훨씬 수도 적거니와 초라하기 짝이 없다. 그들은 가다가는 두세 사람씩 작단도 하나 흔히는 단독으로 바이올린 종류의 악기를 뜯으며 길목에 서서 행인을 상대로 하기도 하고 골목 안에 들어가 아빠르뜨망[아파트] 사람들을 상대로 하기도

한다. 도시가 점차로 복잡해지니까 자연히 이러한 거리의 음악가들은 거리에서 자취를 감추게 되는데, 아직도 옛날 골목에는 일요일 아침 같은 아직 사람들이 집에 있을 시간을 타서 골목에 들어서서 한 곡을 타기 시작하면 아빠르뜨망[아파트]의 이 창 저 창으로부터 사람들이 내려다보다 끝마치면 종이에 싼 동전을 던져 준다. 노래를 불렀거나 바이올린을 뜯었거나 던져진 돈을 주운 다음에는 모자를 벗어 아빠르뜨망[아파트] 창문들을 쳐다보며 인사를 하고 역시 덤으로 한 가락을 더 부르고 사라진다.

우리 보기에는 눈먼 사람이 골목에서 아코디옹을 뜯으면 거지라고 생각하기 쉬우나 저 사람들은 거지라는 것은 알콜 중독자로서 영 생활 능력을 상실해버린 사람을 말함이고, 무엇이고 자기 능력으로 해서 대가代價를 요구하는 것은 당당히 직업 예술가라고 인정한다. 우리말로 옮겨서 예술가Artiste라는 의미가 저 사람들에게는 대단히 광범위하게 쓰여지기 때문일지도 모르나 어쨌든 거리에서 사람을 모아 놓고 힘자랑을 하는 역사力士까지를 예술가Artiste라고 부르니까.

파리에는 드물어졌다고 하나 남불南佛에 가면 점심이나 저녁 식사 때는 반드시 바이올리니스트가 와서 경쾌한 한 곡을 뜯어 식사의 분위기를 즐겁게 해준다. 즐거운 식사를 하고 나서 한 푼을 집어해 주는 것은 싫지 않은 즐거움이다. 파리서도

까페에 앉았으면 흔히 테이블 앞에 와서 아름다운 멜로디를 들려주는데 듣고 나서 한 푼을 집어준다는 것에 조금도 인색한 생각이 안 드는 것은 그들의 태도가 순수해서 일게다.

낮에 종일 일하는 예술가들은 자연 밤에 거리에 나오게 된다. 파리의 거리는 새벽 한 시에 나와도 산보 할 수 있어서 좋다. 밤 열 시까지 여는 까페, 열두 시까지, 새로 두 시까지, 그리고 새벽 네 시까지 여는 까페가 있어 언제나 산보하다 목이 마르면 차를 마실 수 있다. 그러한 밤 시간에 때로는 직업 예술가들이 나타나는데 그 중에는 두어 쌍의 남녀가 그룹이 되어 까페 앞에서 춤을 추는 무리도 있다. 물론 반주자를 동반하고 본격적인 사교춤을 근사하게 춘다. 이들 중에는 직업 예술가라기보다는 대학생들이 용돈이 떨어졌을 때 이렇게 한바탕 나와서 스포츠를 하고 용돈을 벌어가는 아르바이트의 경우도 있다.

파리의 거리에는 골목마다 마치 잡화상처럼 으례 하나 둘씩의 조그만 골동 가게가 낀다. 이 무수한 고물 가게에는 근사한 17·8세기 또는 루이 왕조王朝의 틀에 끼워진 고풍古風한 그림들이 얼마든지 있는 것을 보는데, 이것은 현대의 기술자가 고화古畵를 그대로 꼬삐[모사]한 것이다. 골동 취미에 젖은 구라파 사람들의 오랜 전통에서 오는 이러한 풍속은 반드시 오리지날이 아니어도 좋고 꼬삐는 꼬삐대로 애완愛玩이 되는 것이다. 상인은 정직해서 꼬삐를 오리지날이라고 속여서 팔지는 않는다.

또 속여서 팔수도 없이 사회의 조직이 짜여 있기도 하다. 골동 가게라고 했지만 위에 말한 것은 우리말로 하면 고물상이라고 하는 것이 적합할 소규모의 것이고, 파리에서 저명한 골동상 이라고 하면 개인의 가게가 우리의 국립박물관보다 더 크다 고 하면 그 규모의 크기가 상상이 될 것이다. 이러한 골동상 에서는 물론 꼬삐는 취급하지도 않으려니와 오리지날만 가지 고도 우선 양적으로 위압을 느끼게 한다. 중국의 노다지가 거 의 다 구라파[유럽]로 건너와 있는 성싶다. 항용 개인의 가게가 3·4층의 아빠르뜨망을 독채로 사용하고 승강기로 위아래층의 물건을 나르는데 초인종을 누르면 반드시 주인이 나와서 손님 을 맞이하고 또 문밖까지 배웅하는 것은 이들의 상도의 예의인 성싶다.

이 골동상의 이야기는 후일로 미루고 고물상의 이야기를 다시 가져오면 이것은 문자 그대로 허접쓰레기 고물상인데 들 여다보면 시간 가는 줄을 모를 정도로 재미나는 물건들이 꽉 차 있다. 미술품만이 아닌 생활품의 별의별 것이 다 있다고 할 까, 인간이 장난해 논 온갖 것들의 해묵은 것이 산적해 있다. 물 론 진짜 고물들이 엄연히 자리를 차지하고 그 무수한 꼬삐들이 사이사이에 나열되어 있는데, 이러한 고물상에는 반드시 꼬삐 기술자가 있어 하루 몇 폭의 고화를 제작해 낸다는 것이 거의 일정하게 정해져 있다고 한다. 이 모방 기술자들은 훌륭한 직

업 예술가인 것은 말할 것도 없고 그들은 실로 기술도 귀신 같
으려니와 놀란 것은 자기가 모방하는 시대의 고전古典에 정통해
있는 점이다.

마네씨에^{Manessier} 방문

안개 깊은 파리의 겨울 아침. 수화는 두 폭 그림(〈월선月船〉과 〈조춘早春〉)을 들고 또 〈산山〉의 리또[석판화]와 봉구추鳳九雛 먹을 들고 가다. 아네모네 한 묶음을 들고 가고 싶었으나 월요일 아침 꽃가게가 닫혔다. Vaugirard 203번지. 왜 이런 지저분한 꺄르띠에서 사나 생각했던 것과는 딴판으로 203번지 문을 깊이 들어서니 딴 세상처럼 조용한 정원을 낀 나지막이 삼 층으로 된 아뜰리에들이 너댓 채 있는데 B호가 바로 마네씨에가 사는 집이다. 꽁시에르쥬와 정원에서 일하던 일꾼들이 우리가 그림을 들고 있으니까 그냥 화가집은 저기라고 알려준다.

넝쿨들밖에 없는 자그마한 겨울 정원을 거쳐서 집의 문을 여니까 초인종도 없고 문을 빠끔히 열어 놓았다. 미니까 그냥 열리고 가정부 같은 노인이 점심 준비 중인 듯 홍무 든 접시를 든 채 우리를 맞고 그 뒤에서 마네씨에 부인이 우리를 영접한다. 전화로 비서인 줄 알았던 여성이 바로 부인이었고 열려진 살롱 안에 뒤돌아서서 서성거리는 마네씨에가 그냥 우리 시야에 들었다. 씨가 돌아서오며 우리를 맞아드린다.

생각했던 것보다 훨씬 늙었고 도시인 같지 않은 소박한 촌

부의 인상을 준다. 웃음으로 친절하게 맞으며 우리들의 외투를 받아 걸고 자리를 권한다. 자그마한 살롱에는 피아노가 놓여있고 건너편에 비교적 큰 따블이 놓여있다. 우리나라에도 '노能'[일본의 가무극]가 있느냐, 극장(연극을 위한 순수 극장)이 있느냐, 중국의 것과 일본의 것과 다르냐 등등. 둘이 다 그림을 하느냐 묻는 데 대해서 대답하기를 우리의 것은 일본이나 중국의 것과는 판이하게 다르며 순수 극장을 우리도 가졌었다고 하니까 '아, 전쟁 때문에 –' 하면서 화제를 돌린다.

나는 말(불어)을 좀 하지만 우리 남편은 알아는 들으나 하지는 못한다. 나는 그림이 아니고 수필을 써 왔으며 여기서는 미술사를 공부한다고 하다. 많이 얘기하는 것보다 아뜰리에에 올라가서 나의 그림의 과정이나 보이겠다고 하면서 아뜰리에로 안내한다. 좁은 계단을 따라 올라가다. 2층은 침실로 되어 있고 3층이 천정 광선을 받는 채광의 조건이 좋은 아뜰리에, 정면에 제작중인 대작(200호) 3폭이 슈발레[이젤]에 세워져 있다. 구수한 빛깔의 근작들과 비슷한 꽁뽀지씨옹[Composition]. 왼편의 한 폭에는 58년의 싸인이 있었다. 오른편의 장방형 채색 테이블에는 빛깔과 붓들이 정리되어 놓여있다. 수화는 그것이 몹시 부러운 눈치.

마네씨에는 자기의 모든 도뀌망Documents을 보여 준다. 14세부터 그림을 시작했고 19세작, 클래식을 모방한 사실적인 인물,

루노아르보다 아름다운 클래식 틀에 낀 누드 두 폭을 보여 주
다. 이러한 아카데믹한 일로부터 시작했다고. 계속 꼬삐 시대
(그의 말대로)를 거쳐서 큐비즘, 쉬르의 에쁘끄[시기]를 거쳐서
모험을 시작했다고 전전戰前까지 열을 올려 이야기하다.

　전후 공백 기간을 표시해 보여 주다. 시골에 집 한 채를 사
서 동양 취미의 정원을 꾸미고 전원생활을 하는데서 자연으로
몰아갔던 '에쁘끄'가 있었다고. 조각가 로렌스와 같이 일한 사
진 또, 또-. 연대를 기억 못 하겠으나 성당 비트로Vitraux[스테인
드 글라스], 벽화, 천정 장식Bretagne(교회), 신부의 예복 디자인
등 참으로 많은 일을 해 온 것을 보여 주다. 아뜰리에 천정에 색
종이를 오려서 핀을 꼽아 습작한 것이 아름답게 눈에 뜨다.

　내가 너무 말을 빨리하지 않느냐고 알아들을 수 있느냐고
친절하게 물어가며 차근차근하게 보여주는 그는 대단히 소박
하고 근면한 성격과 깊은 인간의 정을 지닌 예술가의 인상을
주다.

　다시 살롱에 내려오니까 피아노를 치던 소년이 자리를 사양
한다. 아버지를 꼭 닮은 아들. 부인은 마담 세잔느 같은 인상을
주다. 화가와 같이 쭉 아뜰리에에서 우리를 접대하다. 우리가
들고 간 그림을 보자고 해서 보이다.

　달콤Doux하고 평화롭다고Paisible. 개성이 강한 시가 담겨져있
다고. 당신만이 가지고 있는 세계일 거라고, 이것을 지켜야 하

며 파괴되는 것을 막아야 한다고-. 예술은 국제적인 언어지만 그 언어는 각기 달라야 한다고. 파리에서의 2회전 카탈로그를 보이니까 앞으로 우리 전람회에 곡 나오겠다고. '산' 리또[석판화]를 참 좋다고 하다. 나쁜 점 안 좋은 점을 말해 달라니까 부인의 일가견, 봉황새 하면下面의 색이 어딘지 좀 이상하다고 하니까, 마네씨에는 그렇지도 않다고 했다가 그것은 역시 상부와 봄 중면中面 이상이 풍기는 광선이 하면下面을 건조하게 만든 관계일거라고, 선이 굵은 까닭일까 그 정도. 참 시정詩情이 가득 찬 그림이라고 당신 나라의 추억에서 오는 것일 거라고 등등.

봉구추鳳九雛 먹을 사양하다가 받다. 벼루가 있느냐고 물으니까 '아니 쓰다니, 놓고 보겠노라고.' 자기의 리또(석판화) 한 장을 우리를 주며 바깥 대문 밖까지 나와서 배웅하다.

1960-1970년대

남불 기행 1957년 초가을
-니스, 상 폴 드 방스, 발로리스, 모나코

니스

9월 초가 되면 파리는 바캉스休暇가 끝나고 시민들이 다시 모여들 무렵이다. 이 무렵해서 우리는 파리로 돌아오는 시민들과는 반대로 파리를 떠나 남불南佛로 향했다. 레베이유[reveille]라는 시·미술지詩·美術誌가 우리의 니스 개전個展을 초청해 주었기 때문이다.

파리에 오기 몇 해 전 유럽에서 돌아온 어느 친구가 구라파에서는 기차 여행이 싸기도 하려니와 여간 즐거운 것이 아니라고 했다. 또 세계에서 가장 빠른 기차가 파리 마르세이유 간間이라고 들었었다. 과연 속력은 빨라서 3,000리 길을 하룻낮에 달리는데 연도沿道에 풍경이 잘 보이지도 않으려니와(속력 때문에) 이중창二重窓을 열기 전에는 서로의 말소리도 잘 안 들린다.

배를 타고 파리에 오려면 대개는 마르세이유 항港에 내려서 기차를 탄다.

마르세이유는 프랑스 안에서는 부이야베스라는 생선국으

로 유명하지만 우리에게는 '쟝 가방[Jean Gabin]'이 잘 나오는 프랑스 영화에서 낯익은 항구이기도 하다.

파리 리용 역驛에서 한숨에 달려온 기차는 마르세이유에서 비로소 잠시 머물렀다.

파리서는 벌써 태양이 들어가기 시작했으며 으스스 추워지는 무렵이었는데 파리를 빠져 남으로 향하면서는 다시 풍부한 태양이 솟기 시작했고 푸른 하늘과 흰 구름이 피어올랐다. 흰 바윗돌 묻힌 언덕에 늘어선 소나무도 보였으며 조약돌 깔린 흐르는 계곡도 있어 문득 우리나라와 같은 풍경을 느끼며 얼마 아니 가서 머무른 종착역終着驛 남불 니스에 내릴 때는 흡사 우리나라의 한여름 같은 무더운 밤이었다. 역 앞 광장에는 종려棕櫚 잎이 너울거리고 기기묘묘한 형태의 선인장을 비롯한 남방 식물들이 우거져 있었으며 만개한 유엽도柳葉桃가 가로수를 이루고 있었다.

우리를 마중 나온 마담 루니아의 안내로 광장 앞 레스토랑 시원한 테라스에 앉아서 마카로니며 맛있는 남불의 야채 요리와 글라스(아이스크림)를 먹고 곧장 바닷가로 나가 바닷가 호텔에서 지중해의 파도 소리를 들으며 하룻낮의 여로旅勞를 풀다.

이튿날 아침 꿈에도 그리던 지중해를 보다. 지중해는 녹색綠色이며 해안은 너무나 인공적으로 아름답게 다듬어져 있다. 태

양은 충분히 따가왔으며 아직도 한 달은 부르주아들이 바다를 즐길 만하다고 한다.

니스는 본시 이태리의 영토였기 때문에 니스 시민은 거의가 이태리인의 조상을 가졌으며 풍속 습관도 프랑스보다는 이태리와 더 비슷하다고 한다. 사람들의 첫인상이 파리쟝들보다 소박素朴한 것이 마음에 든다. 우리는 니스에 온 목적이 개전個展을 겸한 남불 여행이었기 때문에 전람회는 화랑畵廊에 맡기고 마담 루니아를 따라 남불 구경을 골고루 하기로 했다.

지중해 연안은 너무도 인공적으로 다듬어졌다고 했다.

그뿐만 아니라, 주변의 시설이 현대적으로 완비되어 있다. 현대적으로 완비되어 있다는 것은 여행객을 끌기 위한 만반의 준비가 되어 있다는 얘기고, 따라서 이러한 국제성의 구미를 지닌 레스토랑이라든지 호텔은 공연히 비싸기만 하고 그 고장 특유한 맛은 맛볼 수 없는 것이 상례이다.

다행히 좋은 안내자가 있어 따라간 곳은 니스의 구舊 거리, 즉 여기 사람들이 옛 마을이라고 부르는 낡은 마을로서 좁디좁은 돌층계로 이루어진 비탈진 재미나는 언덕이다. 여기서 맛있는 부이야베스(마치 알맞게 얼큰한 생선국 같은)와 살라드 니스와즈(파리서 니스식 살라드라고 부르는) – 즉 각가지 신선한 야채를 고급 멸치젓과 서반아西班牙 고추와 올리브유로 뭉친 것을 우리나라 풋김치 맛을 연상하며 맛있게 먹다. 흰 포도주

에 얼근히 취하기도 하다.

꽃시장

　니스의 명물名物의 하나가 유명한 카네이션 꽃시장이라고 들었는데 과연 이 꽃시장은 가관可觀이다. 열두 시가 가까와지니까 난데없이 교통순경들이 이 구석 저 구석서 쏟아져 나와 교통을 중지시키는 고로 무슨 사고가 났나보다고 우리는 깜짝 놀랐는데, 좀 있으니까 열두 시를 대기待機해서 순경들이 호각을 불고 호각을 신호로 삽시간에 꽃수레, 꽃자동차가 모여들어 옛마을 광장廣場에 꽃시장을 이루었다. 꽃은 주로 희고 빨간 카네이션의 다발이었다. 열두 송이 한 다발이 5~6프랑에서 시작했는데 불과 두어 시간이면 끝나는 파장판에는 1~2프랑까지 저락低落한다 하며, 꽃들은 반드시 그날 아침 꺾은 것이어야 시장에 나올 수 있고 또 못다 팔린 것은 파리를 비롯한 도시들로 수송輸送된다 한다. 물론 파리의 일류 꽃 가게서는 이 꽃시장을 거치지 않고 화원에서 바로 비행기로 수송되기도 할 것이다. 꽃을 사랑하는 사람들– 아무리 원산지原産地라 해도 언제나 결코 싸지는 않은 꽃 시세인데 이 사람들은 참 꽃을 사랑하는 듯, 파리서고 어디서고 한 아름씩 안고 다니는 것을 본다. 꽃 농사를 짓는다는 것은 얼마나 즐거운 작업이

냐. 어느 해인가는 앙띠브의 피카소 정원의 카네이션 농사
가 상을 탔다는 보도報道를 읽은 일이 있다. 극성스런 피카소
가 할만한 일이라고 감탄했다. 얼마나 열심히 극성스럽게 가꾸
었기에(농원사를 시켰겠지만) 하고많은 상인을 물리치고 일등
가는 수확收穫을 이루었을까. 물론 이 경우에는 질質의 우수상
優秀賞이렷다.

　　발로리스

　남불南佛은 니스를 중심하고 여러 지방들이 인접隣接해 있기
때문에 버스로 불과 5분 내지 15분, 20분이면 칸느, 방스, 모나
코, 망통 등을 모두 가볼 수 있다고 한다. 우리는 우선 피카소
가 사기 굽던 발로리스엘 가보기로 한다.
　아름다운 지중해 연안을 경쾌한 버스로 달리며 앙띠브니,
골프주앙이니 하는 카네이션, 오랑쥬[오렌지], 쟈스망[자스민],
장미 등의 꽃 명산지를 지나 발로리스에 이르다. 발로리스는 조
그만 마을이 온통 세라믹(도자기)의 상가商街를 이루고 있는데
근사한 것보다는 악취미의 물건들이 많은 것에 실망失望한다.
발로리스는 세라믹의 명산지로서 마두라라고 부르는 형식의 옛
날 사기 굽던, 집 돌담에 검은 기와를 얹은 공방들이 아직도 띄
엄띄엄 남아 있기는 한데 피카소가 여기 와서 사기 굽기 시작한

이래 피카소의 모방과 추종追從의 아류亞流들이 생겨 세라믹의 상가商街를 이루면서 여행객을 끌어들여 마을은 부해졌으나 마을의 운치韻致는 영 쓸모없게 버려졌다고 한다.

피카소가 사기 굽던 아뜰리에를 가보다. 돌담과 흙마당에 장작을 쌓아올린 것이 흡사 우리나라 어느 촌락村落에라도 온 듯 구수한 마을의 내음을 풍기다. 피카소의 아뜰리에에도 피카소의 약간의 카피가 있을 뿐, 역시 발로리스는 완전히 여행객을 위한 선사품(기념품) 상가商街로 변해 버렸다.

생 폴 드 방스

마티스의 성당(마티스가 장식한)이 있는 중세기의 마을로 향하다. 푸른 하늘과 맑은 공기를 지닌 아담한 언덕 위에 복제로 눈에 익은 하이칼라한 하얀 성당이 단정히 서 있다. 흰 수도복을 입은 수녀들이 성당을 지키고 있었으며 고인의 예술을 소개하는, 주로 성당과 관련된 인쇄물과 복제復製들을 팔고 있었다.

다시 찾은 곳은 생 폴 드 방스 - 성聖 폴을 모신 성당을 찾고 성당 안에서 희한한 성인聖人들의 초상화를 보다. 살고 싶은 곳은 생 폴 드 방스이다. 이 중세기의 산언덕의 마을은 돌집들로 하나하나 개성 있게 마치 알맞은 2·3층으로 지어졌지만, 눈에

띄는 것은 그 집의 나무문들이며 문고리 손잡이들이 형형색색인 것이다. 나무로 만든 문들은 반들반들 윤이 나도록 닳아졌으며 문고리와 손잡이의 장식들은 하나같이 재미나는 조각이 새겨져 있다.

지금은 폐허된 도시, 여행객들을 위한 상인들을 제외하고는 별로 주민은 없고 여유 있는 예술가나 부르주아들이 일 년에 서너 달씩 와서 휴식도 하고 일製作도 하기에 마치 알맞게 되어 있다. 산언덕에 올라서면 푸른 하늘과 태양이 눈부신 아름다운 지중해 연안의 마을이다. 이 고장의 명물名物, 모직물 공방工房을 구경하다. 머플러, 치마감 같은 모직물을 짜내는 여성이 지방 '코스튬'을 입고 수직기手織機에 앉아 일을 하는데, 공방工房에는 전축이 클래식 명곡名曲을 틀고 있다. 수직기는 음악의 리듬에 맞춰 움직인다.

전통을 살리되 현대 문화를 십이분 이용하고 있는 것이 우리 조국의 현실과 비교해 볼 때 얼마나 부러운 일인지 모른다. 프랑스는 남불 일대는 물론이고 북쪽 프랑스와 동서부를 막론하고 방방곡곡에 문화시설이 보급되어 어디를 가도 현대 생활의 불편이 없는 모양이다. 그러기에 방방곡곡에 여행객을 끌어들일 수 있고 그것으로 프랑스의 경제가 유지되는 것이기도 하다.

수직물 공방을 공개公開하기에 철물 공방이 있어 보여 줄 수 없느냐고 청했더니 제작 중이라고 거절을 한다. 그도 그럴 것이

수직물은 그 자리에 즉매소御賣所가 있었으나 쇠를 망치로 뚜드려서 만들어내는 공방에는 즉매할 것이 없고 작업하는 아뜰리에 내부를 찍은 사진엽서를 팔 뿐이었다.

아직 잎도 열매도 새파란 오랑쥬 나무들이 우거지고 레스토랑 마당에는 흰 비둘기들이 구구거리는 평화와 문화의 냄새가 풍기는 마을들이다.

칸느를 구경하고 다시 니스로 돌아오다. 칸느는 영화제로서 이미 국제적으로 알려진 유명한 마을이요. 해안은 니스보다도 더 다듬어져 있기도 하려니와 자연의 조건도 더 나으나 우리에겐 머무르고 싶은 구미가 당기지 않는다.

모나코

이튿날 아침 푸른 하늘과 녹색 바다를 바라보며 그 자리에서 짜주는 싱싱한 포도즙을 마시고 모나코, 망통 쪽으로 향하다. 도박으로 유명한 몬떼까르로의 수도 모나코는 지중해 연안에 붙은 절벽 위에 솟은 장난감 같은 조그만 나라다. 프랑스 영토 안에 있으되 독립된 나라요, 누구나 비자入國許可 없이 출입할 수 있는 자유로운 나라다. 근년近年에는 배우 그레이스 켈리가 왕비王妃가 되어 한층 더 유명해진 모나코 왕국 궁성에 올라가니 성장한 근위병近衛兵들이 궁성을 지키고 있는데 30분 만큼

씩인가 교대하는 의식儀式 때는 구경하는 여행객들에게 위무르 [유머] 섞인 윙크를 보내기도 하는 것이 한 층 더 이 왕국을 재미나게 인상 준다.

모나코에서 놀란 것은 칸느, 니스에도 그러했지만 항만港灣에 즐비한 무시무시하게 큰 요트들이다. 세계의 갑부가 모이는 곳이라더니 과연 그 개인의 요트들만 보아도 짐작이 간다. 오케스트라 반주까지를 단 요트들은 음악회나 무도회를 여는 모양이다.

그런데, 시가에는 군데군데 미끈한 고층 건물들이 공사 중에 있음을 보고 여기도 아마 미국 원조가 들어오는 것이 아닌가 했더니 마담 루니아의 얘기가 부왕父王은 엄격하게 모나코의 전통을 존중했는데 부왕이 작고한 후 지금 왕은 부인 관계도 있지만 지나치게 아메리카니즘을 받아들여 미국식 고층 건물을 짓기 시작하고 미국 자동차가 거리에 수두룩하게 되었다고 한다. 선왕先王은 모나코 전형의 건축 양식 이외는 허가하지 않았더라는데 이렇게 해서 세대가 바뀜으로써 점차로 모나코의 재미나는 맛은 없어져 가는 것인가보다.

모나코에 오면 카지노(도박장)를 볼 것이라고 했는데 카지노를 구경만 하는 데도 입장권을 받는다. 과거에는 카지노로 모나코가 융성했는데 지금은 모나코 정부에서 이권利權을 절반밖에 차지하지 못하고 어느 외국인 갑부가 실권實權을 쥐고 있다고

한다.

　저마다 동그라미 가짜 딱지 돈을 앞에 쌓아놓고 노름을 노
는데 카지노에는 으리으리한 백만장자들만 오는 줄 알았더니
의외로 협수룩한 나이먹은 여성들이 앞 줄을 점령하고 있다.
그들의 표정이 의아스러우리만큼 무표정한데 다시금 놀란다.
사실은 그들이 젊었을 때부터 도박에 미쳐 재산을 탕진蕩盡하
고도 오늘 의연히 단념하지 않고- 아니 그들은 이미 무슨 희망
같은 의욕 때문에 오는 것은 아니라 한다. 그저 습성이 되어버
려 자고 새면 와서 살 뿐이라는 것이다.

　대체 노름 노는 것을 들여다보고 있으니 부지중 재미에 끌
려 들어가고 마는 것 같다. 여유가 있으면 2·3일 놀아보는 것도
과히 나쁠 것 같지는 않다. 카지노의 정원을 내려오며 마담 루
니아는 옛날에는 이 정원의 여기저기서 노름꾼의 격투가 벌어
졌었고 왕왕 싸우다가 몰려서 저 바다에 떨어져 죽기도 했었다
는 몸서리치는 카지노 모나코의 전설 같은 것을 들려주었다. 어
쨌든 모나코는 재미나는 나라이며, 장난감 같은 궁성이며 근위
병들의 장난처럼 즐기던 교대의식交代儀式의 모습이 인상에 남
는다.

생 루이 섬의 풍속

파리의 유명한 노트르담이 있는 시테라는 섬은 누구나 알지만 시테 뒤에 달린 또 하나의 섬 생 루이는 아는 사람은 알고 모르는 사람은 모를지도 모른다. 생 루이를 아는 사람은 이구동성으로 파리의 절경이라고 일컬을 거다. 이 생 루이 섬에 아빠르뜨망[아파트먼트]이 비었다기에 무조건 빌리기로 했다.

앞장을 서서 우리를 안내하는 불인佛人[프랑스인]이 몇 번이고 같은 말을 되풀이하는 것이었다. "누구나 여기 와서 살고 싶어 한답니다. 살아보면 얼마나 이 섬이 아름다운 곳인가가 그냥 느껴진답니다. 파리 사람들이 절경이라고 부르는 곳이 바로 이 섬이랍니다. 나는 이 섬을 참 사랑합니다. 시간만 있으면 이리로 산책을 온답니다." 등등.

아빠르뜨망은 섬의 꽁지 가까이 위치해 있었으며 4층에 있었다. 남향 창으로는 섬의 소학교 교실이 내려다보이고 비스듬히 오른쪽으로 생 루이 성당의 시계탑이 바라보였다. 건물은 승강기도 스팀도 없는 낡은 구식舊式 건물이어서 슈미네[벽난로]에 장작을 때야 했다.

8월 말에 부랴부랴 짐을 옮겨 놓고는 9월, 10월, 니스와 브

뤼셀의 개전個展을 치르느라고 섬에 다시 돌아온 것은 10월도 중순이었다. 이 무렵엔 파리엔 태양이 완전히 구름과 안개 속에 사라진 때라 섬은 더더구나 습기도 한층 더 안개 속에 자욱이 묻혀, 슈미네에 장작불이 없이는 실내가 냉랭해서 견디기 어려웠다. 겸하여 파리에는 아세아 감기라고 이름 지은 독감이 유행해서 안 걸린 사람이 없을 때다. 우리도 두 차례 세 차례씩 걸려들어 수화樹話는 열병熱病처럼 정신없이 앓고 나는 세 차례나 앓으면서 긴장緊張으로 간신히 버티어 나갔다.

그러는 중에서도 아침저녁으로 섬이 풍기는 정서情緒는 우리를 다시없이 즐겁고 행복하게 만들어 주었다. 도시 복판에 위치해 있으되 도시 안에 묻힌 이 섬 안의 마을은 파리와는 또 다른 정서와 운치韻致가 깃들어 있는 것이었다. 섬의 풍경이 아름다와서도 그러려니와 섬 안에서 이루어지는 풍속이 또한 그러해서였다.

이른 아침 안개 속에서 은은히 울리는 종소리에 잠이 깨면 아직도 마을은 어둠이 안 걷힌 채 짙은 안개 속에서 전등 불빛에 반짝거리고 있는데, 부지런한 마을 사람들은 벌써 아침 인사를 주고받으며 우유와 빵을 사 나른다. 슈미네에 불을 지피고 솔나무 장작이 피어오르는 불꽃을 바라보며 아침의 카페오레 한 뚝배기와 바게뜨 반 토막씩을 후북이 뵈에르[버터]를 발라서 먹고 나면 그렇게도 심신心身이 개운해질 수가 없고 낮 열

두 시까지는 마음껏 일을 할 수가 있었다.

　이따금 창밖을 내려다보면 소학교 교실 수업하는 모양이 빠안히 보인다. 귀여운 애기들이 저마다 단정히 앉아서 공책에 무엇을 쓰고 있고 교사敎師는 언제 보아도 자기 책상에 앉아서 역시 무엇을 쓰고 있다. 여기 소학교 교실은 저녁이면 소제부掃除婦[청소부]들이 와서 깨끗이 소제를 해놓고 간다. 마루바닥은 반질반질 윤이 나 있으며 정면 칠판 양옆 벽에는 옷거리에 죽 아이들의 깨끗한 작업복이 걸려 있는 것이 보이는데, 아이들은 아침에 오면 저마다 그 조그만 회색 내리닫이로 된 일복을 입고 공부를 하고 공부하고 나서는 도루 제 자리에 딱 걸어 놓고들 가는 것이 가끔 내려다보아 심심치 않은 구경거리였으며 우리도 돌아가면 우선 국민학교와 중·고등학교 학생들에게 소제시키는 방법을 고쳐야겠다고 생각하면서 얼마나 여기 불란서의 소국민小國民들은 행복한가를 다시금 느낀 것이다. 학교가 시작하고 파할 때는 좁은 골목이건만 의례이 순경이 와서 교통을 정리하여 아이들의 귀가를 거들어준다. 이 마을의 좁은 골목은 학교가 파하면 골목이 꽉 메어버리고 또 일요일이면 성당에 오고 가는 사람들로 또한 골목이 꽉 차버린다. 일요일이면 마을에 잔치가 벌어진 듯 집집에서 사람들이 골목으로 쏟아져 나와 떠들고 야단들이다. 그럴 때는 꼭 어디 시골에 온 것만 같다. 사실 여기 사람들은 파리 사람들과는 확연히 다르게 인심이

소박하고 온 동리가 모두 일가친척인 것처럼 언제나 즐겁고 명랑하게들 살았다.

또 일요일이면 으레 거리의 악사樂師들이 골목을 찾아든다. 골목 어귀에서부터 목을 길게 빼고 샹송(그것도 오래된 옛날 것)을 부르며 찾아들면 창마다 사람들이 내다보다가 종이에 동전을 싸서 던진다. 길 가던 사람들은 아이든 어른이든 자기 선 부근에 떨어진 것을 주워서 '샹떼르[가수]'에게 준다. 어떤 때는 두셋이 작단作團해서 바이올린이나 아꼬디옹을 뜯기도 하는데 이러한 분위기가 다시 없이 섬을 평화롭고 낭만浪漫한 것으로 만들었다.

섬 동리에 또 하나의 특징은 고깃간이며 생선 가게였다. 파리의 모든 고깃간이 대개 그러하지만 특히 이 섬의 고깃간은 그렇게도 고객에게 알뜰할 수가 없다. 주인이 언제나 손수 고기를 다루는데 백정일 하기에는 너무나 아까웁게 잘도 생겼거니와 소의 생리生理를 마치 자기의 생리와도 같이 어떻게도 부분부분의 고기의 맛을 잘 아는지 숫제 고객들은 오늘은 무슨 요리를 해 먹을 거냐고 의논하기가 일쑤이고 그러면 고기의 선택과 요리법까지를 가르쳐 주면서 파는 것이다. 한 번도 연할 것이라고 해서 사왔던 고기가 질겼던 예例가 없었고 또 나는 얼마나 이 고깃간에서 소고기에 대한 상식과 요리법을 배웠는지 모른다.

Atelier d'Utrillo

생선 가게 역시 엷은 장밋빛의 마르세유 수부水夫의 유니폼을 입고 몇 가지 생선을 놓고는 알뜰하게 고객을 대접하는 풍속은 여느 파리의 생선 가게와도 또 좀 다르다. 절대로 물이 나간 생선을 속여 팔지 않는 상인도덕商人道德이 마음에 드는 것이다. 햄이나 쏘세지 같은 것도 요새는 흔히 기계로 썰어서 파는데 이 섬에서만은 손으로 칼질을 해서 썰어 판다. 그것이 오리지날한 맛이 있다고 해서이다.

우리는 하루에도 몇 번씩 4층 층계를 오르내리면서 골목거리로 산책을 나온다. 바람이 스쳐 마로니에 잎들이 우수수할 땐 마지막 몇 알 안 남은 마롱들이 후두후둑 떨어진다.

마롱은 흡사 밤인데 밤알보다 더 야무지고 진하고 윤이 난다. 아이들이 주워서 가지고 놀고 어른들도 주워서 옷장 바닥에 깔면 좀이 안 먹는다고 한다. 우리는 기념으로 가지고 오기 위해 가다가 이쁜 것이 있으면 주워 담았다.

우리 집을 나서서 왼편으로 바로 강가를 돌아가면 화가 도미에가 13년을 살았었다는 집이 있고 루소가 살았던 집도 있다. 샤갈도 파리에 나올 때는 이 섬 안의 아뜰리에에서 제작을 한다고 하며 미국 여배우 누구도 여기 아빠르뜨망을 가졌다고 하는 이 일대는 누구나 살아보고 싶어지는 아름다운 섬이다. 섬에서 강 건너를 바라보아도 아름답고 강 건너에 가서 섬을 바라보아도 아득하니 꿈 속에 잠겨 있는 듯 아름답다. 강가

에는 보리수와 포플러와 또 플라타너스의 한 아름이 넘는 고목古木들이 서늘한 그늘을 내리고 있다. 섬의 꽁지는 공원으로 되어 있어 공원을 빠져 강으로 내려가는 길이 있다. 여기는 태공太公들이 진종일 진을 치고 있다. 파리 시내의 세느강은 강물이 더러워도 섬 안의 강물은 맑고 깨끗하다. 태공들이 곳곳에 삼삼오오로 흩어져서 낚싯대를 내리고 붕어를 낚는데 여념餘念이 없는 것을 보면 몹시 입이 시끄러운 파리 사람들도 붕어를 낚기 위해서는 그 가려운 입을 다물고 있는 것 같아서 우스울 때가 있다.

브뤼셀에서 개전個展을 할 때 파리 주소를 묻는 사람이 있어 생 루이 섬에 산다고 했더니 그 중의 미국인 부처夫妻가 하루는 찾아 왔다. 윈스턴 부처는 슈미네의 불과 분위기에 그만 반해버려서 어떻게도 좋아하는지 파리에 체류滯留하는 동안 매일같이 찾아와서 놀다 간 일이 있는데 돌아가서는 잊혀지지 않는 것은 생 루이 섬의 추억이라고 여러 번 편지를 보내왔다.

우리뿐이 아니고 잠시 다녀간 사람들도 모두 기억에 남는 모양이다.

이제 더위가 지나고 선들바람이 일기 시작하니 불현듯 생 루이 섬의 향수鄕愁가 서린다. 슈미네에 땔려고 장작을 사다 놓으면 수화樹話는 조각을 하겠노라고 모조리 결 좋은 놈을 골라내는 통에 한두 번이 아니고 보니 나중에는 슈미네용의 장작보

다 조각을 위한 장작의 무데기가 더 커질 지경인데 섬에서 사는 것은 즐거우나 습기 때문에 빨래가 안 마르고 목이 칼칼해지면서 감기에 자주 걸릴뿐더러 아빠르뜨망의 세도 비싸려니와 부르주아적 생활비가 에트랑제에게는 점차로 감당키 어려워져서 아름다운 섬을 작별하고 다시 파리로 돌아온 것이 그 해 노엘[크리스마스] 무렵이었다.

언제고 다시 가는 날 다시 찾고 싶은 생 루이 섬이다.

아뜰리에 뤼 다싸스^{Rue d'assas} 시절

그때(1955)만 해도 파리에 대한 아무런 예비지식이 없던 나는 무턱대고 파리서는 방 얻기가 힘들다는 얘기만을 곧이듣고 잘해야 망싸르드(지붕 밑 방) 하나쯤 얻어 들 수 있으리라고만 생각했었다. 막상 파리에 가보니 그런 얘기는 에트랑제들의 과대망상過大妄想이었고 빌어 쓸 수 있는 훌륭한 방들이 얼마든지 있거니와 가구와 부엌살림이 딸리는 것은 물론이고 침구까지 으레 딸려서 몸만 가지고 들어가서 아무런 불편 없이 살 수 있었다. 방세라는 것도 우리나라 시세보다 더 비싸지는 않았다.

그러나 아뜰리에만은 빌기가 극난했다. 파리의 예술의 황금시대에 수없이 지어진 파리 시내에 있는 그 수많은 아뜰리에들이 지금은 거의가 예술가의 소유가 아니고 일반인에게 양도되어 살림집이 되어버렸기 때문이었다. 파리의 예술의 황금시대란 예술가들이 부하게 잘 살았던 때라는 뜻이 아니라, 예술의 가치가 인정되고 예술가가 최고의 존경을 받았던 때를 일컬음이다.

그러니까 한 번 살림집이 되어버린 아뜰리에는 좀체로 다시 예술가들 소유로 돌아오지 않고 따라서 빌 수 있는 아뜰리에란 극히 제한된 범위의 예술가들 사이에서 양도되기 때문에 연

줄이 없이는 차례를 얻기가 어려웠다. 이러한 사정도 그 당시는 잘 몰랐으나 어쨌든 화가가 오면 제작할 공간이 있어야겠다는 생각으로 아뜰리에를 얻고자 했다. 사실 오늘 파리에 모인 국제화가들은 그 수가 너무도 많아서 각기 화실을 소유한다는 일이 불가능도 하려니와 또 그 필요성이 대단한 것도 아니다.

이름이 나기 전의 곤궁시대는 대개가 망싸르드가 아니면 그보다 좀 더 조건이 나은 공간의 거처에서 침식 기거를 겸한 방 하나에서 제작을 하게 된다. 화가가 유명해지면 자동적으로 아뜰리에가 생기고 저택邸宅과 샤또古城까지도 생기게 되는 것이 오늘의 불가사의한 현실이기도 하다.

마담 루니아가 뤼 다싸스의 아뜰리에를 보러 가자고 했을 때 나는 마음속으로 무조건 빌리라는 결정을 이미 하고 갔다. 뤼 다싸스라는 뤽상부르 공원 후원後園에 면한 조용한 주택가가 마음에도 들었거니와 구십 번지의 정문을 들어서서 깊숙이 내정內庭을 걸어 들어가는 소박한 정원의 맛이 더 한층 내 마음을 정붙게 했다. 게다가 아뜰리에는 이 층에 있었으니 더 나무랄 데가 없다. 마담 루니아의 친구 조각가 마담 D가 쓰던 아뜰리에였다.

이 안에는 아뜰리에가 여덟 채가 있었다. 이 층에 우리 아뜰리에와 나란히 네 채가 있고 아래층이 역시 전부 아뜰리에였으나 실제로 매일같이 일을 하고 일년내 아뜰리에를 비우지 않

고 알뜰히 쓰는 것은 우리뿐이었다. 왼편은 위아래층이 한 사람의 소유所有였으나 주인 조각가는 작고하고 미망인이 혼자 사는데 이 부인은 주로 자기의 농토가 있는 프로방스 지방에서 살고 파리에는 남편의 유작들이 팔리는 일이 있을 경우에나 나타난다. 유명한 조각가도 아니었고 식민지 등지로 다니면서 모뉴망이나 만들었던 그러한 작품들이 팔릴 까닭도 없었다. 자연채광을 천정으로 받고있는 이 조건 좋은 공방工房이 그냥 비어 있는 것이 아깝기만 했다. 우리의 오른편에는 화학생 또래의 젊은 화가가 주인공인데 벽에는 언제나 고풍한 사실적인 초상화 몇 폭이 걸려진 채로 아뜰리에는 밤낮 비어 있고, 생활은 유족裕足한 모양으로 주택을 따로 갖고 있으면서 이따금 나타날 때는 남녀 친구들을 우루루 몰고 와서 한바탕 소란을 부리다가 가곤 한다. 돼지에게 진주 격이라더니 참 아뜰리에가 아깝다고 생각했다.

다시 그 오른편에는 골동이 다 된 노화가老畫家 부부가 살았는데 그림으로는 성공을 못 했음인지 칠보 같은 일을 하고 있더니 우리가 이사한지 얼마 안 돼서 심장마비로 허망하게도 작고作故해 버렸다. 참 섭섭했다. 노부부老夫婦들이 곧잘 차 마시자고 우리를 청했다. 여기 사람들 생활이 대개 그러하지만 이 집이야말로 들어서면 막말로 마치 도깨비의 소굴 같았다. 사면 벽에 가득히 걸려진 장식들이란 화석된 고대 동물의 뼈를 비롯

하여 아프리칸의 마스크들, 프랑스의 골동 악기들, 골동은 악기뿐이 아니고 이 집의 가장집물들, 장이며, 시계며, 난로며, 즙기 일체가 그대로 몇 대를 물려받은 유물로써 들어서면 그대로 지나간 시대에 사는 호흡이 숨 가쁘게 느껴졌다. 사람들까지도 골동 같이만 느껴져 퀴퀴한 냄새조차 나는 것 같았으나, 그러나 이야기를 나눠보면 틀림없는 현대에 사는 오늘의 감각을 지닌 신사 숙녀이다. 자기가 사는 구라파는 물론이요, 동양의 고전古典을 좍 암송하듯 외는 데는 놀랄 뿐 아니라 그럼으로써 그냥 이야기가 통하고 국경을 초월한 친밀감이 은연중에 생겨 무슨 이야기도 주고받을 수 있어 즐거웠다. 이 노화가가 뜻밖에도 로댕의 담채 크로키의 나체裸體를 가지고 있었다. 골동 시계 뒤에 걸려진 한 점을 보고 유심히 들여다보니까 부인이 얼른 시계를 떼고 그 뒤에 걸려진 비슷한 네 점을 골고루 보여주었다. 로댕의 에쁘끄 중에서 가장 황홀한 시대의 것들이다. 우리의 감동은 컸다. 시계 뒤에는 먼지 하나 없이 깨끗했던 것이 그 후 오래도록 잊혀지지 않는 그 아뜰리에의 인상印象으로 남아 있다.

이 노부부의 아래층은 완전히 살림집이 되어버리고 노파 한 분이 고양이 한 마리를 데리고 살고 있었다. 고등학교 교원 노릇을 하는 딸이 하나 있어 가끔 노모老母를 보러 왔다. 이 노파는 에꼴 드 루부르의 졸업생이며 어느 박물관의 관리인이었

고 지금은 연금年金으로 살고 있다는데 외모는 말할 수 없이 늙었으나 입을 열면 미술사를 비롯해서 고전과 현대에 박식하기 비할 데 없어 이 이웃에서는 노파를 가리켜 백과사전이라고 불렀다. 사실 모르는 것이 있을 때 누구든지 이 할머니에게로 갔는데 그러면 틀림없이 답을 얻을 수 있었다.

그러나, 이러한 이웃 중에서 가장 우리의 마음에 들고 또 같이 호흡을 느낄 수도 있었던 사람들은 우리 바로 아래층의 삼십대 부부였으리라. 우리는 그들을 털보 또는 마담 털보라고 불렀다. 젊은이가 노랗고 빨간 구레나룻을 기르고 있어서 그 인상에서 붙인 이름이다. 그는 건축의 부분 기술자이다. 아르띠스뜨 데꼬라띠어르라고 하는데 그가 하는 일을 보면 나무로 문을 짠다든지 난간을 만든다든지 하는 건축의 목공木工의 부분을 다루는 것이 우리나라 목수와 비슷한데 다만 틀리는 것은 시키는 대로 하는 것이 아니고 창작으로 만들어내는 것이 역시 예술가였다. 물론 직장을 가졌고 출근을 하나 출근하고 남는 시간, 주말週末이라든지 긴 겨울밤에는 집에서 일을 하는데 나무를 조각해서 오브제도 만들고 실용적인 생활 도구도 만드는 것이었다. 그리고 자기가 사는 집, 집이라야 우리 아뜰리에 절반밖에 안 되는 열 평 남짓한 공간이지만 그것을 장기 계획으로 조금씩 돈이 생길 때마다 자기 취미로 고쳐서 자기의 하나의 작품을 만들려 하는 것이 마음에 들었다. 조그만 공간

을 어떻게 알뜰하게 이용하고 자기의 취미를 살려서 생활을 즐길 것인가 밤낮으로 연구하고 또 실천에 옮기니 재미나는 것이 안 나올 리 없었다. 도무지 침실과 거실을 겸한 방 하나와 부엌 겸 샤워와 현관인데 문을 들어서면서부터 어떻게 재미나고 아담하고 알뜰하게 꾸며졌는지 이런 것이 정말 사는 것의 재미인가보다고 느껴지곤 했다. 그것도 날마다 뜯어고치고 바꾸어 꾸며놓고 하는 것이 그냥 그들의 취미였다. 우리가 감탄하며 칭찬해 주니까 그들은 한층 더 신이 나서 한 가지를 새로 해놓을 때마다 내려와 보라고 부른다. 물론 마담 털보가 남편 이상으로 못질에서 톱질, 대패질에 이르는 모든 일을 협조하는 것은 말할 것도 없다.

　마담 털보는 파리지엔느들처럼 뺀들뺀들 닳아진 데가 없어서 좋았다. 인상으로는 꼭 집시의 여자 같았으나 그의 족보는 알 길이 없었고 마담이 도시 태생이 아닌 것과 학교 교육은 국민학교 밖엔 안 받은 것을 짐작할 수 있었지만 그 소박素朴한 인간성과 인생과 사물에 대한 깊은 이해는 고등교육을 받고 교양을 지녔다는 파리 여성들보다 나았다. 부지런하여 항상 집안을 유리알처럼 깨끗이 닦아 놓고 집안 일을 다 해치운 다음에는 고로와즈(파리 시민이 가장 많이 피는 담배)를 척 피워 물고는 정원庭園을 한 바퀴 산책散策한다. 산보가 끝나면 한동안 열심히 무엇이고 독서를 하는 것이 마담의 일과였다. 볼꼬라고 부르는

열 한 살 먹은 개를 가족처럼 기르거니와 또 마로끄^{Morocco}[모로코]에서 친구가 보내주었다는 거북 두 마리를 열심히 기르고 있었다.

우리가 쉴 때는 정원에 내려가 이 털보네 가족들, 볼꼬와 두 마리의 거북과 같이 놀았다. 우리 앞마당의 정원은 여덟 채의 아뜰리에의 공동소유였지만 이웃이 항상 비기 때문에 자연이 정원은 우리의 전용^{專用}의 것이 되었다. 거리에서 깊숙이 들어와 있어 먼지도 없고 거리의 소음도 안 들렸다. 이 안에 있으면 도시에 있는 것을 잊을 만큼 숲속에서 지저귀는 새 소리밖엔 안 들렸다. 털보네가 정원을 또한 열심히 가꾸는 것은 물론이었다. 여름에는 분수와 못을 만들어 붕어도 기르고 갖가지 꽃을 심어 한 모퉁이에서는 여름내 한편이 우거졌다. 우리는 종종 정원에서 식사도 같이하고 차와 포도주도 곧잘 같이 마셨다. 우리가 전람회를 가질 때는 열심히 틀 만드는 것도 거들어주고 또 운반도 도와주었다.

주말 같은 때는 위아래 층에서 서로 열심히 일을 하다가 누구든 먼저 쉬고 싶은 사람이 결국은 차든지 포도주를 내게 마련이었다. 털보네는 부부가 그렇게 열심히 일을 하건만 그들의 수입은 겨우 먹고 살기에 충당되었고 일 년에 기껏해야 두 주일 정도밖에는 바깡스(휴가) 나갈 여유가 없었다. 우리는 일에 몰려 파리를 뜰 엄두도 못 먹었거니와 큰 대문을 나서면 바로 길

건너에 우리 집 정원과도 같은 뤽상부르 공원이 있어 아침저녁
으로 산책을 즐길 수 있으니 굳이 더위를 피해서 파리를 뜰 필요
가 없었다. 그리하여 우리는 이 털보네와 같이 두 여름과 두 번
겨울을 지냈던 것이다. 겨울에는 번갈아 두 집 슈미네 앞에 모
여 밤이 이슥하도록 밤참을 나누며 잡담에 꽃을 피웠던 일들
이 엊그제 같다.

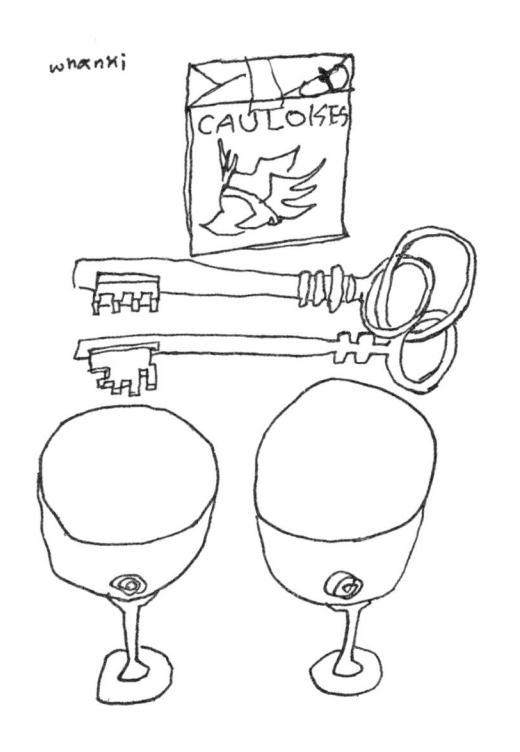

아뜰리에 뤼 뒤또 Rue Dutot

뤼 다싸스 Rue d'Assas에 비하면 뤼 뒤또 Rue Dutot는 아주 서민적인 거리다. 여기 사람들이 좋아하는 봉마르셰(싸구려)의 거리다. 동민들도 소박하다뿐이지 미끈하게 세련은 못 되었다. 그럴 수밖에 없는 것이 여기가 바로 몽빠르나스 정거장 뒤가 되고 보니 얼마 전까지 시골이었던 것이 사실이다. 뒤또 거리는 아주 조그만 동리고 거리가 끝나는 데서부터 파스퇴르 Pasteur의 거리가 시작되어 유명한 파스퇴르의 연구소들이 이 일대를 점령하고 있다.

파스퇴르 거리와 평행된 그 너머의 다시 조그만 거리 뤼 활기에르는 화가 모딜리아니, 수우찡들이 살던 골목으로서 유명하다. 우연히 이 골목을 산책하다가 앙드레 살몽이 쓴 '모딜리아니의 생애'에서 읽었던 활기에르 ××번지를 발견하고 모딜리아니, 수틴, 살몽들이 같이 살았다는 방들을 감개무량하게 구경했다. 골목도 집도 형편없이 낡은 삼등가였다. 이러한 곳에서 위대한 예술가들의 곤궁시대가 지나갔다는 사실이 오늘도 의연히 우리에겐 교훈이 되는 것이었다.

환경이 다시 없던 뤼 다싸스의 아뜰리에를 미처 파리의 맛을 모르던 시절, 광선이 나쁘니 벽면이 좁으니 등등으로 조건이 나쁘다고 트집을 잡아 할 수 없이 마담 루니아를 다시 졸라서 간신히 얻은 것이 뤼 뒤또의 무슈 Z의 아뜰리에였다. 무슈 Z는 마담 루니아의 동포로서 남불南佛의 조그만 농장에서 살며 일 년에 한 번 파리에서 개전個展을 갖기 위해 두어 달씩 이 아뜰리에를 사용해야 하는 이유로서 소유권을 포기하지 못하고 있던 참이라 오히려 좋아하며 우리에게 아뜰리에를 양도해 주었다. 앞으로 이 아뜰리에는 영구히 공동 소유로 하자는 제의에 물론 우리는 찬성했다.

그런데 야단난 것이 아뜰리에는 승강기도 없는 칠층 구옥의 맨 꼭대기 층에 있었다. 하기야 여기 사람들은 파파노인들도 칠팔층을 걸어서 오르내릴 뿐 아니라 우유병, 포도주병 또는 몇 킬로의 풋감자를 사 날라다 먹으니 사십대 우리가 힘이 든다면 이 사람들은 얼마나 놀랄 것인가.

아뜰리에는 이십 평의 공간이 한편으로 침실과 부엌을 두고는 마루방으로 탁 틔어있어 넓어서 좋았다.

또 스팀 난방 초기 시대의 구옥이라 스팀 파이프가 요새 것보다 갑절은 더 있어서 추운 겨울에도 한겹 옷을 입고 일을 할 수 있어서 좋았다. 한 가지 흠은 아뜰리에를 오랜 세월 주인이 손을 안 보고 내버려 두어 형편없이 헐어진 점이다. 몇 차례 나

그네 화가들이 거쳐 갔으나 이들은 아무도 걸레나 빗자루를 사용해 본 일이 없었던 것 같았다. 살면서 두고두고 치우자고 했지만 시작하니 끝을 내지 않고는 정리가 안 되어서 밤낮없이 수삭數朔을 두고 빗자루와 걸레를 들고 살아야 했다. 소제부가 있다기에 불러다가 계산을 시켜보니 이십평 공간을 깨끗이 하기에는 백불百弗을 넘는다 한다. 과연 사람의 노동 값이 비싼 나라였다. 기왕에 왔으니 십 불弗어치만 하고 가라니까 유리창 두어 개를 닦고 간다.

　방을 치우다 보니 숨어졌던 이 방의 역사가 수없이 나왔다. 마담 루니아와 무슈는 폴란드 망명객이었다. 이 방을 거쳐 간 나그네 중에 망명직의 이세二世가 하나 있었는데, 그는 건축 학도였으며 한창때 청춘 시절에 자학함으로써 변사하였다고 들었었다. 그리고 보니 부엌에는 술병들이 발 디딜 틈도 없이 산적해 있었다. 청년이 술을 좋아하여 마시고 또 마시고, 취해서는 곯아떨어지고 그렇게 아무렇게나 생활했던 흔적이 역력했다. 그러다가도 맑은 정신이 들 때는 열심히 일을 했음인지 그려둔 설계도들이 수없이 한 편에 쌓여 있었다. 디방長椅子이 부서진 곳에다 옷이며 꾸숑[쿠션]이며 털이불 같은 것을 되는대로 처박아 넣은 것을 펼쳐 보니 모두가 채 낡지도 않은 값진 부르주아의 살림살이들이었다.

　젊은이가 무엇을 그렇게도 고민했을까. 혹은 조국에 대한 분

노이기도 했겠다고, 에트랑제의 고독을 알 수 있는 것도 같았다.

조국을 떠나면 외로운 법이다. 조국은 핏줄기처럼 당김으로 해서이다. 거기 조국에 사랑하는 가족을 두고 다시 갈 수 없는 조국일 때 사람은 미칠 수도 있을 거라.

피카소처럼 강한 성격의 소유자도 조국이 인민 전쟁으로 짓밟힐 때는 견딜 수 없는 분노의 화필을 휘갈겼었다. 무슈 Z는 일본인 화가 후지다가 프랑스에 귀화한 사실을 못 마땅히 여겨 사뭇 분개한 어조로 조국같이 좋은 것이 어디 있다고 다 늙어서 남의 나라에 귀화하다니 이해할 수가 없다고 여러 번 되풀이한다. 물론 무슈 Z는 무슈 후지다와 거의 동년배이며 동시대의 화가이다. 무슈 Z는 지금에라도 갈 수 있다면 자기는 조국 땅에 묻히고 싶다고 늙은이 같지 않은 아직도 파란 눈동자에 이슬을 맺는다. 화가로서는 재주가 없으나 예술을 좋아하고 예술을 버릴 수 없어 팔리지 않는 화가이면서도 화가로 종생하는 것에 만족하는 예술가의 한 사람이다.

아뜰리에서는 남북창을 열어제치면 아무리 더운 여름날에도 금시에 땀이 들며 시원해졌다. 북창으로 멀리 에뜨왈(개선문)이 보이고 그보다 가까이는 에펠탑이 바라보인다. 어쩐지 이 아뜰리에에 앉았으면 여러 가지 생각에 잠겨지곤 했다. 조국을 빼앗긴 폴란드 동포들이 풍기는 노스탈지의 전염 같은 감상뿐이랄 수 없는 가슴에 스며드는 것이 있었다. 조국이라는 것, 예

술이라는 것, 그리고 민족이라는 것이 뼈아프게 느껴지곤 했다.

존경하는 화가 루오가 작고한 뉴스를 들으며 감상에 잠겼던 것도 이 아뜰리에에서이다. 우리가 파리에 와서 방문한 화가는 오직 루오 한 사람뿐인데, 유감스럽게도 우리가 방문했을 때는 이미 이 노대가老大家는 와병한 지 오래되어 깊은 숙면에 잠겨 있었다.

"아버지는 자꾸만 잠만 자고 있어요. 봄이 돼서 다소 회복이 되면 다시 오시도록 속달을 드릴께요." 루오의 따님 이사벨은 처음 만났건만 십 년의 지기처럼 다정했다. 선물로 들고 간 골동 자개 상자를 내놓으니까 감격해서 답례를 해야 한다고 『스텔라 베스뻬르띠나』(저녁이라는 뜻의 비매품 특제 화집)를 주었다. 이사벨은 루오의 맏따님으로 지금 오십이 가까우나 미혼으로서 일생을 아버지의 사업과 또한 신앙에 바친 수녀이다. 루오가 이사벨을 믿고 사랑한 것은 말할 것도 없고 루오의 작품에는 무수히 이사벨이 모델로 등장한다.

루오의 저택은 갸르 드 리용(남불행 기차 정거장)이 바라보이는 에밀 질베르 거리의 소박한 건물의 사층이었다. 루오 자신이 종교인이기도 했지만 그의 저택은 마치 수도자의 그거와도 같은 소박한 가구들로서 그의 검소한 생활이 엿보이는 분위기에 있었다.

그 후 봄이 오고 여름 가을이 가도 이사벨에게서는 아무 소식이 없더니 이듬해(1958년) 이월 십칠일 우리는 뜻밖에도 슬

픈 뉴우스를 라디오에서 듣고 생 제르멩 데 프레 성당에서 거행된 장례식에 참석했었다. "늘 당신네들을 생각했으나 아버지는 그 이후 죽 회복이 안 되시고 드디어 영면하셨습니다." 이사벨이 보내온 부고에 사연이 첨부되어 있었다.

아뜰리에에서 일을 할 땐 라디오가 다시 없는 벗이 된다. 누가 말하기를 프랑스의 라디오는 프로가 발랄해서 신문을 볼 필요가 없다고까지 하는 것을 들었지만 사실 신문이 필요 없을 정도로 뉴스가 정확하고 집에 앉아서 여러 교수들의 강의를 들으며 공부할 수 있으리만큼 다채롭고 합리적으로 되어 있다. 음악을 듣고 싶을 때 어느 때고 명곡을 들을 수 있는 것은 말할 것도 없다. 오늘에 사는 예술가들의 모습도 소개되거니와 과거의 예술가들의 생애에까지 친근해질 수가 있다. 피카소나 루오의 목소리도 들을 수 있었으며 지금은 노파가 된 훼르난드 오리비에가 피카소와 그 시대에 살던 친구들의 일화를 좌담하는 이야기도 감명 깊게 들었다.

뤼 뒤또에서 사방팔방으로 뻗어가며 여러 갈래의, 모두 이름을 달리한 조그만 골목들이 있는데 여기는 대개 단층으로 된 아뜰리에들이 많았다. 산보하는 거리에서 곧잘 공방의 분위기가 넘어다보여 모두들 열심히 일하는 것이 느껴질 땐 어쩐지 든든하고 또 같이 대열에 끼어 마라톤이라도 달리는 것 같은 긴장감이 한결 우리의 일에도 능률을 올리곤 했었다.

파리의 봄

파리의 봄은 늘늘해

여름에 파리를 다녀간 고국의 손님이 겨울에 문안 편지를 보내오기를 "지금쯤 세느강에는 스케이팅이 한창일 거라"고해서 모두들 웃은 일이 있었다. 파리의 겨울을 겪어 보지 않은 사람은 우리의 한강을 생각하고 세느강도 겨울이 되면 꽁꽁 얼어붙는 줄 짐작한 모양이다.

그러나 세느강은 겨울에도 출렁이고 있으며 강가에는 연인들의 산책이 끊이지를 않았다. 뤽상부르 공원의 잔디도 겨우내 새파랗게 살아 있었던 것이다. 우리나라의 자연과 비교하면 파리는 분명히 상춘常春에 가까운 계절을 지닌 도시였다. 그 남구南歐에 가까운 도시에 본격적인 봄이 무르익으면 우리에겐 다소 현기증이 나도록 늘늘했다. 늘늘한 것은 우선 마로니에꽃 향기요, 청춘 남녀들이 풍기는 체취였을 거다.

우리들의 거처는 뤽상부르 공원의 후원 과수원에 면한 뒷길이었다. 뤼 다싸스 90번지 그 정문을 들어서서 안뜰을 지나 깊숙이 들어앉은 우리들의 2층에까지 공원에 만개한 마로니에

의 짙은 꽃향기가 풍겨왔던 것이다. 마로니에 꽃은 자디잔 꽃들이 종 모양으로 모여 다발로 피었으며 흰 것과 분홍의 두 가지가 있었다.

마로니에가 만개하기 전에 봄이 오면 제일 먼저 피는 것은 개나리였다. 개나리는 덩굴로가 아니라 뿌리와 가지를 굵게 하여 나무로 가꾸고 있었다. 개나리가 탐스럽게 핀 것을 본 것은 세느강 거리에 위치한 상훈국 정원에서였고 뤽상부르 공원에 피었던 개나리는 아직 꽃이 탐스럽지 못했다. 공원에는 복사꽃, 철쭉, 목련 꽃들이 피었다. 공원 후원의 과수원은 과수를 완상용처럼 가지의 모양을 만들어가며 기르고 있었다. 배꽃, 사과꽃이 필 때는 고국에의 향수가 간절하기도 했다.

지금 기억에 떠오르는 뤽상부르 공원의 봄은 온통 꽃 천지에 묻힌 낙원의 모습이다. 새파랗게 물결치는 잔디와 넓고 넓은 잔디밭 속의 무더기무더기 꽃밭과 시원한 분수와 그것들을 둘러싸고 공원 하나 가득히 햇볕을 쬐고 앉아 즐기는 파리 사람들의 세련된 모습들, 한편에서 뛰노는 아기들과 비둘기의 무리들, 이러한 분위기가 정말로 삶을 즐기는 평화의 상징이 아니고 무엇일까. 뤽상부르의 봄은 그대로 낙원이었다.

세느 강가에 봄이 오면

　강가의 명물은 우리에겐 아무래도 용하게 사람의 힘으로 지켜진 한두 세기는 실히 묵었을 보리수, 마로니에의 거목들이다. 그 앙상하던 가지들에 새싹이 트기 시작하고 그냥 푸르러지면 강물은 한층 더 출렁이고 크고 작은 보트들이 놀기 시작하면 찬란한 유람선 바또 무슈가 등장한다. 에트랑제들은 바또 무슈에서 오찬을 하고 세느강을 한 바퀴 유람하는 것을 파리의 수브니르Souvenir의 하나로 삼는다. 강가에는 연인들의 수가 부쩍 늘고 이 구석 저 구석엔 낚시꾼들이 진을 치기 시작한다. 이 무렵이 되면 강가를 스케치하는 화가들의 수도 물론 많아지고, 강가 거리의 책가게가 납작한 책 궤짝의 뚜껑을 열고 흥청거린다. 이 세느강가의 궤짝 책가게는 파리의 명물 중의 하나이다. 금세기 초에는 파리의 고귀한 문학과 철학 서적이 모두 이 강가의 책가게에 모였었다고 하나 지금은 내용이 바뀌어 순전히 여행객을 위한 가벼운 읽을거리, 또는 스케치풍의 그림들, 그리고 골동 부스러기들이 나그네들의 구미를 그런대로 맞춰 가고 있다.
　책가게의 주인들은 파리의 역사와 같이 늙어가는 늙은 파리쟝들인 것이 이채롭다. 그들은 입을 열면 파리의 역사에 대해 모르는 것이 없다. 옛날에 지상의 교통이 오늘 같지 않았을 때는 세느강이 교통로의 역할을 했다고 한다. 강은 도시의 중

심을 흐르고 있기 때문에 배를 타고 마치 버스를 타듯 시내 출입을 했었더라는 이야기를 흥미롭게 들었다.

물론 옛날에는 세느강에서 자살하는 사람도 많았었단다. 지금은 익사자를 금방 건질 수 있는 구조 시설을 완비해 놓고 만일에 자살 기도가 미수에 그치는 경우는 구조 작업의 비용 일체를 물어야 하도록 법을 만들었기 때문에 세느는 어디까지나 사람들이 즐길 수 있는 즐거운 강이 되었다.

또 지금도 강의 흐름을 이용해서 아침저녁으로 화물선이 모래나 돌이나 석탄 같은 무거운 화물을 운반하여 십이분 강을 이용하고 있는 것은 물론이다. 강에 내려가 배를 타지 않아도 강가에 앉아서 오가는 풍경을 바라보는 것만으로도 다시없이 즐겁다. 오가는 배의 풍속이 재미나기 때문이다. 내려다보면 배 안의 살림이 그대로 바라다보이는데 뱃사람들은 가리려드는 일이 없이 오히려 육지 사람들에게 구경시키는 것을 흐뭇하게 여기는 듯했다.

인상적인 것은 배 위에 널린 빨래들이 백옥같이 흰 것이며 식당의 깨끗하고 기름진 분위기와 침실의 낭만적인 장식들이었다.

어떤 배에는 원숭이에게 옷을 입혀 가지고 마치 한 가족처럼 단란한 분위기로 흘러가고 있기도 했다.

배에서 살면 배에서 사는 대로 그들은 되도록 삶을 즐기려 하는 풍습인 듯, 배 안의 생활은 즐거워만 보였다.

봄, 예술의 향연

봄이 지나면 파리의 예술 시즌은 끝난다. 그러기에 파리의 5월이면 예술의 향연은 절정에 이른다.

엄격히 따지면 본격적인 예술 행사는 지난해 12월에 시작해서 이듬해 5월에 끝난다고 할 거다. 그러나 그동안에 노엘[크리스마스]과 신년, 또 빠끄Pâque[부활절]니 빵뜨꼬뜨Pentecôte[성심강림축일]니 등등, 휴일들을 계산하면 11월, 2월과 3월, 그리고 5월이 가장 알뜰한 시즌이 될 거다. 이 계절에 세계의 유명한 예술가들이 한 해에 한 번씩 파리에 와서 공연을 갖는 기회가 있기에 파리에 살면 세계 최고의 예술을 감상할 수 있는 것이 행복하다.

작금년 우리나라도 참가하고 있는 국제 연예 공연도 5월에 상연된다. 그러니까 이 계절을 놓치고 파리를 여행하면 파리의 건물이나 유적, 박물관, 상설미술관 등밖에는 볼 것이 없고, 정말로 살아서 움직이는 예술을 접할 기회가 없다.

엊그제 파리에 사는 친구가 다녀가면서 희한한 뉴스를 하나 던지고 갔다. 그 어두컴컴하고 거무칙칙하던 몇백년 묵은 건물이 때를 깨끗이 벗었다는 거다. 앙드레 말로가 문화상이 되면서 파리가 너무 찌들어서 더럽다고 청소 작업을 시작했다는 거다. 육중한 돌집들이라 닦으면 깨끗해질 수밖에, 그래서 거리

가 온통 딴 거리처럼 되어버려 지금 오면 나보고 길을 못 찾을 거란다.

대체 이 사람들은 집 안의 마룻바닥이나 가구들은 빤들빤들 윤이 나도록 닦으면서 왜 건물의 외부는 비둘기 똥에 썩어 가는 것을 내버려 두는 것일까 하는 부질없는 생각을 한 적도 있었다. 돌도 때를 닦아야 수명이 오래 갈 것이 아닌가.

그러니까 지금 파리는 눈부시도록 희한해졌을 거다. 거기 신록이 싹트고 꽃이 피면 한층 화사한 파리가 될 거다.

파리에 수목이 너무 많아서 인체에 해로우니 울창한 마로니에 가로수를 베어 버릴 것이냐고 논의가 분분했다는 소식은 들었으나 파리를 청소한다는 소식은 엊그제 처음 들었다.

찌든 파리를 안 본 사람은 그저 이 도시는 예로부터 이렇게 깨끗했던 것이거니 하고 말았을 거다. 파리는 언제까지 그렇게 있으려니 하던 나의 수브니르 속의 파리의 모습이 변모했으며 또 계속해서 변모해 가고 있다는 것은 좀 안타까운 사실이다.

그러고 보면 내가 본 파리도 그 몇 해 전 또는 몇십 년 전에 본 사람들의 파리와는 퍽 많이 달랐을 것이 당연한 일이기도 하다.

어쨌든 파리는 점점 젊어져 가는 것이 사실인 것 같다. 금세기의 문명과 과학의 혜택으로 인류도 젊어가고 도시도 젊어진다는 사실 아래서 유독 파리만의 낡은 도시로서 언제까지 그

대로 있을 수는 없는 일이 아닌가.

　깨끗이 청소한 화사한 파리여! 마로니에 꽃향기로 가득할 뤽상부르 공원, 또 뤼 다싸스 거리 그리고 그 이웃의 나의 친애하는 파리쟝들이여, 안녕!

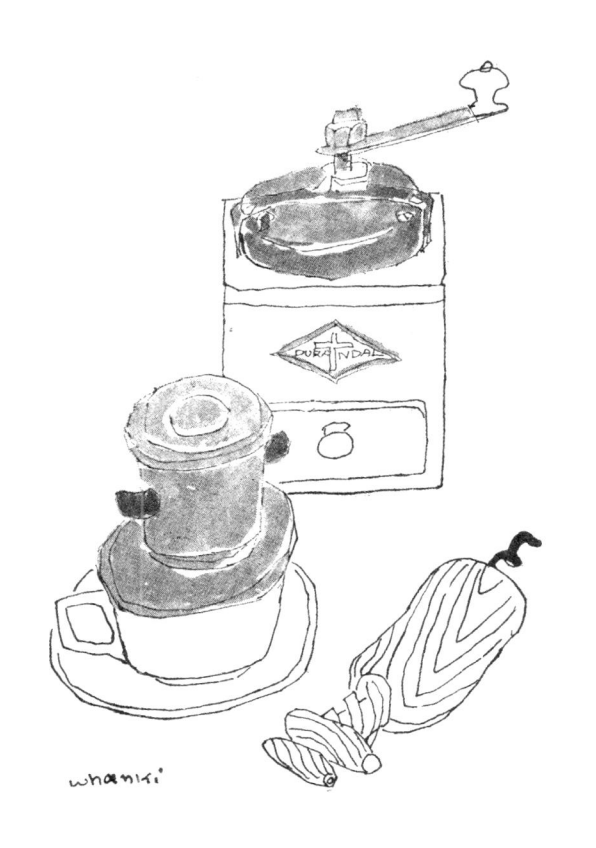

whanki

카페와 참종이

뜻밖에 귀한 손님이 우리나라를 방문하고 내 집까지 찾아왔다. 동경서 살림하는 아이들이 예고도 없이 친구라고 브라질 태생의 젊은 건축가를 소개해 보낸 것이다.

무슈 마노엘은 일본 정부가 내후년 국제올림픽을 위한 브라질관을 짓기 위해 초청한 건축가인데 거의 일을 마치고 귀국하려는 며칠의 휴가를 이용해서 한국을 방문해 왔던 거다.

그런데 무슈 마노엘은 단시일을 이용하여 한국 구경을 오는 관광객들과는 퍽 달랐다. 그는 비행기로 김포공항에 내린 것이 아니고 일본 하카타에서 배를 타고 부산에 닿았다. 부산을 구경하고 송도에서 논 다음 기차를 타고 올라오면서 경주에 들러 불국사 등을 구경했다. 그리고 서울역에 도착한 것이 바로 며칠 전 밤 12시 반이었다. 한밤중에 남의 사택으로 전화는 걸 수 없고 말은 안 통하고 할 수 없어서 여관 안내하는 소년을 따라 손짓과 표정으로 의사를 소통하여 형편없는 여관방에서 밤을 새웠다고 하며 아침 일찍 우리 집으로 전화를 걸었다.

당황해서 부랴부랴 찾아가 보니 걱정한 것과는 달리 아주 싼 호텔을 잡아 태연하게 앉아 있었다. 사람들이 반도호텔이나

조선호텔을 소개했으나 잠만 자는 호텔에다 많은 비용을 들일 필요가 없다는 거다.

나는 그가 여행하는 방법이 마음에 들었다. 그래서 한나절쯤 고궁이나 안내해주마고 하니까 고궁은 건축 구조를 상세히 연구하기 위해서 혼자 보겠으니 골동품 가게를 안내해 달라고 한다. 신라의 토기와 조선 초기의 소박한 것들 중, 그중에서도 한국적인 냄새가 강렬하게 풍기는 것만을 찾아다니는데 그 기호와 선택에 개성이 확실한 것쯤은 평범한 이야기지만 지물포를 지나치다가 장판지와 참종이를 보고는 그렇게도 좋아할 수가 없었다. 기름을 먹인 노란 유지로는 전기스탠드의 갓을 만들겠으며 참종이로는 도배를 하겠단다.

참종이도 곱게 다듬어진 고급지보다는 소박한 막종이가 운치가 있어 좋다고 하며 또 그 가격이 싼 데 다시 한번 놀라는 것이다.

조선종이, 소위 우리가 쓰는 창호지는 전에도 더러 프랑스 친구들이 좋아하는 것을 보았다. 화가들은 수채화나 과슈, 또는 덧상을 하기 위해서 조선종이를 좋아했지만 건축가가 도배지로 쓰겠다고 하는 것은 처음이었다. 피지를 보고는 한층 더 감탄하는 것이다.

무슈 마노엘을 집에 데려다가 저녁을 대접하고는 그가 선물로 들고 온 브라질 알카페를 '물랭'(알 커피를 가는 도구)에 갈

아서 모처럼 카페 향기에 흐뭇이 젖으며 즐거운 저녁을 지내면서 생각하기를 우리의 참종이만큼이나 본 고장에서 값이 싼 카페와 우리의 종이를 직수출입하면 되지 않을까 하는 생각이 들었다.

브라질은 광대한 영토를 가졌고 상파울루시는 국제 예술의 중심지 역할에 접근해 간다고 한다. 한창 건설 도중에 있어 건축 부문은 오히려 손이 모자라 외국의 건축가를 초청해 오는 형편이어서 하루속히 귀국해야 한다는 것이 부러웠다.

얼마 전까지 브라질 이민 운운으로 떠들썩했고 쉬이 국교도 맺어지겠지만 가까운 시일에 안심하고 마실 수 있는 값싼 진짜 카페와 바나나와 망고와 파인애플 같은 것을 우리의 맛좋은 사과와 바꿔 먹을 수 있는 날이 오면 좋겠다.

손수건

　마치 돈이나 안경이 없으면 꼼짝을 못 하듯이 우리는 밖에 나왔을 때 손수건이 없으면 또한 꼼짝을 못 한다.

　무시로 눈에 들어가는 티를 닦아내야 하고, 얼굴에 날아 붙는 꺼멍을 털어버려야 하고, 머리에 앉는 먼지도 자주 손수건으로 털어야만 한다. 또 식사를 하고 나서 입가를 닦아야 할 것은 물론이거니와 차라도 마시고 나면 역시 입가를 손수건으로 깨끗이 해야 하고 또 수시로 손을 닦아야 한다.

　이러한 용도를 위해 손수건은 적어도 두 개 이상이 언제나 핸드백 안에 들어 있어야만 하는데 나는 곧잘 이것을 잊어버리고 그냥 나온다.

　밤이면 으레 자기 전에 핸드백을 정리하고 깨끗한 손수건을 갈아 넣어 두어야 하는데 가다가 피로하면 그냥 자 버리면서 다음날 손수건을 잊지 않을 것을 명심하나 명심한 것은 소용없고 그런 날은 영락없이 잊어버리고 그냥 나온다.

　손수건을 잊어버리고 나온 날은 공연히 마음이 차분치 않고 불안해서 되도록 일찍 집에 들어가고 싶어지나 불가피하게 시내에 볼일이 있을 경우는 하는 수 없이 대용 손수건을 사야

만 하게 된다. 또 기왕에 사려고 보면 아무거나 살 수는 없어 자연 낭비가 되고 만다.

　나에게 있어서 손수건의 문제는 다행히 이만 정도로써 그치나 수화樹話에게 있어서는 한층 더 심각한 문제가 따른다.

　여름 겨울을 불문하고 남보다 갑절 이상 땀을 흘리는 수화는 때에 따라 수건에다 코까지 푸니 두 개 정도로는 어림도 없고 양복 위아래 호주머니마다 언제나 손수건이 들어 있어야만 한다. 차츰 건망증이 심해져 가므로 아침에 집을 나올 때는 지켜 서서 안경, 시계, 담배, 성냥, 그리고 손수건을 일일이 집어주지 않으면 그중에서 한두 가지는 반드시 빠뜨리고 나간다.

　옷장 앞에 서서 옷을 갈아입으면서도 서랍 안에 든 손수건을 꺼내어 넣어가지고 나가기를 싫어한다. 내가 다른 일을 보면서 손수건을 넣으란 소리를 골백번 되풀이했으나, 나중에 보면 의아스러울 정도로 깨끗이 잊고 그냥 나가버린 다음이다. 저녁에 돌아오면 손수건을 안 넣어 주었다고 화도 내고 또 새로 사온 손수건을 자랑도 한다.

　이렇게 자주 사게 되는 손수건이고 보면, 응당 집에는 서랍이 넘을 정도로 손수건의 수가 많아야 할 것이로되 반대로 사들이는 만큼 그 수는 줄어든다. 나는 그때마다 손수건을 밖에서 빠뜨리고 잃어버리고 들어오는 것이라고 짜증을 내면 수화는 절대로 손수건을 밖에서 잃지 않았노라고 주장하며 손수건

은 분명히 집안에서 없어지는 것이라고만 고집한다. 그래서 나는 아직도 손수건이 밖에서 없어지는 것인지 집안에서 없어지는 것인지를 확실히 모르고 있다.

　파리엔 훨씬 우리나라보다 먼지가 적었던 것 같다. 하루 종일 길을 걷고 들어와 발을 벗어 보아도 발이 깨끗했거니와 며칠을 손수건을 넣어가지고 다녀도 손수건이 더러워지지를 않았다. 길바닥은 포장한 위를 수시로 콸콸 솟는 수돗물로 쓸어 버리니 먼지가 있을 리 없고 도처에 세면소가 있어 아무 데서고 손을 씻을 수 있어 손이 항상 깨끗할 수 있었다. 따라서 손수건이 그다지 심한 역할을 하지 않아도 되어 장식으로 포켓에 꽂혀만 있을 수도 있었던 것 같다.

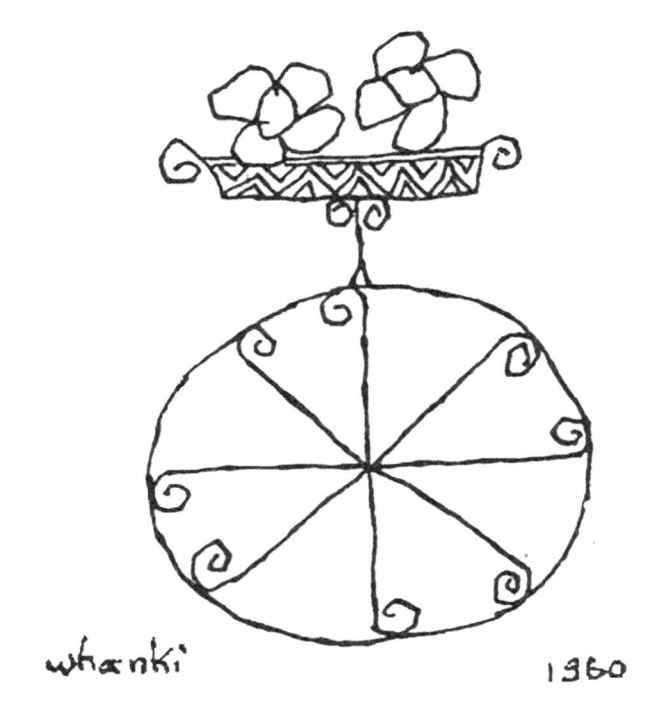

whanki 1960

그곳 생각을 하며

　파리에 있을 때는 조국이라는 게 머리에서 떠날 새가 없었다.

　우리도 한강을 세느강처럼 만든다면 서울은 얼마나 아름다운 도시가 될까. 우선 백사장을 메워 얻어질 광활한 지대에다는 관공청사를 건설하고 강을 건너는 무수한 아름다운 다리를 놓아 서울시를 확대시키고 강가를 아름답게 다듬어 시민과 여행자의 산책로를 만들고 강에다는 유람선도 띄우고 중량화물선도 띄운다면 외관상 손색도 없으려니와 시민과 서울시는 물심양면으로 이득을 볼 것이 아닌가. 우리도 지하철을 놓으면 교통이 얼마나 편리해지고 지상은 교통의 혼잡을 면할 것이며 시가는 그만큼 아름다워질 거다.

　시내에는 곳곳에 녹지대를 만들어 어린이들의 놀이터를 마련해 주고 노인의 휴양소도 만들자. 동리마다 소학교는 물론이요, 도서관과 또 시장과 백화점과 영화관을 시설하자.

　우리도 남들처럼 잘살기 위해 저마다 이상적인 주택을 짓고 최소한 가정에 물과 불과 열이 자유자재로울 수 있는 시설을 만들자. 그리고 가정의 주부도 무엇이든지 직업을 가져 열심히 일하고 쉬고 알뜰하게 삶을 즐기자.

우리는 또 무엇보다도 국내의 우수한 젊은 남녀 후진들을 수많이 구라파에 유학시키는 사업을 시급히 착수해서 그들로 하여금 선진국의 문화를 보고 듣고 느끼고 배워오도록 해야 할 거다. 특히 젊은 여성들이 구라파의 고도의 지성과 취미와 생활의 검소를 배워오도록 하면 좋겠다.

또 우리는 무엇이고 우리의 것을 세계에 내세우는 사업을 시급히 해야 할 거다. 그래도 우리의 좋은 것이 있다면 그것은 예술로써 표현될 거고, 우리가 국제마당에 들고 나설 것은 진실로 좋은 우리 예술밖에는 없을 거다.

이러한 무한한 생각들이 파리에 머무는 만 4년 동안 언제나 머릿속에 가득 차 있었다.

내가 돌아와 우선 내 자신이 할 수 있는 일이란 보고 듣고 느끼고 한 것을 그대로 옳게 전달 소개하는 것과 내가 아는 범위 내에서 프랑스의 언어와 문화를 젊은 학도들에게 가르치는 것과 그래도 우리의 쓸 만한 것을 찾아내어 번역 소개해 보는 노력을 아끼지 않는 것이다.

그러나 어언 귀국 1년을 넘은 오늘 나는 내가 하고자 계획한 일들의 몇분의 일을 과연 실천에 옮겨 보았을까.

잔디와 덩굴풀과

　여기는 서울 상도동, 한강 다리를 건너 왼편으로 노량진 고개를 넘어 올라오면 다시 한강이 굽어 보이고 왼편에 관악산이 바라보이는 언덕에, 제법 수목이 우거지고 제 굵은 플라타너스의 가로수가 주택 가로를 이룬 아담한 동리가 있다. 여기가 상도동에서도 가장 주택지로서 살만한 곳이라고 한다. 공기도 맑고 비교적 조용하다.

　어떠한 인연으로서인지 아이들이 찾은 집이 돌아와서 보니 가족이 살기에 과히 협착하지도 않으려니와 대문을 들어서서 깊숙이 안마당에 이르는 길이 운치도 있고, 또 대청이나 앞마당에서 마치 알맞은 거리를 두고 관악의 연봉이 바라보이는 시원한 맘에 당분간 살아보자고 자리잡은 것이 어언 한 해 하고도 한 달이 지났다.

　지난해 초여름, 돌아오자마자 가지고 온 잔디 씨를 제일 먼저 앞마당에 뿌렸었다. 씨 뿌린 지 한 주일이 채 못 되어 새파란 잔디 싹이 돋아나더니 금시에 무성한 잔디밭을 이루었다. 파리의 잔디는 흡사 우리나라의 잡초처럼 잘 자라는데, 우리나라 풀은 까칠하고 뻣세지만, 파리의 잔디는 보드랍기가 마치 솜이

나 비단의 촉감 같다. 그래서 공원에 앉아 넓고 넓은 잔디밭을 바라보고 있으면 시각이 시원해지고 그냥 피로가 풀어진다. 파리공원의 잔디밭은 누워 뒹구는 데가 아니라 울타리를 쳐놓고 바라보며 즐기는 잔디밭이다.

　나도 얼마 안 되는 앞뒤 마당에 잔디를 가꾸어 새파란 풀을 바라보며 한여름의 더위를 잊으려 한 것인데 한창 잔디가 무성할 무렵, 폭양은 내리쬐는데 비는 안 오고 수돗물마저 제대로 안 나와 무성하던 잔디가 바삭바삭 타 버렸다. 유난히 이 잔디는 가뭄을 타서 아침저녁으로 후북이 물을 주어야 했고, 그러기에 특히 큰 나무 그늘에서 잘 자랐던 것이다. 이러한 환경에선 사람도 수분이 모자라는 판인데 초목쯤 타버려도 할 수 없는 일이었다. 아무래도 서울 추위에 그 연약한 풀의 뿌리가 땅속에서라도 살아 있을 것 같지 않았다. 그랬는데 겨울이 지나고 봄이 왔을 때 지난해의 잔디가 살아 나왔다.

　나는 지난해 이상으로 정성을 기울여 열심히 돋아나는 잔디를 가꾸고, 자라 오르면 모종을 내다 온 마당에 번식을 시켰다. 지금 우리 집 마당엔 파리의 잔디가 한창 푸르다. 나는 또 욕심을 부려 씨를 받으려고 한편 가녁에다는 씨를 앉혔었는데 올해는 또 장마가 들어 익으려던 씨가 거의 썩어 버렸다. 그러나 잔디는 한 움큼만 있어도 얼마든지 번식이 되는지라 이 앞마당 푸르른 잔디만 가져도 얼마든지 넓은 잔디밭을 만들 수

있으려니와 친구들 정원에까지 모종을 내주고도 남을 거다.

　나는 잔디 씨를 가지고 오면서 또 파리의 풀포기 하나를 가져왔다. 이것은 파리에 흔한 덩굴풀이다. 사철 꽃시장에 나오는 덩굴풀 중에서 제일 쪼끄만 놈을 골라 비닐봉지에 넣어 어깨가방에 담아 가지고 왔는데 와서 꺼내 보니까 비행기 안에서 덩굴이 콩나물처럼 자라 있었다.

　파리 사람들은 이 덩굴풀을 좋아하고 이것을 길길이 자라게 해서 높이 올려 늘어뜨려서는 실내를 장식하기도 한다. 가꾸기에는 가장 손쉬운 풀이어서 한 주일에 한 번쯤 물을 주는 정도로 내버려 두어도 제대로 잘 자라며 햇볕을 별로 찾지 않아서 방안에 내버려 두기 아주 십상이다. 따라서 겨울에도 방안에서 언제나 싱싱하다.

　가지고 온 한 포기가 한 해 동안 대여섯 포기 농사가 되었다. 몇 포기는 친구에게 나눠 주고 지금 나머지가 두 분에서 왕성하게 줄기를 뻗고 있다. 태양을 흠뻑 쐬어 주었더니 푸른 색소가 거의 없어지고 보기에 흉할 정도로 싱싱한 식물성을 잃어 실내에다 오랜 시일 내버려 두었더니 다시 푸른 색소로 돌아왔다. 식물이 생지生地 풍토의 습성을 따르는 것은 당연한 일이건만 신기롭고 재미난다.

　우리나라에도 남쪽에 가면 이와 비슷한 덩굴풀이 있는데 우리나라의 것은 앞이 두껍고 더 쪼록쪼록하고 빛깔도 진하고

모양은 같은 삼각형이건만 약간 모가 져 가지고 있다. 따라서 싱싱한 맛은 우리 덩굴풀이 더하건만 파리의 덩굴풀 같은 부드러움에서 오는 우아한 맛은 적다.

　우연히 자리 잡게 된 상도동, 관악산이 바라보이는 한 모퉁이에서 손바닥만한 마당에 잔디 농사를 지어 놓고 무럭무럭 자라나는 덩굴풀을 달아매어 놓고 아침저녁으로 그것들을 들여다보며 이 백성으로 태어난 고독감을, 또 인간으로 태어난 모든 괴로움을 잠시나마 잊으려 한다.

　혁명의 흥분도, 미적지근한 과정過政의 모든 처사도 나 개인의 힘으로는 어떻게도 할 수 없는 일이기에 차라리 풀포기를 바라봄으로써 우선 그날그날 묻어 들어오는 오탁汚濁에서 나의 심신을 깨끗이 청소하고 생활에 소비되고 남는 시간은 내가 할 수 있는 일에나 몰두하련다.

　어지간히 고만 장마가 걷혀 주었으면 하는데 간밤에 밤새도록 비가 내리고 오늘도 또 종일 쏟아질 기세다. 관악 연봉이 완전히 운무에 가려 안 보인다. 마당의 잔디에도 이렇게 되면 수분이 과잉되지 않나 염려된다. 너무 물을 많이 먹어도 썩어 버릴까 걱정이다. 인공으로 수분을 공급하면 이상적인 잔디밭이 될 것이로되 자연에 따라 원시적으로 가꿔지게 되는 경우 아무래도 내가 뜻한바, 바람이 일면 보드랍게 물결치는 아름다운 잔디를 바라보기란 틀린 것만 같다.

산에 사는 맛

우리가 성북산협城北山峽에 자리 잡았을 때는, 그곳에 서너 채의 굵은 별장과 띄엄띄엄 몇 채의 초가집이 있었을 뿐으로 우리는 서울에 살고 있되 완전히 산에 사는 것 같았다.

맑은 공기와 수목의 향기와 흐르는 물소리와 지저귀는 새 노래는 우리의 젊음에 배가되는 에너지를 불어넣어 주었다. 그러기에 우리는 혜화동 입구에서 보성중학 고개를 넘어 산협에 이르는 20~30분의 거리를, 또는 삼선교에서 골짜기까지 올라오는 30~40분의 거리를 항용 날마다 도보로 내왕하고도 피로한 줄을 몰랐다.

집에 있는 날은 산에서 굵은 돌을 주워오고, 앞 개울에서 잔돌을 주워 날라 축대를 쌓아 올리고, 밭을 갈아 채소를 심고 정원을 만들어 화초를 가꾸기에 골몰했다. 우리는 무엇이든지 가족이 총동원하여 우리의 손으로 만들어서 살았다. 생활 도구는 물론이요, 주식물은 쇠고기와 생선을 사들일 뿐으로 장이나 갖가지 떡을 비롯하여 술을 담그고 두부와 묵을 만들고, 엿기름, 콩나물을 길러서 먹고, 곶감, 황률 등의 건과乾果를 만들어 먹었다.

이 모든 생활을 위한 노력은 우리 가족을 위한 것이기도 했지만 보다 더 큰 즐거움은 멀리서 찾아오는 친구들을 대접하는 것이었으리라.

더운 여름날에도 땀을 뻘뻘 흘리며, 이 먼 산중에까지 찾아오는 친구는 반가웠다. 그래서 뒤안 바위틈에서 솟는 샘물을 떠서 막걸리를 거르고 밭에서 푸성귀를 뜯어 안주로 내놓으면 주객主客이 그렇게도 즐거울 수가 없었다. 이런 때일수록 집에서 수고해서 만들어 둔 안주가 알뜰하게 손客을 즐겁게 하는 것은 물론이었다.

후원에는 서너 주株의 감나무가 있었으며 여기서 따는 수확은 몇 가마니나 되어 온 산골 동리, 일가친척, 친구들과 나누고도 우리 다락에는 겨우내 연시가 있어 눈 속에 찾아오는 친구를 대접할 수 있었다.

그 어느 해인가 눈이 길길이 쌓였던 깊은 겨울 어느 아침에는 뒷산에서 말승냥이 발자국도 발견이 되었다. 그 아담한 산골은 뒷산을 등지고 있어 겨울에도 따사로웠다.

전쟁이 끝나고 해방이 될 때까지 우리는 이 산골에 파묻혀 살았던 거다.

B29를 처음 보고 우리도 어디로 가야 하나 하고 천막 천을 잘라서 룩색을 만들다가 해방을 맞이했다.

우리는 신이 나서 매일 산골에서 명동까지를 걸어 다녔다.

우리 세상이 되었으니 우리도 시내에 들어가서 살아볼까 하는 생각이 들어 비원秘苑이 내려다보이는 2층 양옥집을 사서 원서동 골목에 들어가 살아보았으나, 아무래도 산에 살던 맛을 잊을 수가 없어 우리는 다시 성북동 산골을 찾아들었다.

여러 해 낯익은 거간을 보고 '다시 산골에 오고 싶으니 아무 집이고 아무 값에고 하나 사주시오' 부탁을 했더니 마침 집이 났다고 사준 것이 이번에는 좀 더 스케일이 큰 별장들로 들어찬 오른편 골짜기였다.

먼저 살던 골짜기의 원시적인 도로에 비해 이 골짜기는 왕년의 갑부 모씨가 별장을 짓고 찻길을 닦아 포장된 도로가 제법 산장에 이르는 듯 근사한 맛을 내고 있었다.

집 앞에는 두 그루의 은행나무가 있었으며 뒤안에는 아름드리 밤나무와 대추나무, 감나무들, 자두, 복숭아, 그리고 앵두나무 울타리가 있었다. 이른 봄, 제일 먼저 노란 꽃이 피는 것은 산수유이며, 그다음이 개나리요, 이어 진달래가 피면 그냥 뒷산이 불그레 취해버리고 앞 개울가에 늘어진 수양버들이 연둣빛으로 물들어버리는 것이었다. 살구꽃, 복숭아꽃까지 피어버릴 때, 온 골짜기가 꽃 천지가 되고 하늘마저 가려져 버린다. 시내에서 국민학교가 소풍을 오고, 때로는 사이좋은 노老부부가 도시락을 싸가지고 와서 우리 집 후원에서 놀고 가는 것을 보는 때도 있었다.

장안의 사람들이 교외로 몰릴 때면 우리는 반대로 시내로 들어오기가 일쑤였다. 시내에 볼일도 없으면서 소위 산골짝을 시민에게 빌려주자는 거다. 이런 데서 살면 얼마나 좋을까 하는 도시인의 선망을 등 뒤로 듣는 것이 흐뭇했던 것이다.

가다가 종일을 시내의 먼지와 소음에 시달렸다가도 우리 집에 이르는 골짝에만 들어서면 그냥 피로가 씻은 듯이 풀어졌다. 한여름에는 모시옷을 입고 나갔다가 해질 무렵 골짝엘 들어오려면 옷이 명주처럼 풀이 죽어버리도록 계곡은 습기가 차기도 했다. 이럴 때 골짝에는 물소리밖에는 안 들렸다. 이 맛에 우리는 산골을 못 떠나고 산에 묻혀 살다가 난리를 겪고 아까운 계곡을 버리고 부산살이 수년을 살았었다.

그 후 세상이 변하고 우리는 먼 여행을 다녀오고 지금은 우연히도 산이 아니고 강이 보이는 강가에 와서 살고 있다. 이 서강西江의 풍경도 시원한 조망이 과히 나쁘지 않으나, 그러나 우리는 어쩐지 5월이 되면 산이 그리워지는 것이다.

20년도 더 된 그 시절 어느 5월의 기억이 떠오른다.

서울 장안에서는 당분이라고는 찾아볼 길이 없었던 시절인데 산장 호텔에는 달디단 밤만두 과자, 잣배기가 얼마든지 있었다.

신록은 우거졌어도 산장의 홀은 냉랭해서, 기둥만큼씩 한 통나무 토막을 페치카에 피우고 커피를 끓여 주며 홍차도 끓여 주었다. 사람들은 전쟁에 몰려 도시에 집결해 있었기 때문에,

금강산장의 호텔은 대절한 것처럼 우리밖엔 없었다.

　우리는 날이 밝으면 산에 올랐다. 신선한 공기와 수목의 향기만이 가득한 산협에는 흐르는 물소리와 산새의 노랫소리만이 우리들의 대화에 호응했었다. 우리는 식물처럼 싱싱했었다.

　그때 우리는 해마다 5월이 되면 금강산장을 다시 찾자고 했던 것이나 그해 이후 다시 한번을 못 가본 채 산장에 이르는 길은 굳게 닫히고 말았다.

　몇 해 만엔가 5월을, 그리고 산장을 그리는 시간을 가져 보는 것 같다.

　구라파에 있을 때, 피레네 산록을 못 가본 것이 유감이나 파리 근교의 산을 더러 찾아보았을 때는 우리나라 같은 첩첩산중의 맛이 도저히 안 났었다.

　숲들은 깊숙이 우거져 있으나, 첩첩한 산의 맛과 숲의 맛은 전연 다른 것이었다. 그러고 보면 서울 주변의 산들은 참 아름답다고 아니할 수가 없다. 우리는 얼마나 이 배부른 자연의 보배를 지니고 있는 것인지 모르겠다.

서설瑞雪을 밟는 마음

－설날이자 생일인 기쁨에서

1961년 정월 초하루는 새해이자 내 생일이었다. 음력 동짓달 보름이 양력 초하루에 와 떨어진 거다. 설날이자 생일이라는 아무것도 아닌 우연사가 공연히 내 마음 한구석을 흐뭇하게 만들어줌으로 해서 또한 공연히 나는 옷깃을 가다듬으며 일기장 허두 좌우명에다 "열심히 일을 할 것, 좋은 생각만을 하리라." 이렇게 두 줄을 기입했다. 열심히 일을 한다는 것은 내가 파리에서 살면서 주야로 느낀 생각이다. 그 사람들은 살기 위해서 얼마나 열심히 일을 하는 것인지 몰랐다. 일할 때 열심히 일하고 놀 때는 또한 열심히 논다는 상식적인 삶의 원칙이 그냥 몸에 젖어 있는 사람들이었다. 그들에 비하면 우리는 살기 위해 열심히 일을 하고 있다고 할 수 있을까.

열심히 일한다는 것은 바꾸어 말하면 자기 직업에 또는 전공專攻에 몰두한다는 것일 거다. 좋은 생각만을 한다는 것은 잉여剩餘 감정을 버리자는 것이다. 이것은 우리의 현실에서 어려운 일일지 모르나 노력하는 길이 있을 거다. 이러한 생각을 하며 나는 생일과 새해를 축하하기 위해서 고깃국에 햇김에 조촐한

아침상을 차렸다.

　내가 세상에 나왔을 땐 백설白雪이 만건곤滿乾坤하고 만월이
휘영청 밝았더라는데 해마다 내 생일엔 눈과 달이 있어 좋았
다. 올해도 한낮부터 해가 나면서 눈이 내리기 시작했다.

　생일 선물로 나는 흰토끼 한 마리가 홍당무 한 알을 앞에
놓고 앉아 있는 한 폭의 희화戲畵를 수화樹話로부터 받았다. 내
띠가 토끼인 것이다. 어려서 잘 먹던 토끼 과자 생각이 났다. 토
끼 똥처럼 똥글똥글한 하얀 과자는 입에 넣으면 그냥 녹았다.
토끼 과자는 소꿉질하고 놀기에 좋았다. 토끼가 홍당무를 가지
고 놀 듯이……

　눈이 내리고 또 내려서 강을 덮고 밤섬을 덮고 밭과 언덕과
그사이 띄엄띄엄 서 있던 지붕들을 모조리 덮어 버렸다. 여기는
와우산 상봉이기에 창밖의 이러한 전망이 그냥 시야에 들어온
다. 눈보라도 이렇게 시원할 수가 없다.

　새해에 내리는 눈을 서설瑞雪이라 한다. 서설이 내리면 풍년
이 든다고 했다. 차가운 눈이면서도 마음이 푸근해짐은 그 때
문이리라. 진종일 내린 적설을 삽으로 쳐내는데 그 풍요한 볼륨
이 그렇게도 가벼울 수가 없다. 시각적인 풍요감이다. 비행기를
타고 몽블랑 위를 날 때 그 수만 년 적설이 찬연하던 상쾌함이
다시 떠오른다.

　차라리 이렇게 눈에 묻혀 버리니 서울도 비로소 아름답게

느껴진다. 주위가 산으로 둘러싸이고 그 산들이 모두 아름답지 않은가. 아름다운 한강이 있어 굽이돌고 있지 않은가. 아름다운 강을 가졌으되 우리는 다리 하나밖에 못 만들었다. 앞으로 새로 뽑힌 시장이 아름다운 서울시 건설의 뜻을 품을 수 있는 유능한 일꾼이라면 얼마나 다행한 일일까.

자고 새면 호흡하고 느끼고 사는 분위기를 우리는 통 소중하게 생각하지 않고 살아온 것 같다. 더욱이 도시에 사는 사람들에겐 도시가 풍기는 매력이 없이는 현대에 사는 감각을 못 느낄 거다. 탁 트인 대로, 그 위에 질서 정연한 교통, 최소한 먼지 없이 깨끗한 보도步道가 필요하다. 후생적인 보도가 필요하다.

후생적인 것과는 정반대인 오늘의 후생주택들을 모조리 헐어버리고 우선 환경부터 후생적일 수 있는 주택가를 만들면 좋겠다. 우리는 좀 더 여유 있는 공간에서 하다못해 천장이라도 높직하니 치켜올린 방 안에서 살 필요가 있을 거다. 협소한 공간 속에서 기거하며 생활할 때 깊고 높은 인간의 사고가 우러나오기 어려울 거다.

입버릇처럼 되풀이하는, 구라파 사람들을 스케일이 크다고 하는 것은 그들의 거처와 생활이 주는 영향에서 오는 것일 거다. 라틴 민족의 체구는 우리보다 약간 크지만, 그들의 사고방식은 입체적이며 스케일이 큰 데는 놀라지 않을 수 없다.

우선 그들이 사는 주택은 우리보다 훨씬 높고 넓다. 높은

건물들의 초석礎石은 항상 사람의 키를 넘는 높이에 있는 것을 본다. 그들의 조상들이 만들어 놓은 유물들은 하늘에 닿을 듯이 높이 쌓아 올려져 있다.

우리는 너무 땅에만 의존해서 살아온 것 같다. 대자연에 대한 지나친 겸손으로 그저 땅에 엎드려 하늘을 우러러보고 살아온 것 같다. 우리에겐 자연을 개척하고 정복하는 정신이 필요하지 않을까.

눈에 묻힌 시야視野가 그대로 허허벌판처럼 느껴진다. 가슴 속 깊이에까지 시원한 쾌감이 스민다. 그러나 여기 인간이 자연을 정복하고 살고 있는 모습이 보고 싶다. 월광이 없으면 여기는 다시 태양이 솟아오를 때까지 태고에 묻혀 버리는 것이 아닌가.

어쨌든 내 마음은 이 풍요한 서설과 더불어 한층 더 부풀어 올랐다. 우리 겨레에 물심양면으로 풍년이 들기를 바라면서 열심히 일할 것과 좋은 생각만을 하리라는 좌우명을 다시 한번 마음속으로 되뇐다.

경칩일기驚蟄日記

한겨울 동안 아침에 눈을 뜨면 앞창을 열고 꽁꽁 얼어붙은 강 위를 밤섬 사람들이 건너오는 모습을 재미나게 바라보았다. 얼음을 깨고 구멍을 만들어서 고기를 낚는 풍경도 바라보였다.

밤에도 심심할 땐 앞창을 열고 멀리 한강 대교의 전등불들이 아름답게 바라보았다.

달밤에는 물론 언덕 산 위의 야경이 희한했거니와 그믐밤에는 HLKA 안테나의 빨간 불들이 마치 항해하는 배의 표지와도 같이 바라보여 곧잘 낭만한 감상을 불어넣어 주었다.

강바람이 다소 모질게 휘몰아치는 날에도 내 방한 고깔 외투로 무장하고 나오면 서강교 꼭대기를 건널 때도 그저 등허리가 잠시 싸늘하다 말 정도로 강기슭의 길은 해만 나면 오히려 따뜻했다.

뿐만 아니라 이 강기슭의 길을 걷노라면 느껴지는 것이 많았다. 밭들이 인가人家보다 넓게 차지하고 인가人家가 들어선 동리들 사이에는 띄엄띄엄 허물어진 담장만 남은 고가의 폐허들과 쓰러져가는 초가들이 남아있다. 고가의 폐허들은 그 옛날 서강西江의 풍경을 보고 자리 잡았던 정자들인상 싶고 초가들

은 이 마을 토박이 주민인상 싶다.

나는 이 초가들이 풍기는 분위기가 다시 없이 마음에 들며 특히 그 창문들에서 등불이 비칠 때나 거기 가족들의 생활이 엿보일 때는 나도 모르게 마음 한구석이 흐뭇해졌다.

이렇듯 한겨울 이동리의 풍경은 아름다웠으나 강 위의 얼음이 풀리기 시작하면서 그만 인분人糞의 내음이 온동리를 어지럽히고 우수雨水 경칩驚蟄에 이르러서는 나는 내 체내에 구데기가 숨어드는 것만 같아 창문을 꼭꼭 닫고 어서 봄이 활짝 피어버리기만을 기다리는 것이다.

고궁의 담장과 가로수와

모처럼 을지로 4가에서 창경원 앞을 지나는 전차를 탔다. 앉는 것보다는 서는 것이 시원하리라 생각하고 오랜만에 고궁의 담장과 또 그 앞의 무성한 가로수를 바라보고자 했다.

성북동을 떠나온 후 이 아름다운 고궁의 담장 길을 지나 보는 것은 몇 해 만인가 싶어 회고와 그리움이 앞섰다. 그런데 어쩌면 이 아름다워야 할 고궁의 담장이 이토록 처참하게 폐허의 담장이 되어버리고 말았을까.

돌담은 군데군데 허물어지고 허물어진 부분을 임시 회땜으로 때워 놓은 것이 또다시 허물어져 마치 그 돌 틈새를 아이들이 꽃발[까치발] 디디며 기어 올라다니기 알맞게 되어 있는데 실제로 수명의 아이들이 거기를 기어 올라가고 있는 것이 바라보였다. 담장 위 기왓장들에는 잡초가 무성했다.

막대한 비용을 들여 남대문을 수축修築한다면서 이 비원의 담장은 손보는 것을 잊어버린 것일까. 아니면 또 덕수궁 담장을 허물자는 소견처럼 허물어 버리고 철책이라도 두르자는 심산에서 버려두는 것일까. 설마, 하면서도 이러한 섬찍한 생각까지 들었다.

서울이 아름다운 것은 주변의 자연과 아울러 몇 개 남아 있는 고궁들이 있어서일 게다. 고궁이란 담장 안의 건물들만이 고적古蹟인게 아니라 그것을 둘러싸고 있는 담장은 남대문이나 동대문과 마찬가지로 훌륭한 고적이 되는 거다. 또 덕수궁의 담장은 미학적으로 보아 절대로 아름다운 담장의 하나이기도 하다. 가령 그것을 허물고 거기다 철책을 친다고 가상해보자. 그 안의 빈약한 규모가 그대로 들여다보일 것이며 이것을 우리의 옛 궁궐이라고 남의 나라 사람들에게 보이기는 창피스러울 정도가 아닐까. 안으로 들어가서 규모가 빈약할망정 둘러싼 담장이 높직하니 격을 이루고 섰을 때 그런대로 고적의 분위기를 조성할 수 있을 거다.

남의 나라 같으면 저 성북동 고개 넘어가는 길 성지城址에 굴러다니는 돌 하나만 갖다 놓고도 그 부근을 훌륭하게 고적 지古蹟地로 만들어 놀 거다. 파리의 아름다운 생 루이 섬의 공원은 모퉁이가 떨어져 나간 옛 주춧돌 두어 개를 세워 놓고, 그 부근에 아름답게 수목을 가꾸어 근사하니 해묵은 분위기를 만들어 놓고 있었다.

비원의 담장도 담장이려니와 그 앞의 무성한 플라타너스의 가로수는 웬일까. 잎이 얼기설기 벌레 먹어 영양실조를 이루고 있지 않은가.

나는 혜화동에서 전차를 내렸다. 서울대학에 들릴 일이 있

어서다. 그런데 여기 가장 무성하던 가로수들은 더한층 형편없어 사뭇 비참하였다. 플라타너스를 침식한 벌레들은 이내 그 옆의 은행나무들까지도 먹어 버리려 들 것이 아닌가. 가뜩이나 메마르고 삶의 아우성으로 들끓는 인상밖에 안 주는 서울인데 이 가로수를 보니 더욱더 처절한 모습으로 되어 가는 것처럼 느껴졌다.

이보다 앞서 이른 봄, 막 돋아나는 가로수의 싹을 소위 전정 剪定한답시고 플라타너스를 모조리 불구로 만들어 놓았다. 여기에 대해서 어쩌면 서울 시민들은 약간의 여론을 일으키다 말 정도로 책임 추궁도 없이 그처럼 관대할 수 있었는지 모른다. 무성한 가로수의 혜택을 못 받고 뙤약볕 아래를 거닐 때마다 은근히 화가 치밀어오른 것은 나뿐 아닌 수많은 서울 시민들의 공통된 불쾌감이었으리라.

내가 그렇게 실의에 찼던 다음날, 때를 같이해서 장안의 조간신문들은 일제히 가로수를 침식하는 무서운 흰 나방의 기사를 실었다. 그것을 읽으니 한층 더 기가 막힌다. 이토록 가공할 미국산 흰 나방을 왜 장티프스를 예방하듯 진작 서둘러 예방하지 못했는가가 아니라 안 했는가 말이다. 도대체 흰 나방이 플라타너스 잎을 먹기 이전에도 우리는 가로수를 심어만 두고 야생으로 만들다시피 했다. 남들은 도로를 포장하되 가로수의 뿌리 부근은 널찍하게 흙을 남기고 철망을 덮어 무시로 수분

과 개똥 같은 거름기가 들어가도록 하며, 늘 나무를 손보는 것은 물론이요, 우리 보기에 멀쩡한 것 같은 나무도 철망을 벗기고 패 내고는 싱싱한 것으로 옮겨 심는 등 아주 가로수만을 가꾸는 기술자가 전속되어 있었다. 아름다운 도시를 구성하는 데 가로수란 얼마나 필수 요소인가.

우리는 도로를 포장한답시고 나무의 뿌리까지 시멘트를 발라 버린다. 제아무리 영양이 좋았던 거목巨木도 이렇게 뿌리를 발라 버리면 십 년이 가기 어려울 거다. 또 포장이 안 된 도로의 나무들은 큰비가 쏟아진 다음 뿌리가 노출되어 있는 것이 허다하다. 큰비가 내릴 때마다 뿌리는 자꾸 깊이깊이 드러나서 드디어 태풍이 불면 영 쓰러져 버리고 마는 것을 수없이 본다. 어찌 사람들의 마음이 크게 자란 나무가 쓰러지는 것을 보고 아까운 생각을 하지 않는지 모르겠다. 아까운 나무가 쓰러지기가 무섭게 동리의 아이 어른들이 나와 나뭇가지를 꺾어 가고 토막을 베어 가고 드디어 뿌리까지를 파다가 아궁이에 때버리는 것을 보고 어찌 이러한 사람들에게 복이란 것이 올 수 있을까 하는 천지자연의 이치 같은 것이 느껴지며 서글펐던 것이 바로 작년 상도동에서의 일이었다.

대체로 우리나라 사람들은 나무를 사랑하지 않는다. 동물이나 식물을 사랑할 줄 모르는 것은 사람들끼리 서로 사랑하지 않기 때문이 아닐까. 폐허 같은 담장과 벌레 먹은 가로수 옆에

꽃가게가 있으되 어찌 조화가 될 것이냐.

뉘집 정원에 장미가 피었다고 보러 오라고 해서 갔었다. 장미는 주인 말대로 농사가 잘되었을지 모르는데 정원을 꾸민답시고 마당에 양회를 발라 그 위에 수십 년이 착실히 되었을 소나무의 거목이 반은 죽어 가고 있는데 거기는 무감각하였다.

밤낮 파리의 예를 드는 것 같으나 어쨌든 파리는 문화의 선진국이며 내가 본 것은 파리이기에 예를 들지 않을 수 없다. 파리 교외에 있는 그 무시무시하게 광활한 숲의 생각이 나지 않을 수 없다. 주말 같은 때가 되면 숲의 어구에는 어느 정거장이나 정거장만큼은 차가 늘어서 있다. 그러나 숲속으로 들어가면 그 사람들이 어느 구석에 들어앉아들 노는지 자취도 없다. 그만큼 숲이 크다. 그런데 그 숲속 깊숙이 어느 구석을 밟아도 사람의 손이 닿아 다듬어져 있지 않은 곳이 없었다. 똑같이 대자연의 혜택을 받되 그것을 인공으로 십이분 이용하여 향유하는 것, 이런 것이 진정 오늘의 문화가 아닐까.

물물物의 세대교체

이 강가의 언덕 마을에는 이따금 양은 그릇 장수가 지게로 한 바지게, 솥이니 냄비·밥그릇·밥통·찬합·쟁반·대야 등을 지고 올라온다. 이 양은 그릇 장수는 물론 현금을 받고 팔기도 하지만 대개는 헌 그릇이나 넝마와 바꾸고 현금을 몇 푼 더 받거나 외상으로 거래를 두어 오랜 시일을 끈다.

이 마을의 주부들은- 여기는 물론 어엿한 서울특별시지만 나는 이 동리를 마을이라고 부르는 것에 흐뭇함을 느낀다. 왜냐하면 여기는 강가의 언덕이요, 언덕 위에는 채전 사이사이에 드문드문 인가가 서 있으며 강이 굽어 보이는 것은 물론, 강 건너에 쬐그만 섬이 바라보이고 좀 더 멀리 철교 위로 기차가 달리는 것이 보이며 기적 소리까지 울린다. 이러한 풍경이 도시라기보다는 또 교외라기보다는 촌락의 마을 같은 인상을 주는 동리이기 때문이다.

이 동리에는 서울의 주변처럼 판잣집이 누더기로 붙어 있지 않다. 초가일망정 저마다 널따란 채전들을 가지고 있어 메마르지만 자급자족의 생활을 영위하고 있어 판자집이 들어설 공지가 없기 때문이다. 그 대신 주민들은 일 년 내내 인분 냄새를

맡으며 살아야 하지만 어쨌든 바라보는 풍경만은 시원한 별장 지대이다.

그러한 이 마을의 주부들은 한두 푼을 모아 양은 제품 살림살이를 장만해 가는 것이다. 뉘집의 부엌 선반에서도 노란 양은제 살림들이 번쩍거리는 것을 보면 분홍, 자주색, 모란 꽃무늬가 새겨진 밥통, 쟁반, 냄비들이다.

그런데 언제부터인지 우리 부엌의 선반에도 꽃무늬들만은 없어도 이 노랗고 하얀 양재기며 이남박이며 스테인리스의 개수통들이 들먹거리기 시작했다.

바가지나 나무 이남박, 함지 같은 부엌살림 도구들을 요새 아이들은 쓰기 싫어한다. 크고 작은 여러 개의 바가지를 눈에 띌 적마다 사다 주었는데 며칠만큼씩 그 바가지들은 물이 탱탱 불어 곰팡이가 나 있거나 말라서 쪼개진 쪼가리들이 궁굴어 다니는 것이 눈에 띄기 일쑤이다. 이남박 함지의 경우도 마찬가지다. 바가지나 이남박을 쓰고 나서 깨끗이 솔 꼭지로 닦아 말려서 다시 쓰는 일을 요새 아이들은 단 한 번도 하려고 하지 않는다. 그러니 양은 그릇이 편리하다고 할 수밖에.

바가지도 그렇거니와 나무 그릇을 손질해 가며 쓰면 얼마나 운치韻致있는 물건들이 될 것이지만 요새 아이들은 그러한 운치 같은 것을 모르기도 하거니와 숫제 무시하려고 든다. 내가 손수 부엌살림을 하지 않는 한 아무리 강요해도 부엌의 아

이들은 저희들 편리할 대로 하고 만다.

초여름 햇볕이 제법 뜨거운데 오늘도 양은 장수가 이 언덕 마을을 향해서 올라오는 것이 보였다. 어쩌다 집에 있으려니 아이들이 사달라고 조르는 것이 많다. 양은 밥통을 하나 사자고 야단이다. 좀 있으면 소쿠리를 쓸 텐데 물이 드는 양은 밥통은 사서 뭘 하느냐고 나는 처음에는 대꾸도 안 했지만 아이들 얘기가 요새 신식 밥통은 물이 들지도 않고 아주 잘 만들어졌으니 한번 구경해 보자고 설명이 길었다.

어쩌다 한가한 날 심심풀이로 그래 어디 얼마나 잘 만들어졌느냐고 솔깃해지는 의사를 보인 것이 그만 오늘의 첫 실수가 되고 만 것이 아닐까. 대체 밥통은 증기를 뽑도록 이중으로 되어 있는 등 과거의 물건들보다는 훨씬 잘 만들어져 있다. 양은 이남박도 모양도 제법 날씬하니 가벼운 맛이 나무 이남박을 아이들이 쓰기 싫어할 만도 했다. 밥통이며 이남박이며 설거지 그릇이며 주섬주섬 집어 놓은 것이 못 쓰게 된 냄비와 솥들을 내주고도 몇백 원을 더 지불하게 생겼는데, 돈보다도 자꾸만 놋붙이를 내놓으라고 조르지 않는가. 놋그릇이라고는 거의 없어져 가는 형편인데다가 요새 구공탄이라는 마물 때문에 그 연탄 냄새만 끼치면 놋그릇이 시커멓게 변색하고 마는 통에 겨울에 식구의 밥그릇을 제외하고는 사용하지 않았다.

뭐가 남았을까 하고 다락을 들여다봤더니 다리 하나가 부

러진, 쇠도 그다지 좋지 않은 놋화로 하나가 눈에 띄었다. 이런 것 귀찮게 짐만 되니 주어 버릴까 하고 망설이는데 아이가 눈치를 채고 줘버리자고 하는 바람에 무심코 내주고 말았다. 양은 장수는 좋아라고 얼른 받아서 계산을 다시 한다. 밥통, 이남박, 설거지통하고 맞바꾸자고 한다. 돈으로 치면 몇백 원, 요새돈이란 헤프고 가치도 없지만 쓰자고 보면 또 아까운 거다. 돈을 벌자면 참 힘들기 때문이다. 그래서 결국은 놋화로와 바꾸고 말았는데, 양은 장수는 다리 부러진 화로를 받아서 즉시 다리를 부러뜨려 버리지 않는가.

그 순간 뒤늦었지만 아차 하는 생각이 들었다. 다리를 고쳐 화실에 재떨이로 쓰면 그 물건이 운치를 풍길 것인데 하는 생각이다.

그리고 보니 왜정 초기에 지각없는 아낙네들이 고려자기와 왜사기를 바꾸었다고 하던 이야기가 생각났다. 부서졌을망정 놋화로와 양은 냄비 쪼가리를 바꾸었다는 것은 고려자기의 경우와 오십보백보의 차이밖에 안 될 것이다. 아이들은 좋아라고 반짝거리는 양은 그릇들을 부엌에 자리 잡노라 야단인데 나는 그만 보기 싫어서 다시는 양은 장수를 집에 들여놓지 말라고 아이들한테 야단을 쳐놓고는, 그러나 아이들이 어머니가 놋화로에 미련이 있다고 눈치를 채는 것은 더 한층 싫으니까 슬며시 다락에 올라가 이것저것 뒤적이다가 놋국자와 놋주걱을 찾

아냈다. 국자는 근사하게 청동이 앉아 그대로 하나의 오브제가 되어 있었다. 국자는 그대로 고리를 해서 마루 기둥에 걸고 보니 근사했다.

놋주걱은 깨끗하기에 더 닦아서 그대로 어디 탁자 위에 얹어놓고 볼 생각을 한다.

그러나 서글픈 것은 우리의 생활이 자꾸만 이렇게 나도 모르는 사이에 타락해 가는 일이다. 우리의 좋은 것들이 덧없이 사라져 가는 모습들이다.

묵직하고 소박한 생활의 멋들이 얄팍한 양은 양재기 쪽 등속으로 바뀌어지는 느낌이다. 아이들의 시대는 간편 주의요, 스피드를 좋아하며 재즈와 트위스트를 즐긴다. 무수한 양은 양재기를 쓰다가 우그러지면 버리고 새것으로 바꾸는 것을 아무렇지도 않게 생각한다. 이미 플라스틱과 비닐의 생활이 아니었던가.

잉어 요리

아이들 삼촌이 하루는 광 속에서 부스럭부스럭 나무토막을 주워내더니 묘한 것을 만들기 시작했다. 어떻게 보면 연을 날릴 실패 같기도 하나 삼촌이 연을 날리려고 실패를 만들 까닭은 없고 "그거 만드는 거 뭐요?" 물어도 삼촌은 피식피식 웃기만 한다.

옆에 있던 아이가 "삼촌이 아침마다 강가에 가더니 낚시질 할래나 봐." 대체 그러고 보니 삼촌이 만드는 것은 낚싯줄을 감을 실패였다. 그제서야 삼촌은 빙그레 웃으며 "잉어 낚아다 드릴게요." 한다. "잉어가 쉽게 낚아질까?"

그날 저녁 상머리에서 그 얘기를 하니까 아버지 역시 "잉어가 그렇게 쉽게 낚아지는 줄 아니?" 하며 일소—笑에 부친다. 그런데 삼촌은 뜻밖에도 열을 올리며 낚을 수 있다는 자신을 피력한다. 그럼, 어디 한번 낚아 보라고 우리는 솔깃해서 낚싯줄이며 고기밥을 준비할 자금을 내주었다.

삼촌은 신이 나서 금방 한 보따리 장을 봐왔는데 그것들은 낚싯줄과 방울을 비롯해서 잉어가 좋아할 떡밥을 만들기 위한 것이라는 보리니 콩이니 녹두니 깻묵, 비타민, 당원, 만나니 등

등이었다. 곡식은 볶아서 가루를 만든다고 맷돌질, 절구질로 집안은 한바탕 소란했다.

가족들은 어쩐지 즐거웠다. 삼촌이 강에 가서 잉어를 낚아 온다는 것이 즐겁게 기대되었다. 이른 새벽 먼동도 트기 전에 고기밥과 낚시 도구를 짊어지고 강가로 내려가는 삼촌을 전송하고 식구들은 다시 새벽잠을 계속했다. 아침에 삼촌이 먹을 도시락을 나르고 점심에 또 도시락을 나르고 집안 아이들은 부엌에서 강가로 하루 종일 왔다 갔다 분주했다. 점심 후까지도 한 마리의 새끼 잉어도 못 낚았다는 보고를 듣고 가족들의 열은 차츰 식어 갔다.

그러나 저녁 무렵 드디어 삼촌은 새끼 잉어 두 마리를 낚아 들고 돌아왔다. 가족들은 환성을 올렸다.

항용 잉어는 다듬지 않고 비늘도 내장도 그대로 둔 채 폭 고든지 본격적으로 하려면 오지 시루에서 잉어의 원형이 없어질 때까지 쪄서 그 쫄아든 액체를 보약처럼 마시는 거라고 들었다. 그러나 지금 이 새끼 잉어 두 마리는 그렇게 약으로 먹느니보다 저녁 찬으로 먹기 위해 볶아 먹자고 했다. 그래서 비늘을 거슬르고 내장을 빼내고 다듬어서 갖은 양념을해서 볶아 놓으니까 맛이 훌륭하기가 생선 요리 중에서는 일급이었다.

잉어가 보약이 된다는 이유는 잉어란 놈은 힘이 세서 폭포를 거슬러 올라간다는 데서 온 거다. 또 잉어는 흔히 아무 데서

나 낚아지는 물고기가 아니고 맑은 물에서만 낚아지는 귀한 것
이며 그 성품이 의젓해서, 한번 도마 위에 오르면 점잖게 단념
하고 뛰지 않으므로 잉어는 고기 중에서 왕이라고 일컫는다고
들었으나, 사실은 그 모든 이유보다도 그 맛의 훌륭함에서 오는
전설일 거다.

그렇듯 귀한 잉어가 웬일인지 삼촌 낚시에 곧잘 걸려들었다.
삼촌은 재미가 나는 모양으로 거의 밤잠을 안 자고 매일같이
잉어 낚기에 몰두했다. 날마다 두세 마리 내지는 너덧 마리의
제법 굵은 놈도 낀 잉어를 낚아왔다.

우리는 고아도 먹고 찜도 해 먹고 매일 잉어 요리로 온 집안
에서 비린내가 풍길 지경인데 이상한 것은 다른 생선 요리 같
지 않아 매일 먹어도 그 맛이 질리지 않는 것이었다. 귀한 고기
가 매일 낚아지는데 우리만 먹기 아까워 아버지 점심에 잉어찜
을 내보내 직원들과 나누도록 했는데 저녁에 학교서 돌아온 아
버지 말이 모두들 집에서 낚은 잉어라는 걸 믿지 않으니 내일
은 잉어를 산 채로 들고 가야겠다고 한다.

다음 날 아침 성적은 한층 좋아서 새끼 세 마리에 팔뚝 길
이만 한 굵은 놈이 두 마리가 잡혀 왔다. 아버지는 큰놈 두 마
리를 들고 의기양양해서 학교로 나갔다. 그날 점심에 학교 식당
에서 잉어 요리가 어떻게 됐는지는 미처 못 알아봤으나 그 사
람 다음부터는 우리 집에서 낚은 잉어라는 걸 모두들 믿게 됐

다는데, 그다음이 걸작이다. 너도나도 잉어 한 마리씩 사 달라는 주문이 오는 것이다. 그들은 물론 요리해 먹기 위해서가 아니고 하나같이 약으로 고아 먹겠다는 거다. 그럼 가만있으라고 이제부터 낚아지면 한 마리씩 차례로 주마고 약속을 해놨는데, 며칠 전 남선에 폭우가 내려 흙탕물이 서강 상류로부터 흘러 내려오므로 강물이 맑아질 때까지 낚시꾼들은 일단 도구를 걷어 집으로들 들어오게 되었다. 삼촌은 그동안 밀린 잠을 자느라고 대낮에 코를 고는데 가만히 보니 거진 한 주일 밤잠을 안 자고 강가에 내려가 살더니 바싹 여윈 것 같다. 낚시질하다 건강이 축나면 안 된다고 낚시질 그만두라니까 삼촌은 펄쩍 뛴다. 건강이 반대로 좋아진다는 거다. 참 재미나기도 하려니와 힘이 들어 운동이 된다고 한다. 잉어란 놈이 어찌 힘이 센지 물려도 한참 싸우지 않으면 끌어올릴 수가 없고 종종 줄이 끊어진다고 한다. 노인 낚시꾼들이 새끼밖에 못 낚으는 것은 힘이 부쳐 그런 거라고, 강가에서 굵은 놈은 도맡아 놓고 삼촌이 낚는다고 하며 곧 추워지면 잉어는 없어지는 계절이니까 강물만 맑아지면 또 한바탕 낚겠노라고, 낚시질이 못 견디겠는 모양이다. 우리는 삼촌과 같이 다시 잉어 요리를 기대하는데 이번에는 귀한 잉어를 찬으로 해서 먹을 게 아니라 우리도 약으로 고아 먹자고 하는데 과연 강물이 맑아지면 삼촌 낚시에 잉어가 다시 걸려들 것인지 그것은 모를 일이다.

비둘기

Y시인이 생각잖은 흰 비둘기 한 쌍을 보내왔다. 파리에서도 흰 비둘기는 남불南佛이나 가지 않으면 볼 수 없는 귀한 것이었다. 남불의 흰 비둘기는 털이 눈부시게 희면서 탐스럽고 꽁지가 부챗살처럼 하늘로 핀, 바로 피카소가 많이 그린 평화의 비둘기인데 우리 것은 털이 그만 못하고 꽁지도 피지 못했으나, 흰 비둘기이기에 귀한 맛은 매한가지였다.

우리는 비둘기집을 지어 지붕과 가지런히 매달았다. 비둘기는 달마다 한 쌍씩 알을 깐다기에 우선 여덟 개의 구멍을 2층으로 만들어 주고, 몇 달 있으면 한 타 이상의 흰 비둘기들이 우리 마당에서 구구거릴 것을 상상하고 흐뭇했다. 비둘기는 발목을 묶어 달아매지 않았어도 이내 우리 마당에 길들었고 새新집에 익숙해졌다.

처음엔 빵을 먹을 줄 모르던 비둘기를 이 빵부스러기를 보리쌀이나 콩하고 같이 뿌려 주면서 구구구구 불러주기를 몇 번 거듭하니까 그냥 빵 맛까지도 알아버렸다. 우리는 아침마다 먹고 남은 빵부스러기를 뿌려 주면서 푸른 잔디밭 위에 흰 비둘기 한 쌍이 사이좋게 노는 것을 즐겁게 바라보았다.

비둘기들은 분명히 평화의 상징이었으며 우리의 마음을 평화롭게 해주었다. 암비둘기는 이내 알을 낳고 부지런히 지푸라기를 날라들이더니 알을 품고는 집에서 잘 안 나왔다. 수놈이 혼자 열심히 모이를 물어 날랐다. 채 알을 까지도 않았는데 우리 집엘 들르는 친구마다 새끼를 까면 한 쌍 달라고 예약 신청을 해놓고 가는 바람에 1년이 지나도 우리 마당에서 새끼비둘기들이 구구거리기는 틀리게 생겼으나, 그러나 그것은 문제가 아니었고 지금 이 흰 비둘기들이 있어서 우리는 흐뭇했다.

그런데 이 우리의 평화로운 마음을 얼마 전부터 난데없는 희고 검은 튀기 비둘기 한 쌍이 날아와서 번거롭히기 시작했다. 검은 데 흰 점이 섞인 비둘기들에겐 정이 안 갈뿐더러 우리 흰 비둘기와 섞이는 것조차 보기 싫었다. 그러나 그것들은 쫓아도 안 가고 잡아서 다리를 묶어 몇 백 미터 떨어진 저희집까지 데려다주어도 며칠 있으니까 도로 날아왔다. 모이를 먹을 때마다 흰 비둘기가 꼭꼭 쪼아 버리지만 아무리 쪼아도 쫓겨갔다가는 집요하게 다시 되돌아왔다. 그리고는 기어이 우리 비둘기집 지붕에서만 자는 것이다.

검은 비둘기가 먹는 모이는 아까운 생각까지 들었으나 때려 잡을 수도 없고 성가시기만 했다. 겸하여 며칠 전에는 어디선지 또 흰 비둘기 새끼 한 마리가 외톨로 날아왔다. 요것은 한층 더 뻔뻔스럽게 꼭 우리 비둘기집 속에서만 자려고 하므로 저녁때

가 되면 우리 수비둘기가 고것을 못 들어가게 쫓아내느라고 비둘기집 앞에서 한바탕 소요가 벌어지는 것이다.

　새끼비둘기는 같은 흰 것이라서 저희집으로 착각하는 것일까. 아무리 쪼아서 쫓아내나 여전히 구멍으로만 기어든다. 그런데 암비둘기는 오불관언이고 수비둘기만이 쫓아내기에 여념이 없는 것은 웬일일까. 모이를 먹을 때도 암비둘기는 제 모이 먹기에 여념이 없고 수비둘기만이 목에 털을 세우고 웅얼거리며 검은 것들과 흰 새끼비둘기를 쪼아대는 데 바쁘다. 두 마리가 협력해서 쪼아대면 한결 공세가 강할 것 같은데 투사는 오직 수비둘기 한 마리로 1대 3의 경기는 언제나 승부가 안 난 채로 미적지근한 것이 바라보기에 답답하다. 그렇다고 사람이 미물에게 어느 편을 가담해서 돌을 던질 수도 없는 노릇이기에 성가시기만 하다. 그만 모이를 안 줘 버리니까 사람에게 낯익은 비둘기들은 이제는 네 마리가 제법 떼를 지어 부엌으로 해서 방 안에까지 침입해 들어오는 데는 또한 어찌할 도리가 없어 모이를 다시 마당에 뿌려 준다. 그러면 또 수비둘기 혼자서 안타깝게 싸우는 광경이 벌어진다. 이렇게 되니 비둘기들은 평화의 상징이기는 틀렸다.

　파리에서는 공원에서고 광장에서고 수십 마리의 비둘기 떼들이 사람이 뿌려 주는 모이를 그저 먹기에만 분주했지 서로 쪼고 싸우는 것을 못 봤던 것 같다. 비둘기들이 빛은 회색이어

도 살들이 포동포동 쪄 있었다. 그러고 보니 우리 비둘기는 결국 모이가 모자라서 몇 마리 안 되면서도 서로 싸우는 성싶다. 모이를 흡족하게 주어 배가 부르면 서로 사납게 다른 것을 쫓아내려 들지는 않을지도 모른다.

이웃의 밭 주인이 3천 환어치 씨앗 뿌린 것을 당신네 비둘기들이 와서 다 파먹었으니 비둘기들을 가두라고 한다.

비둘기를 어떻게 가둬 기를 것인가. 또 사실 우리 비둘기는 한 쌍밖에 안 되며 암컷은 알을 품어 마당밖에 안 내려오니 댁의 밭에 간 것들은 딴 비둘기들일 거라고 했는데 우리 집엔 또 다른 한 쌍의, 이번에는 더 보기 흉하고 시커멓게 생긴 비둘기가 날아왔다.

이것들은 사람이 쫓아도 안 갈뿐더러 사람을 숫제 무시하고 덤벼드는 것 같다. 모이만을 찾아 사람 같은 것은 안중에 없고 마구 덤벼드는 것 같아 애완愛玩할 수 있는 조류는 이미 아니었다. 그 시커먼 빛깔부터가 까마귀에 대한 관념처럼 불길하고, 전서구傳書鳩라든지 평화의 비둘기에 길든 인간의 감정과는 거리가 먼 것 같다.

예로부터 노래로 읊고 그림으로 그리던 사랑스런 새들의 세계가 이 시커먼 비둘기를 봄으로써 마치 베르나르 뷔페의 그림에 나오는 새들마냥 불길하게만 연상된다. 차라리 회색이라면 낫겠다. 이 거무칙칙한 일색의 비둘기는 아무래도 사람을 해칠

것만같이 불길스럽다.

그러나 비둘기들은 이러한 사람의 감정을 도외시하고 열심히 모이를 찾아다니며 사랑을 하고 알을 낳고 알을 까기 위해 지푸라기를 물어 나르는 일을 매일같이 계속했다. 알을 두 개를 품었다가도 새끼는 한 마리밖에 못 까는 수가 많았다. 그러는 동안에 비둘기집 여덟 구멍이 꽉 차 버렸다.

저녁 무렵 집에 돌아오면 구멍마다 비둘기들이 목을 내밀고 무심한 눈을 꿈벅꿈벅하고 있는 모양이 유머러스해서 재미난다. 놀 때는 짝끼리 꼭 붙어 다니다가도 집만은 제각기 하나씩을 차지하려 드는 것이 비둘기는 절대로 순한 새가 아니다. 저녁에 제집에 들어갈 때는 여덟 구멍 앞에서 거의 한 시간을 두고 난투가 벌어진다. 그중에서 가장 어린놈이 언제나 학대를 받는다. 새끼는 깔 때까지만 품에 품었지, 날개가 돋아서 날기를 시작하면 모성母性같은 것은 완전히 없어진다. 어미는 못 본 체하고 아비는 새끼를 꼭꼭 쪼아 쫓아내 버린다.

친구들한테 흰 비둘기 한 쌍을 가져가라고 알렸지만 아무도 가지러 오지 않는다. 한 쌍을 잡아 다리를 묶어서 대소쿠리에라도 담아 보내려면 한참 수고가 들어야겠다. 다시금 Y시인의 성의에 감사하면서 나도 친구를 위해 수고를 아끼지 않으려 하는데 사실 나는 어떤 놈이 맨 처음의 조상이었던지 가려낼 수가 없게 되었다. 이럴 줄 알았으면 표를 해두었을 것인데, 여

덟 마리의 흰 비둘기들이 떼를 지어 몰려다니는데 그놈들은 모두가 그놈이 그놈 같지, 가려낼 재주가 없다. 짝을 지어다니기도 하지만 막상 잡으려고 보면 짝을 잃어버린다.

그리고 이쯤 흰 비둘기의 수가 많아지니까 딴 비둘기들이 와서 덮쳐도 오히려 식구가 함께 번열해서 볼 만하다.

아이들은 비둘기집을 가까이 매달면 시끄러울 거라고 했지만 구구거리는 소리에 익숙해지니까 오히려 비둘기들의 부지런함이 좋은 격려가 되기도 한다. 동이 트면 구구 꽉꽉, 구구 꽉꽉 비둘기들이 삶을 개시하는 신호가 들리고 그러면 우리는 일어나게 되고 해 질 무렵 구멍에 드느라고 또 한바탕 구구 꽉꽉거리다가 비로소 조용해지는 것을 느낄 때는 우리도 종일 일하고 난 뒤에 오는 상쾌한 피로가 느껴지는 것이다.

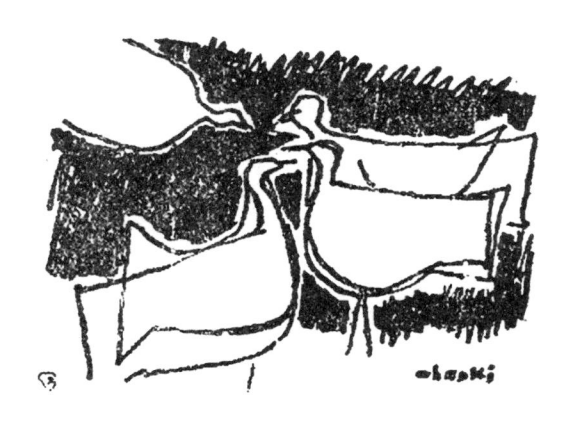

내가 좋아하는 그림

　나는 그림을 좋아한다. 미술 감상은 나의 취미다. 나의 감상안鑑賞眼의 수준은 별문제로 치고 나는 그저 내가 바라보아서 나에게 즐거움을 줄 수 있는 그림이면 무조건 좋은 그림이라고 생각해 왔고 또 그것은 대개 두고 보아 틀림이 없었다.

　내가 파리에서 사귄 미술평론가 T씨는 자기는 크리틱(평론가)이라는 게 싫으며 예술의 이야기를 쓰는 사람이라고 불러달라고 했다. 나도 동감이다. 내가 좋아하는 예술의 이야기를 쓰고 싶을 뿐이다.

　나는 내가 좋아하는 그림을 발견하기 위해서 가끔 전람회 구경을 간다. 작금년에 내가 본 전람회 중에서 가장 흥미를 끈 것은 《60년 벽전壁展》의 가두전街頭展이었다. 그들의 작품의 우열은 둘째치고 젊은 작가들이 작품을 들고 거리로 나온 의욕과 그러한 태세가 세계 미술에 접근하는 움직임으로 느껴져 흐뭇했다. 또 그중에서 윤명로尹明老 같은 우수한 작가가 발견되기도 했다. 한편 벽전의 여러 가지 소재의 시도들도 재미있었다.

　같은 해의 제9회 국전에서는 김재임이 있었다. 바라볼 만한 그림이 그렇게도 드물었던 그해 국전 회장에서 거의 실망하고

발길을 돌리려는데 한편 구석에서 붉고 노란 아름다운 원색이 강렬히 보옥처럼 빛나고 있었던 것을 기억한다.

김재임에 대한 기대는 금년 8·15 기념전에서 안심할 수 있는 세 폭의 그림으로 이루어졌다.

윤명로는 '60년'과 '현대 미협美協'의 연립전聯立展에서 그의 무르익은 조형造形의 세계를 보여 줌으로써 현역의 관록을 이루었다고 본다. 세사細沙 위를 디딘 구두 자국의 효과는 백퍼센트였다.

'60년'(연립전에서) 그룹에다 윤명로 외에도 김봉태를 위시한 몇몇 우수한 작가가 있어 그들의 작품은 그대로 파리 화단(국제 화단)에 내놓아 어깨를 겨루기에 손색이 없다고 느껴졌던 거다.

그러나 이 연립전은 너무도 한산했다. 내가 갔을 때는 최종일도 아니었는데 불과 4, 5명의 관람객이 서성거리고 있을 뿐 회장은 음산하기 비길 데 없었다.

이에 비해 같은 회장에서의 제10회 국전은 신무문神武門 어귀에서부터 남녀 중고생의 단체를 비롯해서 마치 박람회와도 같은 소요騷擾였으며, 국전회장이라기에는 너무도 협소하고 무질서했다. 차라리 이럴 바에는 동양화와 서예를 덕수궁 전시장으로라도 나눈다든가 시일을 따로 한다든가 무슨 방법을 강구했어야 하지 않았을까. 미술관 하나쯤은 진작 있어야 옳을 일

이다. 상시 진열하는 현대 미술관이 있어 우수한 작품을 찾아서 모아가야 할 거다. 미술교육은 학교와 국전만으로 이루어질 수 없는 것이다.

미술교육, 나아가서 예술 문화의 발전은 당국의 시책 없이는 불가능하다. 시급히 미술관을 마련할 일이라고 생각한다. 나는 이러한 생각을 하며 소위 서양화의 진열실을 찾았던 것인데 혹 시야에 들어온 것은 선연한 기망색 계통 바탕에 마리 로랑생의 필치를 연상시키는 물 머금은 검은 눈동자들이 바라보고 있는 귀여운 소녀의 군상群像이었다. 들여다보니 제목해 가로되 〈황혼〉이라고 했고 작가는 송경이었다. 태양이 지기 직전의 가장 아름다운 황홀한 광선이 율동하는 순간을 캐치한 듯싶은 이 아름다운 그림에는 아무런 상도 안 붙어 있었다.

나에게 상을 줄 권한이 부여된다면 나는 서슴지 않고 이기왕의 〈작품 31〉에다 최고상을 붙였을 것이다. 구도의 짜임새와 빛깔의 배치, 특히 중앙에 묻혀진 노랑 빛깔의 효과는 나무랄 데 없는 아름다운 조형을 이루고 있었다. 제10회 국전의 소득은 이기왕의 〈작품 31〉이라고 해도 결코 과언이 아닐 것이다. 나는 아직 이 작가를 모르지만 필시는 아직 젊을 이 작가의 다음의 일들을 기대하는 것은 즐거운 일이다.

이 밖에도 내가 좋아하는 작가들은 이미 구면인 오승우, 황유엽, 좀 더 구면인 장리석, 최영림, 박수근 등이 있다. 이들은

부동浮動하지 않고 계속해서 좋은 작품을 제작해 내는 것에 안심이 간다.

이 삭막한 환경에서 찬연히 빛나는 예술을 발견할 때 사막에서 오아시스를 만난다는 표현이 실감되는 것은 예술 애호가의 공통되는 즐거움일 줄 안다.

그런데 좋은 소질을 가진 작가가 대두했다가도 무르익지 못하고 요절해 가는 것은 우리의 현실이 너무도 예술을 기르기에 메말라 있는 탓이 아닐까. 국가의 시책이 좀 더 문화 발전에 유의한다면 예술이 싹트고 꽃을 피울 비옥한 바탕을 만드는 것에 인색하지 말아야 할 것이다.

최근 나에게는 납득이 안 가는 한 가지 일이 있다. 1962년 미국 시애틀에서 국제박람회가 열릴 것이고 거기 응당 우리나라도 한자리를 차지해서 문화예술(창작)을 소개하리라고 알았는데 당국의 무성의인지 당사자들의 나태에서인지 이러한 국제 경연의 기회를 스스로 포기한다 함은 유감사가 아니라고 아니할 수 있을까.

서강풍경 西江風景 Ⅰ

―꽃밭과 화폐개혁

　　오늘은 6월 10일. 또 한 번 화폐개혁의 날, 우리는 라디오에 별로 취미가 없는 시민이었다. 또 우리는 시내에서 떨어진 먼 교외에서 사는 것이 취미인 사람들이다.

　　오늘 아침도 느지막이 10시나 되어서 아이의 방 라디오의 뉴스로 화폐개혁을 알았다. 있을 것이 있었구나 하는 감상 이외에 별로 반응이 없는데 어느 신문사에서 전화가 왔다. 화폐개혁을 당한 감상이 어떠냐고.

　　"글쎄요. 별 반응이 없는데…… 다소 얼떨떨하기도 하군요."

　　"반응이 없으시다는 건 지금까지 가난하게 살아오셨단 증거군요, 하하하."

　　"그저 먹고 살아왔지요. 별로 잘 살지도 또 가난하지도……"

　　"담배는 사두셨나요?"

　　"담배는 내가 피우는 사람이 아니니 모르겠군요. 걱정도 안 되고."

　　사실은 밥은 굶어도 담배는 못 굶는다는 사람을 옆에 두고 우연히 얼마 전에 담배 한 보루를 사둔 것이 있어 아직 몇 갑은

남았으려니 하는 자신에서였다.

"이런 기회에 꼼짝 안 하고 꾹 들어앉아 일이나 열심히 해야겠어요."

사실 그럴 생각이었다. 기한이 박두迫頭한 밀린 일들이나 해야겠다고 책상머리에 앉았으나 생각과는 반대로 머릿속의 생각이 분산되어갔다.

17일까지 한 주일만 견디면 원상대로 풀릴 테지 하는 신념과는 달리 오늘내일 쌀을 들여야 할 무렵인데 차일피일하다 못 들이고 잡곡밖에 없는 뒤주 안이 암만해도 불안해서 원고를 쓰는 데 생각이 통일되지 않았다. 그러자니 집안과 친구 중의 가난한 식구들 걱정도 되었다.

아무래도 최소한의 식량과 필수품을 마련해 놓아야만 차분히 일이 될 것 같았다. 엊그제 들여가라던 한 가마니를 들여놓았으면 문제없을 텐데 지금 그 쌀은 없어졌겠고 그렇다고 구화를 쥐고 이 판에 장마당을 쫓아다닐 용기도 안 났다.

여유 있게 들여놓은 친구한테서 나눠다 먹고 풀리면 갚는 수밖에 없겠다고 가까운 곳에 사람을 보냈다. 그것을 기다리는 동안 일이 손에 잡히지 않아 마당에 내려가서 잔디를 깎았다. 복엽 채송화 밭을 솎아서 모종해 심었다. 그 중의 몇은 벌써 빨갛고 노란 꽃이 피기 시작했다. 선인장이 버밀리언Vermilion(주홍)빛 꽃을 피웠다. 한련이 무더기무더기 진한 바이올렛Violet[자

주]으로 피었다.

그것들을 배경으로 연분홍 장미가 그윽한 향기를 풍기면서 잔디밭 한가운데 서서 고상한 분위기를 조성하고 있다. 이 장미는 7, 8년 전엔가 귀한 장미가 구해졌다고 어느 친구가 뿌리를 나눠 준 것인데 오랜만에 탐스런 꽃을 본다.

잔디밭을 맨발로 디뎌 보고 싶어진다. 도마 걸상과 탁자를 내다가 오늘 저녁엔 처음으로 잔디밭에서 식사를 해 볼 생각을 한다. 맨발에 묻어오는 잔디의 감촉이 완연히 초여름이다.

강바람이 싸아– 하니 등허리에 차가워지며 어둑어둑 저무는데 아이가 쌀을 지고 올라오는 것이 보인다.

서강풍경西江風景 Ⅱ

─甘雨[단비]

　이틀만 더 가뭄이 계속됐다면 우리 집 마당은 완전히 초토화되었을 거다. 시원한 여름을 지내자고 마당에 온통 잔디 씨를 뿌렸는데 하두 가무니 잔디가 그만 바삭바삭 타들어 가는 어제오늘이었다. 식수도 귀한 판에 부엌 아이의 눈치를 살피면서 우물을 훑어 몇 두레박씩을 한편 구석에 뿌려 준 것은 파리에서 기념으로 가져온 프랑스 잔디를 절종시킬까 봐 두려워서였다. 파리의 잔디는 우리 것보다 갑절 이상 수분이 필요했다. 항상 촉촉이 젖어 있어야 푸른 맛이 한층 더 시원했다.

　우리 마당의 잔디를 살리려고 또 우리의 5개년 계획을 살리려고 그렇게도 모든 사람들의 간장을 태우던 비가 비로소 오늘 새벽까지 내린다. 단비란 이런 비를 일컫는 가장 적절한 표현일 거다.

　여기 서강가의 언덕은 비가 내리니까 그만 안개 속에 자욱히 묻혀 버린다. 저 건너 밤섬이며 천막이 즐비한 백사장이며 오가는 나룻배가 아득하니 꿈속의 정경으로 바라보인다.

　흠씬 비가 내린 다음 다시 쨍쨍한 여름날이 되면 우리 마당

의 잔디는 푸르를 것이고 강물은 한층 더 시원하게 흐를 것이다. 그때는 우리도 나룻배를 타고 밤섬에 건너가 소풍도 하다 백사장에 뒹굴어 몸을 그을리기도 해야겠다. 들으니 밤섬에는 맛있는 장어구이 집도 있다 한다. 뿐만 아니라 나룻배를 타고 낚싯대를 꽂고만 있으면 장어 떼가 다발로 걸린다고 한다.

너무도 숨 막히게 가물었던 까닭에 먼지 속에서 아무런 경황이 없었던 것 같다. 비가 내리니 사람의 머릿속도 싱싱해지는 것 같다.

여기 서강가의 다만 한 가지 흠은 저 보기 싫은 당인리 발전소의 굴뚝이다. 바람의 방향에 따라서 온 동네가 피해를 입는다. 지붕마다 그을음이 두께를 이루고 빨래는 한 번도 백옥 같아 본 적이 없다. 저 마물 같은 굴뚝을 강 밑으로 뽑을 수도 있다는데 그렇게만 되는 날에는 이 서강 유역의 땅값은 뛰어오를 것이다.

여기는 원효로로 해서 한강을 끼고 서쪽으로 올라와도 좋지만 신촌으로 해서 당인리 발전소를 돌아 올라오면 용바위 근처에서 우리 집 언덕으로 들어서는 길에 갑자기 시야가 툭 트이면서 펼쳐지는 절경이 있다.

거기서 다시 강으로 내려가는 언덕도 좋고, 그냥 집으로 들어와서 잔디밭에서 서성이면서 부감俯瞰하고 조망하는 풍경은 20평 남짓한 건평 안에서 서울의 약 5분의 1쯤의 전망을 차지

할 수 있으니 오죽이나 좋을 거냐. 도시에서 묻어온 온갖 잡념이 삽시간에 사라지고 심장 속 깊이에까지 시원한 바람이 이는 것 같다.

이 맛에 그 옛날 장안의 소위 갑부들이 서강의 풍광을 찾아 여기 군데군데 정자를 짓고 여름 한 철을 소풍했더라는 그 허물어진 정자 터들이 띄엄띄엄 잡초에 묻혀 있다.

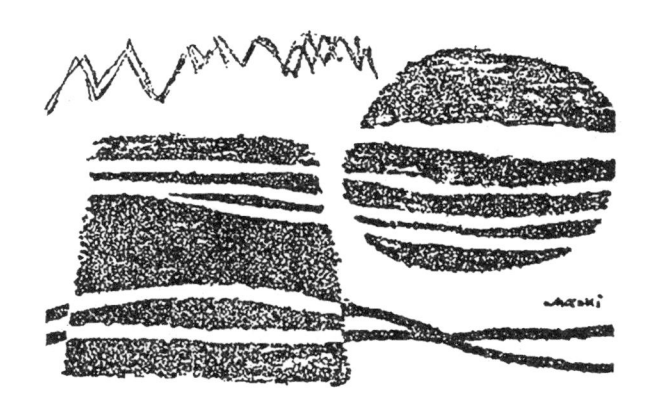

서강풍경西江風景 Ⅲ

아침에 창문을 열면 우리 집 정원은 나날이 녹음이 짙어 간다. 며칠만 더 있으면 개나리 울타리의 녹음 속에 우리 집은 완전히 묻히고 지붕만이 길 가는 사람의 눈에 뜨일 거다. 이제부터 우리 집은 완전히 우리 세상인 것이다.

강가의 언덕 위에 우뚝 올라앉은 우리 집은 울타리가 없어서 겨울에는 창문을 열면 그냥 밭이요 언덕길이요 강이며 모래밭이며 저 건너 밤섬의 풍경까지 그대로 모두 우리의 정원이 되어버린다. 그럴 때 마당에서 서성거리면 그것은 내 집 안에 있는 느낌이 아니요 그대로 마을에 나와 마을 사람들과 같이 사는 거와도 같았다.

더러 친구들이 찾아와서 울타리 없는 우리 집을 보고 호젓해서 어떻게 사느냐고 깜짝 놀라기도 했다. 울타리 없이 터놓고 사니까 오히려 든든하다고 하면 친구들은 의아스런 표정을 지었지만 사실은 우뚝 올라앉아서 사방에서 바라보이기 때문에 감히 침입하지를 못하는 것뿐이다.

올해는 너절한 화초 등속을 치워버리고 20평 남짓한 정원에 잔디를 심었다. 녹음이 우거지면 방안에서 나와 잔디밭에서

살자는 거다. 잔디 위에 큼직한 색동 양산을 받쳐 놓고 그 아래서 식사도 하고 일도 하면 한결 즐거울 것 같기 때문이다. 그런데 잔디 씨를 뿌리는 족족 비둘기들이 모조리 파먹으니 잔디가 푸르러질 때는 언제일지.

비둘기 가족이 한 해 동안에 아홉 마리로 불었는데 어제 오늘 비둘기집 위아래층에서 삐삐 소리가 나는 것이 두 마리가 더 늘어난 모양이다. 무엇에 골몰했던지 한동안 비둘기집을 들여다보지 못했더니 온통 헐어서 수리를 해주어야 할 것 같다. 우리 비둘기들이 모두 흰 것들뿐이라는 것쯤으로 흐뭇해서 공연히 친구들한테 자랑거리로 삼으려 드는 것이 우습다. 그러나 흰 비둘기의 대가족이 오글거리며 모이를 주워 먹는 것은 가관이며, 친구들과 더불어 같이 보며 즐기고 싶다.

사실은 수리할 곳은 비둘기집뿐이 아닌 것이다. 이 집은 울타리의 개나리 녹음을 제외하고는 집 둘레에 굵은 수목이라는 게 없어 여름이 되면 태양의 직사가 너무 강해서 올해는 별일이 있어도 추녀 둘레에 발을 드리워서 차양을 내릴 궁리를 하고 있다. 여기, 집 앞에 굵은 수목이 한두 그루만 서 있다면 이 집은 강가에 서 있어 운치도 운치려니와 수목에 묻혀 그대로 별장처럼 시원할 터인데 옛날에는 수목이 무성했더라는 이 일대가 어쩌면 고목의 뿌리조차도 말끔히 캐어 아궁이의 땔나무로 가져갔단다.

수목이라고 할 때 억울한 것은 저 건너 정자 터 뒤 언덕에 서 있는 은행나무의 처지이다. 두 아름이 더 되는 2백 년은 실히 되었을 은행나무를 어느 무지한 사람의 손들이 손이 닿는 부분을 모조리 껍질을 벗기고 도끼로 찍어 내고 하여 만신창이를 만들어 놓은데다가 수없이 굵은 못을 박아서 꾸부려 놓았으니 정말로 말 못하는 수목을 이처럼 잔악스럽게 학대한 이 부근 주민에게 무슨 벌이 내리지 않고 무사했을 리는 없었겠다는 생각이 들었다. 나는 분명히 어렸을 때 할머니들한테 들었던 것 같다. 산에는 산신령이 있고 고목에는 목신령이 있어 산에 가서 부정한 짓을 못하고, 고목에 대해 함부로 하면 벌이 내린다고. 오늘은 이러한 신화가 없어져서일까, 사람들이 살아 있는 나무를 빈번히 학대하는 것을 본다. 이 은행나무는 겨우 한 옆에 간신히 붙어 있는 5분의 1도 못 될 수피樹皮로써 수액을 빨아올려 그래도 연명하여 여름이면 한편이나마 잎을 무성히 해서 이 잔악한 손아귀를 지닌 사람들에게 그늘을 주고 있다.

은행나무뿐이 아니고 이 마을 몇 군데에 서 있는 고목들은 아랫도리가 거지반 비슷한 피해를 입고 있다. 빨랫줄을 맨다고 고무줄을 매어 둔 채 잊어버려서 그것이 숫제 살 속에 들어가 있는 나무도 있다.

그것을 보면 그만 소름이 끼친다. 저 아래 동리 길모퉁이의 플라타너스는 동리의 쓰레기를 나무 밑에 쌓아놓아 나무가 거

름의 과잉으로 그만 병들어 썩어 가고 있다. 그 처절한 모습이여. 세계의 어느 나라에서도 수목을 이처럼 학대하지는 않을 것이다.

아, 그러나 이 강가의 풍경은 감히 절경이라고 부를 수 있을 만큼 아름다운 것을 어쩌랴. 저 아래 농바위 쪽으로부터 무심히 밭 언덕길을 더듬어 올라오면 이 은행나무 마루턱에서 갑자기 시야가 툭 트이면서 서강의 풍경이, 꿈속에 가라앉은 듯 안개 속에 묻힌 밤섬을 포함한 아름다운 모습을 펼쳐 준다.

어쨌든 이 여름엔 저 건너 밤섬에 건너가 모래밭에 천막을 치고 바다에 간 기분을 내보려 하는데, 제2한강교가 금년 내에 서강에 착공될 거라지만 그보다도 우리는 먼저 저 발전소의 마물 같은 굴뚝을 강 밑으로 뽑아 버리는 계획이 이루어졌으면 좋겠다. 천막을 친들 색양산을 받친들 삽시간에 저 탄가루가 쌓일 것을 생각하면 푸르른 잔디밭 위에도 뒹굴 수 없을 것이 지금부터 성가시다. 발전소는 보배로운 것이로되 인근 주민에게 이토록 피해를 입힌다면 무의미한 것이 아닐까. 정부가 아니라도 어느 독지가가 있어 이 모든 일을 해결하고 명실로 아름다운 서강풍경을 이룬다면 얼마나 좋을까.

능소화 피는 날

　꼭 작년 이맘때였다. 저녁에 붙어 강좌가 없는 날은 미술반 연구생 강의를 다섯 시에 끝내면 집에 일찍 돌아올 수 있는 것이 즐거웠다. 하루 종일 연구소에서 더위에 시달리다가 해 질 무렵, 이 강가의 언덕길을 더듬어 올라오는 것은 피로를 풀어 주는 상쾌한 산책이 되기 때문이었다.

　그러한 어느 언덕길 뒷골목을 더듬다가 어느 고가古家 지붕 위에 무더기로 피어 있는 능소화凌霄花를 발견하고 어떻게도 그 꽃이 아름답던지 그만 발길을 멈추고 한동안 그 앞에서 황홀했었다. 갸름한 종 모양의 크롬과 카드뮴, 오랑쥬(오렌지) 빛의 엷고 진한, 안팎을 달리한 꽃은 그렇게도 우아할 수가 없었다. 보드라운 꽃 빛깔에 조화되는 검초록의 모란잎 모양의 쪼록쪼록한 쬐끄만 잎사귀들은 꽃 빛깔을 한층 더 돋보이게 하는 역할을 하고 있었다.

　능소화는 그 생김새와 빛깔의 고귀함으로 오랫동안 동양화의 소재로 다루어진 꽃이 아니던가. 십수 년 전에 서울 부근 어느 친구 별장의 후원에서 능소화를 보고 남의 귀한 꽃나무를 많이 욕심낼 수가 없어서 쬐끄만 뿌리 하나를 얻어다가 귀히

길렀었는데 난리통에 죽어 버리고는 그 후 잊어버렸다.

　이것이 뜻밖에도 강가의 언덕길에 묻힌 고목 지붕 위에 이처럼 탐스럽고 우아하게, 그것도 사뭇 무더기로 피어 있으니 놀라지 않을 수 없었다. 물론 당장에 얻고 싶은 욕심이 났다. 예로부터 좋은 화초는 나누어 기르는 것이 상정이라 했지만 하도 각박한 세상이 되고 보니 이 집 주인이 과연 생면부지의 사람에게 귀한 꽃을 나누어 줄 아량의 사람일지 의아스러워졌다. 그래서 그 집 문전을 서성거리며 꽃구경만 실컷 하다가 집으로 올라왔다. 능소화는 그 집 문간 헛간 같은 곳의 담을 타고 대문 지붕으로 올라가면서 무성하게 번식하고 있었다.

　집에 와서 가족에게 이야기하니 아이들은 서로 제가 얻으러 가겠노라고 나섰다. 나도 곰곰이 생각하니 밑져야 본전이라는 아이들 말대로 물어나 볼 것이라는 생각이 들어서 결국은 아이들 삼촌이 파견되었다.

　삼촌을 보내 놓고 아이들은 만일에 안 주는 경우에는 어두운 밤에 가서 가지를 꺾어 오자고도 했으나 꽃나무를 훔치려다가 도둑으로 몰리면 큰일이라고 반대하는 아이도 있었다. 한참만에 돌아온 삼촌은 분명히 능소화의 쬐끄만 가지 하나를 들고 오면서 희색이 만면했다. 간곡히 주인에게 부탁하니까 마지못해 쬐끄만 가지 하나를 떼어 주었으나 어떻게도 무뚝뚝하고 맛대가리가 없는지 화가 치밀었는데 문간을 나서니까 동리 사

람들이 그 집 주인이 어떻게 꽃나무를 다 나눠 주느냐고 의아스런 얼굴을 하더란다.

우리는 그 쬐끄만 가지를 삽목해서 여름내 자라게 하여 뿌리를 내고 초가을에 가지를 잘라 몇 군데다가 다시 삽목을 했다. 그 중의 몇은 추위에 얼어 죽고 남은 두어 개가 뿌리가 나서 이른 봄에 내다 심었는데 가뭄에 꼭 타죽을 것만 같아서 식수도 모자랄 지경에 틈틈이 우물물을 길어다가 목마름을 축여 주곤 했더니 다행히 비가 내리고 장마가 뒤를 이어 썩어 버릴 염려까지를 무진히 했다가 비가 그친 후 무성하게 자라난 능소화를 들여다보니 꽃망울들이 맺혀 있지 않은가. 정말로 당년에 이렇게 꽃까지 피울 수 있을 줄은 기대하지 않았었다.

꽃을 피울 줄 알았으면 가지를 자르지 말 것을 그랬다고도 하고 또 올해에 꽃은 안 보더라도 가지를 굵게 해서 내년에 탐스런 꽃을 보게 하는 것이 좋다고도 하고 의견들이 분분했으나 어쨌든 능소화는 지금 꽃봉오리를 피우려 하고 있으니 덩굴을 올릴 담장도 마땅치 않아 아쉬운 대로 말뚝을 세우고 댓가지를 엮어 덩굴이 오를 자리를 만들어 주었다.

오늘, 칠석을 모레로 앞두고 능소화는 끄트머리의 봉오리 세 송이가 활짝 피었다. 올여름에는 아직 그 집 앞을 지나지 않아 능소화를 못 보았지만 분명히 지금쯤 그 아름답고 우아한 카드뮴 오랑쥬빛의 무더기가 대문간 지붕 위에 탐스럽게 피어

있을 생각을 하니 가보고도 싶다. 그러나 우리 집 마당 잔디밭 가운데도 꼭 같은 아름다운 꽃이 피어 있으니 남의 집 꽃을 보러 가느니보다 좋은 친구를 불러 강을 내려다보며 포항산 포도주라도 마시고 싶어진다.

능소화가 피니 오늘까지 예찬하던 채송화의 야취는 격이 뚝 떨어지고 만다. 이 마당에는 이끼 낀 고옥의 육모진 초석들과 더불어 돌담장에 능소화만이 우거져 있었으면 좋겠다. 이러한 감상 속에 젖을 수 있는 것도 올여름은 연구소의 과로에서 해방된 혜택일 거다.

부부는 공감하는 일체

화가 아내의 생활

아침에 눈을 뜨면 화가는 간밤 늦도록 제작하던 그림을 생각하는 모양이다. 아마도 자면서도 그림을 생각했을 거고. 바르고 문지르고, 지우고 또다시 시작하고 그려진 것을 바라보면서 생각하고- 마치 붓을 든 기계와도 같이 화포畵布와 대결하여 승부에 열중하며 종일 쉴 줄을 모른다.

그러니까 아침에 눈을 뜨면 화포 앞으로 달려가고 식탁에 앉아서도 화제는 그림이다. 그림의 의견을 물을 뿐이고 의견을 주면 깊이 참고로 한다. 그림 이외의 화제는 이야기해도 귀에 담지 않으니 아예 하려 하지도 않는다.

아침 식사가 끝나면 다시 화포 앞으로 돌아앉으니 점심때까지 나는 내 시간을 가질 수 있어 루부르에 나가 강의를 듣고 온다.

그림을 그리는 일은 중노동이어서 잘 먹어 영양을 섭취해야 한다. 아침에 우유와 커피와 빵으로 간단히 식사를 해버리는 것은 오전 중에 일의 능률을 올리기 위해서이고 그 대신 점심에는 별일이 있어도 고기가 든 맛있는 메뉴를 짜야 하기에 장

을 봐 가지고 들어온다.

점심이 끝나면 약간 휴식을 갖되 그림을 바라보며 그림을 생각하는 것이 쉬는 일이다.

나는 좋은 음악이나 틀어 주고 화실을 나와 또 내 시간을 갖는다. 점심 먹은 것을 치우고 그날의 빨래를 하고 다시 거리로 나와 루부르에 가서 오후의 강의도 듣고 화랑을 돌며 미술전도 보고 그 밖의 볼일을 보고 다시 저녁 장을 봐 가지고 들어온다.

저녁을 먹고 나면 곧잘 화가는 산보를 나가자고 한다. 그러나 저녁 후에는 음악이나 오페라나 관극觀劇이면 몰라도 산보란 내게는 다소 지나치게 피로한 일이다. 그렇지만 종일 화실에 있던 화가에게는 바깥공기가 절대로 필요한 것이어서 어디까지나 나는 희생을 하는 수밖에 없었다. 이러한 상태가 우리가 해외에 살면서 작가 생활을 가장 알뜰하게 할 때의 일이었다. 이밖에 나는 또 가끔 손님을 청해다 대접도 해야 했고 화가를 동반하고 친지를 방문해야 했고 미술관 안내를 해야 했고 미술계 소식을 번역, 전달해야 했고 신문을 읽어 들려주어야 했다.

정해논 전람회기가 가까워지면 화랑과 연락을 취하면서 거기 따르는 만반의 준비를 해야 했다. 한 해 개전個展이 끝나면 이듬해의 개전을 위하여 다시 제작에 몰두해야 했고 마치 마라톤 경기에 나온 선수와도 같은 긴장된 심신으로 이러한 매일을 거듭 사는 동안에 한 해, 두 해가 가고 3년이 눈 깜짝할 사이에

지나갔다.

　4분지 1세기는 지났나 보다. 화가를 좋아했던 한 이방인 시인이 화가의 그림 한 폭을 보여 주면서 절찬했던 것 같다. 그것은 판자에 그려진 어느 외국 피서지의 풍경이었다. 나도 그 그림을 보고 아름답게 느꼈던 것 같다.

　시인이 우리를 소개하려고 노력했으나 우리는 좀체 만나 지지 않았다.

　그는 시골이 고향이고 서울은 객지였기 때문에 우리는 한 번 만나고는 한 해 가까이 문통으로 교제를 하였다. 편지는 서로를 다정스럽게 접근시켰던 것 같다. 두 번째 만날 때는 우리는 이미 서로가 그리움으로 가득 차 있었고 10년의 지기와도 같이 친밀한 정을 나눌 수가 있었던 것 같다.

　그 이후 우리는 자주 만나게 되었고 그러는 동안에 서로의 지식과 이해와 감정에 있어 공감과 공명으로 일치해 갔으며 마침내 그는 자기한테 시집와 주겠느냐고 물었고 나는 그러겠다고 대답했었다. 결합의 모토는 곱게 살자는 것이었다. 우리는 아름답게 살자고 맹세했다.

　우리는 이미 성년기에 있었기 때문에 우리의 의사와 능력으로 이상적인 생활을 설계해서 실행해 가자고 했다. 우리는 애정과 신뢰와 존의로 뭉쳐 용기로써 주위의 장애물을 물리치며 살아왔다.

화가의 성벽性癖

화가란 자기의 공방工房은 어질러 놓으면서도 아뜰리에 바깥세상은 항상 미화되어 있기를 요구한다. 시각적인 온갖 것에 관심을 갖기 때문에 가족이 미처 발견하지 못한 집 안의 시각적인 흠을 먼저 발견하여 잔소리가 많다. 음식은 먼저 시각적으로 구미가 당겨야 하고 미각은 그다음이라고 하니 골치가 아플 수밖에. 항상 미식을 즐기니 경제상 곤란한 일.

비싼 재료가 드니 우리나라에선 그림이 천행으로 한 폭 비싸게 팔린대도 다시 다음 제작의 재료비로 다 들어가고 말고, 교수라든가 하는 부업의 봉급으로 생활을 하게 되니 이중생활이 아닌가.

아름다운 것을 창조해 내고자 하는 직업이니 정신도 미화되어 있지 않을 수가 없다. 그래서 좋은 화가이면 성격이 단순하고 소박할 줄 안다.

우리나라에서는 화가라는 직업을 일반이 잘 이해하지 못하기 때문에 억울한 경우가 많다. 직업이 화가라고 하면 교수나 과장이나 학장 같은 직위보다 얕은 것으로 인식하는 일엔 화가 난다. 예술가라면 제1위로 대우를 받아야 하는데 우리나라에서는 마치 예술가라면 관공리보다도 아래의 직업인 줄로 인식하고 있으니 때로는 억울하다 못해 화가 날 수밖에.

미술가는 성격이 단순한 반면에 개성이 강하므로 고집이 세다. 자기가 하고 싶은 일은 기어이 하고야 말고 남의 말을 절대로 안 듣는 고로 세속적 타협이 불가능하니 평범한 생각으로 볼 땐 손해가 많다.

쬐끄만 물건은 인색하도록 아끼면서 큰 물건에 이르러서는 헤프도록 아낌없이 남에게 잘 나누어 준다. 가로되 아름다움을 공감할 줄 아는 사이에는 나누어 즐겨야 한다고.

환경을 미화해 주니 좋고 미식을 즐길 수 있어 좋고 그의 작품에서 나도 공감할 수 있는 아름다움을 발견할 때 황홀하다.

가령 남편의 직업이 소설가라고 할 때 서재에 들어앉아 원고지와 씨름하는 모양은 다소 보기에 딱할 거다. 음악가라고 가정할 때 밤낮 무대에 서는 것은 같이 무대에 선다면 몰라도 작곡가의 경우는 또 다르지만, 그 화려함이 싫을 거다.

화가는 화실에서 제작한 것을 들고 개인전을 열 때 그 작품들이 진실로 좋아서 박수갈채를 받을 때는 내가 한 일 이상으로 대견하고 화가와 떨어져 작품만을 대하고 있을 때는 남편의 체취와 온갖 호흡이 느껴져 즐거운 것이다. 외국에서는 남편이 화가라면 대환영을 받는다. 당신 남편의 아뜰리에를 한번 보고 싶다는 것은 사교의 말이 아니고 진실로 그 사람들은 구미가 당겨서 묻는 말이다.

우리 집 화가는 그러한 경우 절대로 아무에게나 아뜰리에

를 공개하려고 하지 않아서 손해도 보았지만, 아무에게도 공개하지 않겠다고 비싸게 굴 때는 나도 어쩐지 자부심이 생겨 통쾌하기도 했다. 그 당시는 아쉬워도 저 화가는 대단히 격조 높은 화가라고 인식되는 것은 손해 되는 일은 아닐 거다.

내조의 의미

내조란 말은 오늘은 다소 쑥스럽다. 우리 부부들은 이미 협조하며 살고 있는 것이 아닐까. 그러나 따지고 보면 아직도 우리들은 공평하지 못하고 남편의 전공 분야가 위주가 되어 아내의 전공 분야는 희생되기 마련이다.

특히 나의 경우는 남편의 뒷바라지를 하고 남는 시간에 수필 하나라도 쓰게 마련이고 천하 없는 원고라도 차라리 내가 잠잘 시간을 희생해서 쓰면 썼지, 화가가 필요할 땐 미술에 관한 책을 읽어야 하고 번역을 해야 하고 타이프를 쳐야 하고 심부름을 가야 한다.

그러니까 자연 나는 문학 서적보다는 미술책을 더 많이 읽게 되었고 문학적 산문보다는 미술사나 미술 평을 더 많이 쓰게 된 것 같다.

그러나 내조의 뜻이란 또 다른 곳에 있을 거다. 화가로 하여금 되도록 좋은 작품을 제작할 수 있도록 분위기를 조성해 주

어야 하며 창작의 의욕을 자극시켜야 하며 에너지를 보충해 주어야 할 거다.

그러나 감정의 지나친 유출을 방지해야 하며 에너지의 과잉을 견제해야 하고 또 기고만장하려 드는 기분주의를 적당히 조절해야 할 거다.

잡념 없이 창작에 몰두할 수 있게 하기 위한다고 해서 사소한 생활의 보고를 일절 안 해서는 안 된다. 현실을 인식시키기 위해서 적당히 바가지도 긁어야 하며 가정 경제를 이리저리 안에서 둘러쳐야 하지만 가끔 가장의 책임을 깨우쳐 줘야 한다. 언제나 기분을 맞춰 주는 것이 아내의 임무이지만 예술가의 기분이란 한이 없는 것이라 가족이 있는 한 이것을 견제해야 한다고 생각한다. 이것도 내조일 거다.

이렇게 쓰고 보니 나는 아주 물샐틈없는 현명한 내조를 하고 있는 것처럼 착각되는데 사실은 그와 반대로 감정과 기분은 오히려 내 쪽에서 유출되기 일쑤여서 항상 견제를 당하고 있는 것은 내가 아닌가 싶다.

화가와 결혼하려는 여성들에게

내가 사위나 며느리를 구한다면 나는 서슴지 않고 미술 공부한 젊은이를 찾고 싶다. 특히 여성의 경우는 미술 공부를 한

편이 훨씬 생활을 즐길 줄 알지 않을까 한다. 방 하나를 꾸민다든가 집 안을 장식하는 데 있어 미술 공부를 안 한 사람보다는 안목이 있을 거가 아닌가.

화가와 결혼하려는 여성이 미술 공부를 했었을 때는 더욱 좋고 전공이 전연 다른 경우라도 미술의 길을 같이 공부하면서 이해해 나가는 것은 즐거운 일일 거다.

이 경우에는 같이 붓을 들고 제작을 해 보는 것도 좋으나 무리가 생길 때는 여성 쪽에선 이론을 공부하는 것이 합리적인 것 같다.

내가 외국에서 본 예로는 여성이 즉 부인이 화가일 때는 대개 남편은 전문가 이상으로 미술의 이론에 통달하고 있었다. 그만큼 서로가 하는 일을 이해한다는 것은 그대로 협조가 되는 것이 아닌가 한다.

남편이 화가인데 아내가 미술에 대해서 아무것도 모른다면 그 가정생활은 다소 절름발이 격이 되지 않을까. 부부란 서로의 호흡을 공감하는 데서 완전한 일심동체가 되는 것인 줄로 안다. 자기가 전공한 것이 미술이 아니라도 미술가와 결혼을 하게 되었다면 미술에 대한 기본 공부를 해 보는 것은 남편의 세계를 이해하게 되기도 하려니와 자기 자신의 정신생활을 또한 그만큼 폭넓게 하는 길이 될 거다.

나는 모든 젊은 여성들에게 미술을 교양으로 권하고 싶다.

그다음이 독서이다. 이 두 가지는 오늘의 젊은 여성들이 필수적으로 지녀야 할 교양 과목일 줄 안다.

여성은 소국민 교육의 중책이 있기 때문이고 젊은 여성의 이러한 교양은 아동 교육에 직접적인 영향을 미치기 때문이다.

나는 더러 전람회장에서 좋은 전람회를 성실하게 보지 않고 수박 겉핥기로 휙 돌아나가는 사람들을 볼 때, 특히 그것이 젊은 여성일 때는 더한층 한심한 생각이 든다. 돼지에게 진주라는 말이 생각나기 때문이다. 마치 그것은 국보를 몰라보고 소홀히 하는 거와도 같은 안타까움이다. 우리는 특히 여성은 무엇이고 잘 보는 눈과 잘 볼 줄 아는 눈을 가질 필요가 있다. 잘 보는 눈이란 인생을 살아가는 태도요, 볼 줄 아는 눈이란 지식과 교양에 의해서 얻어진 안목을 말함이다.

시각의 교양을 쌓는다는 것은 자기 자신을 풍부하게 만드는 일인 동시에 주위를 풍요하게 만드는 일이기도 하다. 삭막한 현실에 시각적으로 미화된 일부분이라도 첨가된다는 것은 분위기를 윤택하게 만드는 데 크게 도움이 될 거다.

현대에 와서 미술이 유달리 발전해 가는 것은 현대인의 예민해진 감각이 시각적인 것으로 발달해 가기 때문이다. 시각적이며 동시에 감각적인 것, 이러한 것으로 현대인의 생리는 요구해 간다. 미술이 전위적으로 앞서가는 것은 자연적 현상이고 따라서 오늘을 사는 세대는 미술에 무감각할 수가 없는 것이다.

오브제 해설

−극락·불상·탑의 경우

극락

박물관에서 한국적인 오브제를 만들어 보라는 주문이었다. 대단히 구미는 당겼지만 공방工房은 멀고 바깥은 영하 10여 도니 꼼짝을 할 수가 없어서 방 안에 있는 것들을 이것저것 주워 맞춰보기로 했다.

하나로 보면 아무것도 아닌 물체를 이리저리 맞추어 구성함으로써 거기 연극이 생기고 미학적인 의의가 생겨나야겠고, 그 위에 다시 한국적인 아취雅趣가 잃어지지 않아야 할 것이라고 상상想을 짰다.

우선 벼룻집을 빤질빤질 더 윤을 내고, 책장 위에 놓고 보던 불상의 파편 불두佛頭를 공예과 가마에서 구운 종지를 엎어 놓고 그 위에 앉혔더니 쬐끄만 불상의 표정이 그냥 천 년의 미소를 짓기 시작했다. 다시 필가筆架와 먹과 붓을 찾아내 가지고 문방구文房具로서 이루어진 무슨 '오봉산방五峯山房' 같은 것을 만들어 볼까 했는데 불상 앞에 오봉산 중국필가中國筆架를 앉히니까

불상의 주위가 그윽해지고 불상 뒤에다 붓을- 붓 집에서 빼어 거꾸로 세워 보니 하늘로 높다랗게 치켜 솟은 필봉이 마치 불꽃과도 같고 고대의 신앙과도 같아 구원久遠한 것이 느껴지기에 불상과 아울러 〈극락極樂〉이라 불러보니 마음이 흐뭇했다. 극락의 문패처럼, 먹을 비석인 양 세웠던 거다. 다소 귀족 취미인 것이 흠이기는 하나 그런대로 한국적인 아취를 살렸다고 좋아했다.

진열을 수화樹話한테 맡기고 회기가 거의 끝나려 할 무렵 회장에 들렀더니 때마침 사진을 찍느라고 사진사 한 사람이 하필이면 나의 〈극락〉을 건드려 제멋대로 들었다 놨다 야단이 아닌가. 하도 어이가 없어 책임자한테 물으니까 제자리에 꼭 다시 놓겠다는 다짐 아래 내맡겼다는 것이다. 제자리를 사진사가 알 까닭이 있을까.

비슷한 자리에 도로 놓는 것으로 아무렇지도 않게 생각하는 모양이니 이야기가 통하지 않는다. 그래서 〈극락〉은 마지막 판에 진열이 되어버렸고 사진을 찍은 것을 보니 뭐가 뭔지 모르게 뒤범벅이 되어 있었다.

불상

근사한 걸작을 만들었으니 와보라기에 공방工房에 가보니 목조木彫를 하겠다고 싸두었던 파목破木 한 토막을 세워 놓고 그

위에 수없이 주워 둔 돌 중에서 하나를 빤들빤들 닦아 노끈을 십자로 동여매 올려놓으니 돌이 살아났다고 좋아한다. 열십자가 정면으로 보이는 파목의 쪼개진 결 사이에 마른풀을 꽂고 불상이라 이름을 지었다고 한다.

십자로 묶인 커다랗고 빤질빤질한 돌은 어쩌면 살아서 꼭 불상처럼 미소까지 풍기고 있지 않은가.

이 반석반목半石半木의 불상을 보고 몇몇 분들이 걸작이라고 감탄들을 했는데 정작 진열해 놓고 보니 별로 알아보는 사람이 없었다. 사진을 찍어다 준 것을 보니 웬걸, 엉뚱한 면을 찍어 왔지 않은가. 불상은 십자로 매어진 중심을 바라보아야 돌이 살아났던 거다.

탑

안살림에서 홍두깨로 다듬이질을 안 하게 된 지가 여러 해 되었으나 통나무로 가늘고 길게 다듬어진 데다가 대를 물려쓰는 동안에 반들반들 윤이 나도록 닳아진 홍두깨라는 도구는 무슨 공예품 같아서 버리기 아까웠다. 그것을 다락에서 눈독 들인 수화가 언제부터 무엇을 만들겠다고 달라기에 내주었더니 두 개를 용접시켜 세워 놓고 탑이라고 한다. 두 개는 좀 단조로워 홍두깨 한 개를 더 얻어다가 세 개를 잇대어 붙이니까

높기도 하고 제법 이집트의 오벨리스크를 연상시키는 한국적이면서도 현대적인 감각이 살아 나왔다.

　　우리는 탑이 제1위적인 걸작이라고 생각했다.

꿈·광상

아직 무더운 여름은 아니건만 어느새 훗훗한 여름밤의 선명치 않은 꿈들이 부유하는데 5백 년 전 어느 장군의 미라가 도봉산 기슭에서 발견되었다는 진기한 이야기가 나온다. 나는 그 신문 기사를 읽고 참 아까운 짓을 했다는 생각이 드는 것이다. 우리는 외화 기근인 판인데 달러를 말로 벌 수 있는 기회를 놓쳤다는 생각이 드는 것이다.

웬고하니 세계에는 기괴한 취미의 사람들도 많아서 미친 고고학자들은 몇천 년, 몇만 년 전의 사람의 해골 하나를 발견하기 위하여 평생을 소모하는 수가 있기 때문이다. 그리고 이 하찮은 두개골 하나가 가다가는 순식간에 한 사람을 세계 굴지의 갑부로 만들 수도 있는 가치를 지니는 경우도 있기 때문이다.

미라를 그대로 두고 세계 뉴스에 과장해서 선전한다면 세계의 미친 학자들이 한국에 몰려와서 달러 주머니를 쏟아 놓을 수도 있을 수 있는 일이 아닌가. 신문을 읽으며 농삼아 이런 감탄사를 연발하니까 옆에서 듣던 아이들이 지금이라도 뉴스에 내자고 한다.

그러나 미라는 이미 터졌다. 무덤을 건드렸으니 이 훗훗한 날씨가 아니더라도 시체는 이미 썩어 버렸을 것이고 미라는 사라졌다. 이 비중 있는 사건을 전문가들의 말에 의하면 시체가 석회질 속에 묻히거나 흐르지 않는 물속에 있는 경우에는 미라가 될 수 있고 어쩌고 운운으로 끝마치고 말아 버리니 취급 태도가 답답하다. 수의가 그대로 썩지 않고 있었다니 5백 년 전의 고증 자료를 소득한 것이 아닌가. 토기라도 제대로 형태를 사진 찍어서 소개할 만하지 않은가.

우리는 내 나라 선전에 너무 무관심한 것 같다. 최근에 빈번히 발굴되는 금불상들의 경우만 해도 왜 좀 더 대대적으로 국제 뉴스에 실려서 선전하지 않는 것일까. 남들은 자료가 없어서 선전을 못 하는데 우리는 아직도 노다지로 발굴되는 무진장의 자료를 가지고도 세계에 선전이 부족해서 아까운 자료를 그대로 썩히는 경우가 많은 줄로 안다.

해방 후 쏟아져 나온 신라 토기들만 해도 국제 시장에서 상당한 골동 가치를 인정받을 만한 물건들을 우리는 얼마나 싸구려로 이민족의 손에 넘겨주었던 것인가.

얼마 전 기차를 타고 경부선을 달리니 감개가 무량하면서도 어쩌면 그렇게도 부산 피난에서 복귀해서 올라오던 그때와 조금도 다름없는 연선의 풍경이었을까. 가슴이 터질 것 같은 비감한 생각에 잠기지 않을 수 없었다. 산허리에 붙은 남루

한 초가들, 그 안에 예나 다름없는 원시적인 생활이 들여다보일 때 차마 정시할 수가 없었다. 풍경이 이럴 바에야 디젤엔진의 말쑥한 기차보다는 차라리 검은 연기를 칙칙폭폭 뿜는 낭만적인 기차가 어울리지 않나 싶었다.

미일 합작 어느 영화에서 부분적으로 한국을 소재로 해서 만든 화면을 보니 한국은 마치 산악국과도 같은 신비스러운 나라였다. 이 에그조틱한 맛을 살려서 관광객을 유치한다면 달러가 벌어질 것이다. 나전칠기, 목공 등속의 민예품을 수출해서 달러를 벌어들이는 것도 보람 있지만 더 소중한 것은 우리 강산에 관광객을 불러들이는 일이다. 그러려면 우리 천연의 자원을 십이분 살리는 안목이 있어야 한다. 이 아름다운 풍토에는 왜 밤낮없이 사철 구린내가 가실 날이 없는 것일까.

내가 사는 동리 어귀에 공원 계획의 공지가 있어 하루바삐 푸른 공원이 이루어지고 동리 어린이들의 놀이터가 되기를 바라는 바이나 겨울은 겨울대로 쓰레기와 연탄재가 쌓이더니 날이 풀리면서는 숫제 공개 변소와도 같이 인분에 쉬파리가 끓기 시작한다.

나는 이 공지에다 가능하면 미술학교가 옆에 있으니 미술관 같은 것이 세워지면 좋겠다고 희망하는 것이다. 물론 미술관의 정원을 공원으로 개방할 수 있을 거다. 그러나 이런 꿈을 사람들은 왜 안 꾸는 것일까. 사람들은 참으로 십 년 대계라는 것

을 생각하려 들지 않는 것 같다. 그때그때 코앞의 일만을 생각하며 사는 것 같다. 누구든 꿈을 시작해 놓으면 꿈은 절로 이루어지고 세월이 쌓이면 거기 전통이 생길 것인데 꿈을 꾸지 않음으로써 전통이 세워지지를 않는 것 같다. 우리의 자손과 후진들이 이어받을 전통을 남기려 하지 않는다. 전통이란 피의 계승을 의미하는 것이 결코 아닐진대 우리는 좀 더 혹은 광상에 가까울지라도 꿈을 꾸며, 이 꿈을 이어 줄 수는 없을까.

사람은 왜 광상곡을 들으면 피가 끓을까. 피가 끓는 것은 꿈을 꾸기 때문이다.

나는 억울할 때 우리는 가난한가 하는 생각을 한다. 꿈을 가지면 우리도 남들처럼 잘살 수도 있을 것만 같다. 꿈이 이루어지지 않는 한 가지 이유가 있다면 그것은 미라를 놓치듯이 우리가 기회를 포착하지 못하는 데 있는 것이 아닌가 한다. 남들은 허물어진 돌담 쪼가리마저도 주워다 놓고 희한한 공원을 만드는 데 우리는 아름다운 돌담을 허물어서 쇠창살로 만들고 블록담도 만들어서 그 귀한 자료를 유실시켜 버리는 데 있지 않은가 한다.

히피 나라

세상에 이렇게도 멋없이 생기고 시끄럽고 더러운 도시가 또 있을까. 바람은 회오리바람으로 몰려다니며 티끌과 그을음을 사방에다 뿌려 놓고 궤짝처럼 쌓아올린 고층 건물은 방마다 에어컨디셔너 궤짝(실외기)을 밖으로 내달아 보기에도 흉하려니와 거기서 내뿜는 탁하고 열한 공기와 소음이 무수한 차들이 내뿜는 가스와 아울러 한층 더 거리를 소란하고 탁하게 만들며, 폴리스 차는 무시로 왜앵, 왜앵하는 강철성의 음향을 사뭇 지르며 돌아다니는 것이 꼭 일부러 사람의 신경을 자극하려는 것이 목적인 듯만 싶어, 사람의 마음이 쉬어질 수 없는 고약한 도시로구나 하고 느낀 것이 뉴욕의 첫인상이었다. 귀에 들려오는 것은 "세이브 머니, 머니Save money, 세일 세일Sale"하는 소리뿐으로 사람의 마음이 무엇엔지 쫓겨 앞으로 바삐 달려야만 하는 숨 가쁨을 느끼게 하였다. 거리에는 젊은이와 아이들과 빛깔이 검은 사람들의 비대증이 유난히도 눈에 띄었으며 나이 먹은 사람들은 대부분이 숙명적인 질환 같은 중풍 병을 일으키고 있

어 떨지 않으면 절고, 고갯짓을 하지 않으면 팔짓, 다릿짓을 하는 것이 보통이어서 그 속에 끼어서 같이 걷노라면 나도 여기서 오래 살면 저렇게 될지도 모른다는 피해망상 같은 공포감에 내 얼굴이나 목 아래 어느 근육이 절로 씰룩거려지는 것 같은 착각에 사로잡히기도 하였다. 햇볕이 나는 날이면 거리의 걸상에는 양로원이 그대로 나와앉은 듯 차마 정시正視할 수 없는 풍경이 벌어지고 나는 그 노인들 앞을 외면하며 지나가면서 동양의 가족제도가 아름다운 것이라고 자위할 수만은 없어, 늙어서 내 모습을 남의 앞에 내놓지 않기 위해서는 담장으로 둘러싸인 최소한 몇 평의 정원이 꼭 필요할 것을 절실히 느꼈다.

밤 없는 브로드웨이

오는 겨울만 지나고 이른 봄에는 별일이 생겨나도 물리치고 귀국하려던 것인데 다시 XX와 계약을 연장하고 보니 내년 여름방학이 오기 전에는 서울에 돌아갈 기회가 막연해진 것만 같다.

아침에 반가운 목소리를 듣고 무심코 "그 먼 길을 평안히 오셨느냐"고 했더니 그분의 목소리는 전화 속에서 쑥스럽다는 듯이 "멀기는 무슨, 너무 가까워서 싱거웠지." 하신다. 나는 종일 나도 모르는 사이에 내 마음속에서 서울이 아득하니 먼 곳으로 새겨져 가고 있었던 것을 깨달으며 햇수를 헤아려 보는데

외국에 나와 3년이 되면 치밀어오르는 강렬한 향수와 견디어 보려는 의지가 대결해서 싸우다가 결국은 돌아가고 싶은 안이한 유혹에 져버리고 귀국하게 되기 마련인 성싶다. 그분은 "뉴욕살이에 재미 붙여 안 온다고 다 듣고 있어……" 하신다. 재미를 붙였다면 샤워와 아이스박스의 맛일까. 여름옷으로 겨울도 날 수 있는 편리성쯤일까. 밤이 없는 브로드웨이나 24시간 달리는 써브웨이나, 가도 가도 끝이 없는 푸른 숲의 하이웨이를 가끔 달리는 통쾌감쯤이겠지.

멋없이 만들어진 도시의 더럽고 시끄러운 거리에서는 사람들이 서로 인사도 없고 미소는커녕 굳어진 표정의 얼굴들이 제각기 알아들을 수 없는 언어를 지껄이며 남의 일을 참견도 안 하거니와 남의 이목을 꺼리지도 않는 습성으로 살아들 가고 있다. 이 사람들은 왜 여기에 이처럼 보기 싫게 집결해 있는 것일까. 아마도 금세기의 요물인 달러에게 농락을 당하고 있는 것인지도 모른다. 사람들은 달러를 벌기 위해서 이 맨해튼 섬으로 모여든다. 여기가 세계에서 돈을 벌기에 가장 편리한 곳이라는 실감을 여기 와서 느껴 본다. 노동의 가치가 중량으로써 평가되는 것은 공평한 일이다. 그러나 여기에 모인 이방인들은 똑같이 이 추하게 생긴 도시를 경멸하며, 더욱이 고층 건물들의 방방에서 거리로 내뿜는 에어컨디셔너의 탁한 공기와 소음과 아울러 거리를 사랑하는 대신 침을 뱉고 쓰레기를 엎지르며 유리

병을 산산이 부수어 놓는 풍속에 눈살을 찌푸린다.

　우연한 인연으로 이 탁한 공기 속에서 3년을 살며 우리는 양옆의 허드슨 강가나 센트럴 파크보다는 밤 없는 브로드웨이를 더 많이 즐겨 왔다. 브로드웨이는 밤낮없이 언제 나가 보아도 구경거리가 많다. 지금은 새벽 3시지만 지금이라도 현관문을 열고 나가 보면 24시간 여는 레스토랑, 바, 도넛집, 피자집, 과실과 식료품 가게들이 열려 있을 거고, 형광등 불빛으로 대낮처럼 밝은 거리에는 끊임없이 차들이 달리며 거리의 걸상에는 대낮의 양로원과는 전혀 반대되는 희희낙락하는 청춘 남녀의 아름다운 풍경이 벌어져 있을 거다. 빛깔이 검고 희고 노랗고 간에 그들의 젊고 싱싱한 모습은 바라볼 만한 아름다운 풍경이다. 더욱이 사내아이들이 계집애처럼 분을 곱게 바르고, 연지, 곤지, 귀걸이, 목걸이, 머리를 길러서 곱게 빗고 리본까지 싹 달고 나와 계집애 같은 걸음걸이와 몸짓으로 아양을 떨고 있는 진풍경은 충분히 하룻밤의 소풍 거리가 된다.

센트럴 파크

초여름에 시작한 글을 끝을 못 맺고 생량生凉한 가을이 되도록 붓을 못 들었다. 무엇에 쫓기어 이처럼 기계와도 같이 사는 것인지 반성할 여지도 없이 그저 자고 나면 눈을 비비고 일어나서 아뜰리에에 태양광선이 가득할 동안에 일을 해야 한다는 습관이 몸에 젖어 있음을 느낄 뿐이다.

아무리 슈퍼마켓이 발달되었다 해도 사람이 가서 장을 봐와야 하고, 아무리 편리하게 되어 있는 부엌이라 해도 가족의 식사를 준비하는 데는 시간이 소요된다. 신문과 주간지와 책을 읽어야 하고, 뉴스를 알기 위하여 텔레비전을 봐야 하고 일기와 흩어진 가족들에게 편지 답장을 써야 하고, 주말에는 한 주일 동안의 가스를 발산시키기 위해 동포를 만나 떠들어야 하고, 자연을 찾아 숲이나 들에 나가야 하고- 등등. 이러다 보면 세월이 휙휙 날아가고 있음을 느끼며 허송세월하고 있는 것 같은 억울함이 느껴지는 것은 웬일일까.

가까이 센트럴 파크를 두고도 내 집의 정원처럼 십이분으로 이용하지 못하고 있다. 그러나 우리 집에서 5분이면 공원에 들어서지고, 15분쯤 산보 걸음으로 공원을 횡단하면 이스트East

5번가에 나가지며 바로 메트로폴리탄 미술관이 되고, 메트로에서 북으로 몇 블록 올라가면 구겐하임 미술관, 좀 더 올라가면 쥬이시Jewish 미술관이 있고, 또 메트로와 얼마 떨어지지 않은 거리의 매디슨가에는 작년에 개관한 휘트니 미술관이 있어서 공기 나쁜 지하철이나 느린 버스를 타지 않아도 미술관 산책은 할 수 있게끔 공원의 덕을 보고 있는 셈이다.

사실은 이 센트럴 파크는 우리에겐 메트로폴리탄 미술관이 뉴욕의 보배인 것 이상으로 보배로운 존재일지도 모른다. 생각하는 시간의 여유를 갖지 못하는 도시 생활에서 조용히 숲속을 거닐면서 얻어지는 사색의 세계란 써브웨이나 하이웨이를 달리면서 생각하는 세계와는 다른 흐뭇한 뜨거운 입김 같은 것을 느낄 수 있기 때문이다.

공원에는 이른 봄 제일 먼저 산수유가 노란 꽃을 피우며 진달래, 개나리, 벚꽃, 수목련의 차례로 만발해 가는데 지난 봄에는 원통 화환으로 목과 머리를 장식한 히피의 무리가 나타나 잔디 위에 주저앉아서 원시적인 혼례식을 거행하는데 그것은 기계 문명의 중추신경에 큐피트의 화살이라도 박힌 것 같은 인상을 느끼게 하였다. 얼핏 짐작으로 히피는 정신나간(신들린) 사람들의 무리라고 생각되었으나 그 중에는 마약 중독 환자들도 있지만 중류 계급 이상 가문의 출신들이며 인텔리들이며 교수와 예술가들도 있다고 한다. 히피는 핵무기를 싫어하며, 전쟁

을 반대하고 평화를 사랑하며, 그들의 주목적은 사람과 사람이 서로 사랑하며 즐겁고 재미나게 사는 거라고 한다. 악기를 뜯으며 노래를 부르고 춤을 추며 아름답게 몸과 주위를 꾸미고 재미나는 장난감을 만들어가지고 놀며 즐기는 생활, 기계 문명을 등지고 자연 속에 묻혀 사는 즐거운 원시생활을 기계 문명에 지치고 피로한 도시인들이 누구는 싫다고 할까. 간악하고 악착스러운 장사치들 틈에 끼여 살다가도 수염 기른 예술가나 히피의 무리를 볼 땐 마음이 편안해진다.

공원에는 저수지가 있고 호수가 있고, 연못이 있고 경기장은 물론이요, 야외음악당, 노천극장, 동물원을 비롯한 어린이의 놀이터 등등으로 그 규모의 크기와 시설로는 세계에서 제일갈지도 모른다. 거목이 울창한 숲이 있고 언덕과 넓은 잔디밭이 있어 시민이나 여행자들이 가족끼리 애인끼리 또는 단체로 떼를 지어와서 주말이나 공휴일에는 넓은 공원이 가득하도록 즐기지만, 평소에는 호젓하리만큼 사람의 그림자가 뜨문뜨문하다. 시간에 얽매이지 않는 우리는 이러한 호젓한 시간의 공원을 가장 흐뭇하게 즐긴다. 이 맨해튼 섬에 이러한 공원이 시설되어 있지 않았다면 숨이 더 콱콱 막혔을 거다.

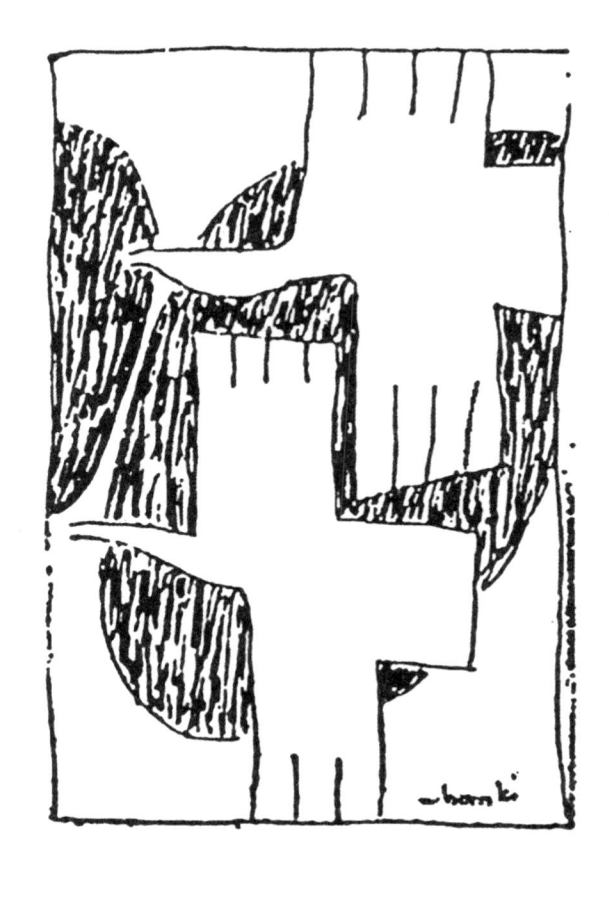

루이지애나전

　루이지애나는 미대륙 서남부에 위치한 쬐끄만 주인데 미대
륙이 통일되기 이전 라틴족이 통치했던 지방이라 불란서적인
전통이 남아 있는 곳으로 알려져 있다.

　우연히 사귄 루이지애나의 여류작가들이 여러 해를 두고
자기들 사는 곳에 와서 전람회를 해달라고 했으나 뉴욕 사람
들은 루이지애나라면 미국에서 국민소득이 제일 적고 문화 수
준이 얕은 후진 지역이라고 인식하므로 미술전이 별 성과를 거
두지 못할 거라고 했고, 사실은 뉴욕에서 1,400마일이나 되는
먼 거리를 다녀올 시간적 여유도 없어서 미루어 왔는데 지난
연말에 갑자기 전화가 왔다. 문화센터라는 것이 생겼는데 뉴욕
의 휘트니 미술관에 지지 않는 큰 방^{Gallery}가 있으니 정월 한 달
전람회를 해달라고.

　우리는 뉴욕전을 막 끝낸 다음이라 전람회보다는 연말 여
행이라도 하고 싶었던 차라 그쪽에 갔다가 가능하면 멕시코까
지 가볼까 솔깃해져서 가겠다고 응낙을 했다.

　여행을 떠나는 것은 즐거우나 전람회 준비란 언제나 골치
아픈 일이다. 캔버스에 그린 유화 대작을 뜯어서 말고, 한지에

그린 유화 소품들을 종이상자에 담아서 차에 실었다.

　1월 28일

　아침 일찍 떠나자고 했는데 가스(gasoline 유류파동) 소동으로 기름통을 채우는 일에 아침나절을 소비하고 열두 시경에야 겨우 뉴욕을 빠져나갈 수 있었다.

　73년은 가을 내내 비도 안 오고 날씨가 좋았고 봄날같이 따뜻하기만 했다. 남쪽으로 향하는 길이니 더 따뜻할 수밖에.

　뉴욕을 벗어 나가니 하늘도 넓고 땅도 넓고, 넓고 넓은 평야가 있고 우거진 삼림이 있고 하이웨이 가스 스테이션(주유소)마다 가스도 풍부했다. 서남쪽으로 새파란 하늘만이 무한히 뚫린 하이웨이를 달리니 오래 묵었던 잡념이 비로소 씻기는 듯 마음과 몸이 가볍고 시원해짐을 느끼다. 뉴저지를 벗어나고 메릴랜드에 이르면서부터는 창문을 열어도 좋았다.

　해가 질 때까지 달리다가 모텔에 들면 되고 레스토랑에서 먹으면 되니까 걱정할 일이 없었다. 리치먼드 부근에서 낙조落照를 보고 아주 캄캄하기 전에 모텔을 찾자고 했다. 좀 젊었다면 번갈아 운전을 하며 밤에도 달릴 수 있겠는데 나의 운전 능력은 신용을 잃어, 낮에만 달리고 밤에는 잠자기로 약속했다.

　모텔은 편리하지만 들락날락하는 차소리에 잠을 잘 수가 없다. 그러나 종일 차 안에 있던 피로와 편안한 침대가 어쨌든 여행자의 피로를 풀어준다.

이튿날 아침은 날씨가 한층 더 좋았다. 포크송Folksong으로 귀에 익은 버지니아 평원과 목장 지대를 지나 노스 사우스 캐롤라인을 지나면서 워터게이트 히어링 커마티의 위원장 어빙 노인의 고향이란 생각을 하다. 뉴요커들은 어빙 노인을 컨츄리 로이어Lawyer라고 하지만 선량한 미국 농부의 인상이다.

무한히 뚫린 길, 무한히 넓은 평원, 목장, 목우牧牛, 비도 맞고 눈도 맞고 대자연 속에서 자라는 목화밭, 흑인들의 판잣집, 노예성, 마틴 루터 킹의 꿈, 이런 것들을 생각하며 슈리브포트 Shreveport에 이르다.

해지기 전에 집을 찾아야겠는데 방향감각을 잃어서 이리저리 헤매다. 여기엔 흑인과 백인이 따로 살고 있다. 흑인들은 온 가족이 백인 집에 머슴살이로 온다. 남편은 바깥일 머슴을 살고 아내는 안에 들어와 빨래와 청소와 요리를 거든다.

우리를 초대한 여류작가들, 사토Sartor, 포터Porter, 버지니아 Virginia들이 우리를 번갈아 초대하다.

어느 한여름 어느 동리의 백채 가까운 집을 보러 다녔으나 모두가 똑같은 시설에 비슷한 생활 도구, 오리지널 그림 한 폭 걸린 집을 못 봤다. 기껏해야 일본 우키요에 프린트를 거는 것이 고작이었으나 루이지애나는 모두가 각기 개성 있는 골동을 수장하고 그림들을 걸고 생활의 안목이 구라파와 비슷했다.

아침에 일어나 아트센터 회장에 나가는 길. 꼿꼿한 낙락장

송에 설화雪花가 핀 벌판을 여러 구비 넘어서 도심에 이르다. 이렇게 무한히 넓은 솔밭을 처음 보다.

회장은 충분히 넓었다. 최대 작 두 폭을 나란히 걸고 좌우편에 가로세로 100호를 걸고, 이어서 종이에 유채 40점을 걸다.

오프닝에는 이 마을 인사들이 다 나왔다. 수화의 일기에는 '모두 그렇고 그런 것들'이라 했다.

상상의 풍경화

　미국에 10년을 살며 잃은 것도 많지만 얻은 것 또한 많은 것 같다. 이렇게 오래 살아보지 않았으면 미대륙이 이렇게 크다는 실감이나 미 국가가 이민족들로 형성되어 시작된 짧은 역사를 지닌 합중국이라는 실감을 오늘처럼 확실히 느껴지는 못했을 거다. 또 동양과 서양의 정반대 되는 자연과 인간의 성격이라든가 유태민족이나 흑인의 생리를 이해하지 못했을 것이며 자본주의와 민주주의를 경험할 기회도 없었을 거다. 민주주의국가에서 대통령이 비판되고 해부되는 언론의 자유라는 통쾌감은 지상에서 미국만이 가지고 있는 국민의 특권인 것 같다. 민주주의와 또 법치 국가라는 법의 오묘한 구성과 로이어Lawyer라는 존재와 모순성 등-, 십 년을 사는 동안에 그러한 것들 어렴풋이 알게 된 것 같다.

　해가 동에서 떠서 서쪽으로 지는 자연의 섭리대로 동양과 서양은 상반되는 성격을 지니고 있는 것이 재미난다. 사람의 용모도 서양인은 입체적인데 동양인은 평면적이고 사고의 세계도 서양인은 구체적인데 동양인은 추상적이다. 따라서 구체적인 행동에선 남는 것이 없지만 추상적인 경우에는 행동 이외에 남

는 것이 많다. 내가 십 년을 살며 잃은 것은 이 구체적인 행동을 배운 것이요, 얻은 것은 많은 추상적인, 앞으로 구체화될 수 있는 행동— 다시 말해서 생활의 계획을 얻은 일일 거다. 누구에게나 지나간 십 년보다는 앞으로의 십 년이 더 소중한 것은 말할 나위도 없다. 다만 다가오는 십 년에 생활의 계획이 어느 정도로 실행에 옮겨질 것인가는 미지수이며 따라서 또 많은 추상적인 계획이 얻어질 것이고 그것들은 다시 그 앞으로 다가올 세월로 미루어질 것이며 나의 생명이 연장되는 한 지속될 거로 안다.

십 년을 미국에 살며 내가 보고 듣고 느끼고 한 것들은 누군가의 참고가 될 것을 믿기 때문에 우선 십 년의 일기와 스크랩을 정리해서 몇 권의 책을 엮으리라는 구체적인 행동에 이르는 것인데 요새 나는 이상한 버릇이 생겨서 해가 나는 날이면 실내의 광선이 아까워서 일기나 스크랩을 정리하는 일보다는 빛깔을 다루어 한 폭의 그림을 만드는 일에 더 재미를 붙이게 되었다. 미대륙을 여행하면서 포착한 아름다운 풍경들이 뇌리에서 사라지지 않고 싱싱한 기억으로 남아 있는 동안에 한 폭씩 그림으로 만들자는 욕심이 생긴 거다. 미국의 땅덩어리는 지구상에서 가장 자연의 혜택을 많이 받고 있는 복지인 것 같다. 땅덩어리가 크기 때문에 가도 가도 끝없는 원시림이 있을 수 있고 기기묘묘한 절경들이 이루어지는 것 같다.

절경들이 아름다운 빛깔로 가득 차 있다. 겨울은 겨울대로 여름은 여름대로, 그리고 봄 가을은 한층 더 아름다운 빛깔로 가득 채워진다. 오월이 되면서 나날이 푸르러가는 색채의 변화는 그대로 미학의 교과서이다. 그래서 나는 오월에 몇 폭의 풍경화를 만들었다. 나의 풍경화는 어느 풍경 앞에 이젤을 세우고 사실한 그림이라기보다는 기억에 따르는 상상의 풍경이라고 할 수 있을 거다. 절경의 어느 부분을 포착해서 나의 감정과 정서를 집어넣는 자유 자재로운 창작의 세계이며 그렇기 때문에 제작의 즐거움이 따르므로 일기와 스크랩의 정리는 자꾸만 미루어지게 마련이다. 나의 상상의 풍경화는 동양인의 추상적인 사고 세계의 여운이 모아진 것이랄 수 있다.

봄과 여행

　　5년 전 파리에서 돌아오니까 누가 권하기를 유니버시티 메릴랜드에 불어 강사로 나가면 대우가 괜찮을 거라고 하기에 이력서를 내놓았다. 그랬는데 거의 1년이 다 가도 감감무소식이어서 단념하고 있는데 하루는 동경 본교로부터 강사 채용의 통지서와 함께 강사료 명세가 왔는데 한 강좌에 50불이라고 했다. 그때 나는 얼마나 좋아했는가. 1년만 계속하면 빚도 없어지고 저축도 생기고 동경이나 미국에 여행도 할 수 있을 거라고 즐거운 꿈을 꾸었다.

　　서울 분교에서 다시 통지가 오기를 기다리는데 삽시간에 봄은 가고 여름 방학이 지나고 다시 새 학기가 되자 나는 더 기다릴 수가 없어서 직접 분교를 찾아갔다. 그러나 학교는 나의 기대와는 반대로 불어 클래스가 하나밖에 정원이 안 돼 있고 불어 강사가 한 사람 있으니까 불어 강사는 당분간 필요치 않다는 거가 아닌가. 나의 실망은 컸다. 이력서를 내놓고 1년, 채용 통지를 받고 또 1년이 지난 무렵이었으니까.

　　나는 아예 다시는 그런 기관에 취직할 생각을 하지 않기로 하고 나대로 개인 강좌를 가져 보기로 했다.

사실 나는 불어학이 나의 전공인 것은 아니다. 프랑스 말을 좋아해서 배웠고 기왕에 배운 것을 잊어버리지 않기 위해서 다른 사람을 가르쳐 보고 싶을 뿐이고 또 그것이 나의 취미이기도 해서이다. 그러나 개인 강좌를 가지니까 수강생은 자연히 학생들이요 학생들은 야간 시간이 아니면 안 되었다. 한 일 년 야간 강좌를 계속해 보니 여간 피로한 것이 아니었다. 그런데 그해 겨울에서야 그것도 학기 도중에 정월부터 나와 달라는 소식이 다시 메릴랜드 서울 분교에서 왔으나 이번에는 내가 시간이 없어서 거절하는 수밖에 없었다.

그러나 개인 강좌를 그만두고 메릴랜드에 나가 볼까 하는 유혹이 머리를 들기 시작했다. 나는 드디어 강좌를 그만두고 메릴랜드에 나가기로 정했다. 그런데 구체적인 조건을 문의해 보니까 이것은 또 동경 본교에서 보내왔던 강사료의 명세서와는 터무니없는 차이가 아닌가. 실로 한 강좌 한 시간에 1불이라는 어처구니없는 보수라고 했다. 그럼 1불과 50불의 차이는 어디서 오는 것일까. 따지면 여러 가지 이유가 없는 것은 아니다. 어쨌든 나로서는 한 강좌 한 시간에 1불이라는 보수로는 너무 싸서 못 하겠다고 했으나 무심한 제 아이들이 프랑스말을 가르쳐 달라고 앉아서 기다리는 것을 그냥 두고 나올 수가 없어서 한 시간을 가르쳐 주고 온 일이 있다. 그 이후로 메릴랜드에는 누가 무슨 말을 한대도 영 정이 떨어지고 말았는데 한번 맺어

진 인연은 쉽사리 끊어지지 않는 모양으로 이번에는 또 느닷없이 동경 본교 졸업식에 참석하지 않겠느냐는 초대장이 오지 않았는가. 사실은 4년째 관계를 맺고 있는 학교지만 강의는 한 시간밖에 한 일이 없다. 그래도 명단에 있다고 해서 초대한 것을 보니 반갑기도 하고 또 잠깐 동경 여행이라는 것에 쌈빡한 구미가 안 당기는 것도 아니어서 나는 냉큼 참석하겠다고 답장을 띄웠다.

그뿐만 아니라 동경에는 둘째 딸이 살림을 하고 있다. 아이들을 잠깐 보고 온다는 것은 얼마나 신이 나는 일인가. 미리 알리지 말고 살짝 가서 아이들을 깜짝 놀래주고 오리라고 즐거운 계획을 세웠다.

무엇을 좀 갖다 줄까. 인삼? 인삼차? 김이나 참기름, 그렇잖으면 근사한 한복을 한 벌 해다 줄까, 아버지 그림을 하나 갖다 줄까.

저희들이 가끔 인편에 보내오는 것을 보면 플라스틱 빨랫줄이니 빨래집게니 병마개니 샴프니, 저희 딴에는 여기 없고 거기서 신통해 보이는 거라서 보내오는 모양인데 우리가 보기에는 일본 상품이란 기껏해야 프랑스를 중심한 구라파의 모방인 것만 같다.

동경에 가면 그림 재료나 좀 사 올까, 그 밖에 사 오고 싶은 것은 없을 것 같고 생선회나, 사근사근한 새우 덴푸라나 먹어

보고 싶었을 뿐이다.

그림 재료도 일본 것을 사다 쓰느니 구라파 것으로 직수입해다 쓰면 훨씬 질이 좋고 값도 쌀 것이다.

화창한 봄날 남의 군용기를 얻어 타고 현해탄을 건너간다는 것이 그 옛날 관부연락선을 타고 현해탄을 건널 때 멀미도 하고 이동 경찰한테 시달리는 동포의 모습을 보며 억울하기도 했던 회상을 가져오기도 했다.

졸업식은 3월 24일이니까 아직 한 주일이 넉넉하게 남아 있었다. 그 무렵이면 벚꽃이 활짝 만개하리라. 한국보다 한두 달은 철기가 앞설 것이니 봄이 충분히 익을 무렵일 거다.

그런데 그러한 나의 꿈은 실로 허망하게 부서졌다. 하필이면 3월 26일을 개전開展 종일로 잡아 두었던 것인데, 그것을 까맣게 잊고 여행할 계획을 하고 있었으니 말이다. 마지막 비행기 편의 연락을 받고 하는 수 없이 이 즐거운 여행을 포기했다. 아버지 개전 안내장 뒤에다 딸아이에게 쓰기를 '미리 알리지 않고 살짝 가서 너희들을 깜짝 놀래줄 계획을 했는데 아버지 전람회 때문에 그만 우리의 즐거운 꿈이 깨졌다. 그러나 이 봄에는 너희들 보러 가볼까 한다……' 써 부치고 나니 정말 가고 싶어진다. 사실은 공짜 여행쯤 가도 좋고 안 가도 그만 정도였는데 그것을 포기하고 나니 불현듯 목이 마르게 가고 싶어진다.

나는 다시 지금이야말로 차분한 여행 계획 세워 보는 것이

다. 봄도 좋지만 여름에 가서 아이들을 데리고 산장에 가서 놀다 오는 맛도 즐거우리라 싶다. 기왕이면 아버지 어머니 함께 가서 저희들 먹을 것도 사 먹이고 쓸 것도 사주고 싶다. 이 아이는 어려서 얼굴도 새까맣고 코도 많이 흘려 제일 못생겼다고 구박하던 아이인데 꽃필 나이가 되니까 모두 저보고 예쁘다고 한다고 좋아하던 아이다. 층층시하 가족이 많은 집으로 시집가겠다고 해서 식구를 웃기더니 층층시하 아닌 호젓한 가문에 시집가서 또 겸하여 이국에 가서 살게 되어 외로워서 집에 오고 싶은 생각에 하루에도 몇 번씩 훌쩍거린다더니, 요새는 좀 나아졌을까. 공연히 아이들 보러 간다고 들뜬 마음을 이리저리 가라앉히면서 무슨 인연처럼 봄이 되면 곧잘 여기저기 여행을 하게 되었던 일들을 생각한다. 봄은 마치 여행과 인연 되는 계절이었던 것 같기도 하다.

1980-1990년대

퐁다시옹(파운데이션)을
아브뉴 드 와그람Wagram으로 옮기고

여기 와그람 집은 방이 밝아서 좋다. 부엌도 밝아서 좋다. 참 쬐끄만 방이다. 그러나 나는 창밖으로 건너다보이는 옛 건물의 낡은 파리를 마음껏 즐기면서 추우면 난방장치를 틀고 더우면 창문을 열 수 있는 현대 건물에서 사는 것에 만족한다.

집안에 들어서면 두꺼운 벽에서 오는 냉기로 춥기만 했던 모트 피케Av. de Motte Picquet 집에서 잘 이사 왔다고, 마음이 편안하다.

20 수년 전에 처음 파리에 왔을 땐 이 아름다운 파리를 부수고 현대 건물을 짓자고 한 르 코르뷔지에를 미친 사람이라고 비웃었는데 오늘 나는 파리 시민의 건강을 위해서 옛 건물들이 고쳐져야 한다는 생각에 공감한다. 그 지긋지긋한 미뉘트리Minuterie [자동 타임스위치]가 없어지고 언제나 형광등으로 밝혀진 밝은 복도가 좋다. 누르면 소리 없이 오르내리는 승강기도 편리하다.

회색 하늘 아래 시커멓게 출렁이는 세느와 더불어 아름다운 파리를 사랑했지만, 지금은 푸른 하늘 아래 눈 부신 태양과 더불어 아름다운 파리가 좋다. 태양은 사랑 같은 것. 어제 종일 쬐었어도 오늘 다시 햇볕이 없으면 못 견디게 아쉽다.

월주, 봄의 소리, 동남

〈월주月舟〉, Whanki, 1959, 캔버스 위의 유채 40호.

로스앤젤레스에 사는 김봉태로부터 〈Korean Culture〉라는 소책자를 받다. 김환기 특집을 하겠다고 해서 재료를 보낸 지 여러 달 만에. 그런데 p.21, Plate 3의 그림의 화제 해석이 엉망으로 틀려 있다. 〈월주月舟〉를 해와 달이라고 했다. 기사 중에는 그림의 L 형상을 산山이라고 해석했다. L 형태는 애급의 많은 그림들에 나오는 배[舟]. 그래서 이 그림은 〈달밤의 배〉인데······

김환기의 메모 중에는 화제란 '보는 사람이 붙이는 것'이라고도 했지만 화제란 그림을 구별하기 위해서고, 또 이렇게 작가가 확실한 화제를 붙였을 때는 〈산과 달〉하는 거와 〈달배月舟〉는 그림에 대한 해석이 전혀 달라진다.

〈봄의 소리〉, Whanki, 1966, Linen 위의 유채 100호.

얇은 울트라 마린으로 얼룩진 바탕에 적·청·녹의 갸름한 색점이 산재해 있는 그림이다. 1966년(4/19~5/21) Tasca(타스

카) 전에 나갔다가 16년 만에 집에 돌아오다. 불량한 이태리 여화상 A. Tasca가 팔아먹고 도망간 후 13년이 되는 어느 날 캘리포니아에서 B. Strong이라는 사람한테서 전화가 오기를 여기 몇 폭의 김환기 그림이 있는데 사지 않겠느냐고.

P 화랑이 곧 경찰에 연락해서 FBI가 타스카를 잡았으나 법의 절차를 밟는 동안에 타스카는 더 멀리 달아나서 숨어버렸다. FBI한테서는 다룰 중범죄가 너무 많아서, 그림 도둑보다 급한 사건이 너무 많아서 이 사건을 더 계속하지 못한다는 보고가 왔다. 변호사를 시켜서 한 점을 찾고 포기하다.

우리는 타스카가 도망쳤을 때 괘씸한 생각을 얼마 동안 했지만, 그림들은 무사히 있을 것과 후일에 반드시 나타나리라는 것을 확신했다.

〈봄의 소리〉는 아랫도리에 약간의 습기를 먹고 마麻 몇 오라기가 흩어져 나갔다. 구겐하임 수리실에서 돌아온 것이 9월 16일. 벽에 거니까 봄이 온 듯 온 방 안이 화창해지다.

〈동남東南〉(South East), Whanki, 1965, Linen에 유채 100호.

맑은 공기와 따뜻한 햇빛이 드는 곳을 우리는 동남향이라고 한다.

어느 날 뉴저지 어느 국민학교 선생한테서 전화가 오다. 김

환기 그림을 가지고 있는데 가격을 알고 싶다고. 그림의 내용을 물으니까 타스카화랑 전시작품인 것을 그냥 알 수 있겠기에 P화랑에 소개해버린다. 내가 관여하기는 기분도 나쁘고 또 골치 아픈 일이기 때문에 그림이 잘 보관되어 있는 사실만이 나에겐 중요하다. 누가 가졌든 얼마에 사고팔고 한 것엔 나는 관심이 없다. 작품사진을 보고 타스카화랑 전시작품 그림들을 며칠 동안 머릿속에 하나 가득 담았다가 털어버린 후다. 누가 그 그림을 샀다고 하면서 가지고 왔다. 반가움과 저려오는 마음과 착잡한 감흥을 억누를 길이 없었다. 회고전에 〈봄의 소리〉와 같이 나란히 걸어보자는 것으로 자위하다.

이집트 여행

카이로에 오다. 애급[이집트] 여행은 불편할 거라고 해서 미리 호텔을 예약했는데도 방이 없다고 잡아뗀다. 파리서 Agence가 영수증을 가지고 가라고 했던 이유를 알았다. 영수증을 내보이니까 그때야 움직인다. 국제호텔 힐튼은 미국과 똑같고 불편할 것이 없는데 다만 긴 옷을 입은 애급 안내인들이 어디서든지 손을 벌리는 데는 질색. 엘리베이터를 탈 적마다 손을 벌리니 웃을 수밖에.

카이로 미술관은 미술관을 100개도 만들 수 있을 만큼 미술품이 창고처럼 가득 차 있다. 미술관 정원에 세워진 〈우는 호랑이〉 앞에서 사진을 찍다. 많은 인상적인 조각 중에서도 특히 이 〈우는 호랑이〉의 조각이 더 실감을 내고 있었다.

Nile, The Pharaoh, Pyramids of Giza, Sphinx, Sahara. 사진으로 눈에 익은 기자의 피라미드, 국민학교 때 익히던 애급의 역사, 나일강, 그 강변에 이루어진 문화와 역사, 사막에 해가 저문다는 일락日落의 노래와 낙타를 타고 가는 왕자와 왕녀의 로맨스가 떠올랐다.

저녁에 침대차를 타고 한잠 자고 나면 Luxo에 닿는다고 했

다. 룩소에는 불佛인이 설계한 일급의 미술관Karrak이 애급의 문화를 자랑하고 있는데 출판물이 빈약해서 그림엽서를 사려고 하니까 감춰두었던 그림엽서를 이 사람이 한 뭉치 저 사람이 한 뭉치 가지고 나오는데 암거래 시장처럼 가격이 달랐다.

저 아름답고 웅장한 아스완 댐을 만든 나세르Nasser의 위대성도 이 골짜기에 미치기까지는 아직도 아직도 먼 것이 아닐까.

왕릉의 계곡Valley of King : 수천 년을 땅속에 묻혀 빛을 내고 있는 아름다운 왕릉의 벽화를 춤추는 무회를 비롯한 찬란한 문화와 예술의 기록. 그 오리지널을 보니 반가웠다.

아부 심벨Abu Simbel : 66t. 장관인 폭포를 감상하는 일은 일정과 차편이 맞지 않아서 이루지 못하다.

아스완Aswan : 애급 여행에서 돌아온 사람들은 모두 이 '사막의 오아시스'의 실감을 얘기한다.

마로니에의 노래

지금도 부러운 것은 갈리마르 같은 출판사에서 나오는 포켓북Livre de poche[문고판]의 예쁜 책들이다. 가볍게 손에 안기며 읽히는 책들.

30년 전에 처음 파리에 갔을 때 수화가 무엇보다도 부러워한 것은 문고판 책들이었다. 책은 책장에 꽂는 장식용이어서는 안 된다. 가볍게 손에 들고 읽히는 책이라야 한다고. 우리도 돌아가면 책을 이렇게 만들자고 했다. 그래서 62년에 『巴里』(파리)를 출간할 땐 종이백 표지를 고집했다. 표지를 장정하되 위는 마로니에꽃의 분홍으로, 아래는 세느강의 푸름으로.

62년대 서울서는 딱딱한 종이로 이중 표지하는 호화판 장정이 유행했었다. 가까운 친구는 왜 책을 이렇게 냈는가, 돈이 많이 들어서 딱딱한 표지를 안 했느냐고 물어서 종이백을 시도한 의도를 설명할 길이 없었다.

몇 해 만엔가 『파리』는 절판되었다. 무슨 필요성에서 책을 찾았을 때 집안에는 한 권도 없었다.

그 후 훨씬 세월이 흐른 어느 날 가까운 친구가 뜻밖에도 『파리』를 들고 와서 "이 책을 재판하시고 꼭 책을 돌려주세요."

한다. 종이백의 표지화는 종이의 퇴색을 따라 꾀죄죄하게 때를
입고 있었지만, 마로니에의 분홍 꽃이며 푸른 세느강이 우리들
의 추억을 담뿍 안고 있었다. 나는 이 표지의 빛깔을 다시 싱싱
하게 살리기 위해서 재간再刊할 생각을 했다.

　겉표지는 다른 그림으로 하되 안엔 초판初版의 장정을 그대
로 빛깔을 생생하게 살려서 보관할 생각이었다.

프리환기의 제정

2월도 열흘이 가까웠으니 이달은 벌써 다 간 거다. 곧 3월이니까 나는 또 파리로 떠날 짐을 꾸려야겠다고 생각하는데ㅡ. 파리로 떠날 때 꾸리는 짐이래야 언제나 작품 사진들과 스케치북, 그것들을 가져갔다 가져왔다. 그림을 뜯은 후 말아서 가져갔다 가져왔다. 파리에 두고 오면 여기서 필요하고 여기 두면 거기서 필요하고, 언제나 이 일들이 끝이 날 건지, 이번 회고전을 하고 나면 어지간히 정리가 되리라는 가벼운 마음으로 가지고 갈 사진들을 정리하는데ㅡ. 우편물이 왔다. 5월전 카탈로그에 들어가는 글들을 보내왔다. 교정을 봐서 보내라고. 1

전시회 준비 중 가장 중요한 것은 카탈로그를 만드는 일이다. 카탈로그는 기록을 남기는 역할을 하기 때문에 작가를 가장 충실하게 다루어야 한다. 따라서 작가를 깊이 이해하는 비평가를 선택해서 글을 쓰게 해야 한다.

어느 나라나 비평가에겐 적어도 2, 3개월 정도의 시간적 여유를 주고 자료를 충분히 제공해야 한다. 내일모레가 마감인데 밤을 새워서 쓴 글이란 질이 얕은 비평가의 경우일 테니 반드시 글을 검토해 봐야 한다.

사실 나는 이번 카탈로그 편집에는 미술관 측에서 추천하는 새사람을 쓰려고 했는데 로베르가 좀 섭섭한 얼굴을 하는 것 같아서 기왕에 두 번이나 화집을 다룬 사람이고, 오히려 나보다도 더 상세하게 작품을 알고 있을 것이라는 생각이 들어서, 새사람보다는 신경이 덜 쓰일 것이니까 맡겨도 되지 않나 하는 안심에서 다시 그에게 맡겼던 것이다.

2년 전부터 계획하면서, 카탈로그에 쓸 수 있다는 비평가를 여러 사람 추천하기에 믿고 있다가 막상 청탁하려니까 기대한 사람들은 이미 스케줄이 꽉 차서 담당한 것 이상은 더 맡을 수 없는 사정이라고 했다.

그림에 대해서 쓸 사람, 데생에 대해서, 과슈에 대해서 쓸 사람 등 세 분야의 비평가의 글이 있어야겠는데 데생과 과슈는 레베크 Jean-Jacques Lévêque, 부이에르 Claude Bouyeure 등이 쓰니까 문제가 없는데 그림에 대해서는 쓸 사람이 마땅치 않았다. 레베크가 데생에 대해서는 이미 썼으니까 자기가 그림에 대해서 쓰고 싶다고 했다. 그럼 데생은 누구에게? 로베르 말이 자기한테 맡기라고 해서 맡겼던 것이다.

그런데 오늘 보내온 원고를 읽어보니 내가 제일 싫어하는 글이다. 동경서 미술 공부한 것을 일본의 영향을 받은 것처럼, 또 동경 화랑 전 카탈로그의 사이토[사이토 요시시게齋藤義重]의 글을 인용하는 등, 이 비평가는 일본의 문화가 한국에서 건너간

사실을 전혀 모르고 있었다. 우리는 동경서 공부했지만 유럽의 미술을, 또는 세계문학을 공부했으며 되도록 일본의 영향을 안 받으려고 노력했었다. 실은 영향을 받을 것도 없었고 일본이란 우리들 생리에는 맞지도 않았다.

하필이면 모처럼의 카탈로그에 그런 글을 넣다니 화가 나서 곧 전화를 걸었다. 데생에 관한 글을 때라고, 이런 글을 넣고 싶지 않다고.

"지금 다시 새 글을 구할 수는 없는데—."

"없으면 안 넣으면 되니까 빼란 말이오."

내가 곧 갈 테니까 더 진행시키지 말고 중단하도록 명령했다.

그러나 곧 갈 수도 없었다. 한 달쯤 걸릴 여기 일들을 처리하기 전에는.

사실 파리의 회고전은 훨씬 일찍 열렸어야 했다. 1975년 상파울루 비엔날레 회고전에 이어서 파리시 미술관에서 열도록, 당시 상파울루 비엔날레의 커미셔너인 라시뉴Jacques Lassaigne와 약속이 되었던 건데 라시뉴가 어떤 사건에 휘말리면서 개인 사정으로 약속을 지키지 못해서 이루어지지 않았다. 그때 했다라면 오늘까지 이런 시간 낭비와 도로徒勞는 없었을 것이다.

라시뉴도 고인이 되었지만 나는 그동안 얼마나 정신적인 괴로움을 겪었는지 모른다.

나는 할 수 없이 P화랑을 통해 피악Fiac Paris에 참가하기 시작

했다. 그러나 이 화상전畫商展은 작품만 하나 둘 없어질 뿐이며 작고한 작가에 대해서 아무런 대접이 되지 않았다. 그래서 네 번째 참가를 계기로 그만두어야겠다는 결심을 했다.

차라리 작가를 위해서 프리 환기Prix Whanki 같은 것이라도 해볼까? 그래서 했던 것이 프리 환기('85. 5. 14~6. 14)이며 예상외로 평이 좋았다. Whanki도 더 널리 유럽 각처에 알려졌다. 조그만 상인데도 불구하고 파리를 중심 한 유럽의 젊은 미술인들은 고무적인 환성을 보내왔다. 그것이 계기가 되어 이번 5월 전에 이어서 재단Whanki Foundation의 젊은 작가전(87. 6. 23~7. 30)이 열리기로 된 것이다.

수장收藏의 의미
-예술품도 숨을 쉬는 생명체

예술은 다이아몬드나 금덩어리가 아니다. 다이아몬드나 금은 소유한 사람의 가치와 상관없이 그 자체의 가치를 발휘하지만, 예술은-, 예술작품을 소유하는 사람의 가치 기준에 따라서 가치가 변한다.

누가 한 폭의 그림을 얼마만큼의 금덩어리에 해당하는 돈을 지불해 샀다고 해서 그것을 궤짝에 넣어 골방에 넣어두고 있다고 한다면, 그 그림은 가치를 상실하고 죽어버릴 것이다.

그림은 사람하고 같은 공기를 마시고 같은 먼지를 쐬며 생명체처럼 살아갈 때 비로소 광채를 발휘한다.

또 수장가는 자동적으로 사회참여의 자격이 부여된다. 누가 한 폭의 피카소의 그림을 갖고 있다고 할 때, 어디서 그 에포크에 해당되는 피카소 전을 열게 된다고 대여 요청이 왔을 때 대여를 거부할 수 있을까? 거부한다면 이 수장가는 사회참여의 자격을 상실하고 만다. 전람회는 하나의 문화행사이다. 문화를 거부하는 무식한 사람은 미술 수장의 자격이 없다.

나는 10주기 전(1984)을 서울에서 할 생각은 미처 하지 못

했다. 여기서 할 일이 아직도 많았기 때문에, 그러나 연거푸 여러분의 의논을 받고 이 관장의 편지도 받고 해서 (사실은 김세중 관장 때 거행했지만) 그러면 그 방면의 인사들이 조직해서 하도록 부탁했다. 그러나 내가 참여하지 않으면 불가능하다고 해서 할 수 없이 재단 소장所藏으로 되어 있는 최대폭 두 점과 구겐하임 미술관 소장품을 빌려 갖고 갔다. 서울에 보관되어있는 작품을 합하면 충분히 회고전이 될 거라고 생각했기 때문이었다.

서울에 보관된 작품들 〈어디서 무엇이 되어 다시 만나랴〉, 〈호월壺月〉, 〈산월山月〉 또 40년대 〈나무와 달〉 같은 작품을 아이들이 팔아 없앨 줄은 몰랐다. 그 밖에 많은 작품들을 저희들이 가지고 있었는데 보관용을 손댈 줄은 몰랐다.

팔았으면 할 수 없으니까 빌려다가 전시하도록 지시했으나 한 번 산 사람은 내놓지 않는다는 거다. 실로 여기는 문화에서 소외된 지역이구나! 또 유족으로서는 얼마나 수치스러운 일인가!

나는 얼른 단념하는 수밖에 없었지만 10주기 전 주위의 사람들은 불평을 계속했다. 그럴 수밖에 없는 것이 어째서 〈어디서 무엇이 되어 다시 만나랴〉 같은 작품이 서울 안에 있으면서 10주기 전 같은 중요한 회고전에 출품되지 않는 건가? 이것은 용서할 수 없는 일이라고들 분개했다.

이런 연유로 하여 세계의 미술관에 기증하리라는 내 생각은 굳어만 갔다.

퐁피두 미술관에 작품을 기증하고

86년에는 독일의 여러 도시에 새로 생긴 미술관을 방문했다. 뒤셀도르프에서 조금 떨어진 곳, 차로 30분이면 가는 거리에 있는 한스 홀라인Hans Hollein이 지었다는 그리 크지 않은 아담한 미술관. 문을 없애고 기둥과 벽으로 연결시켜 집 전체가 조각과 그림으로 융합된 하나의 작품으로 이루어진 아름다운 미술관이 있다. 큰방 둘에는 하나 가득 사이 톰블리Cy Twombly의 일급만으로 채워져 있었다. 또 86년 뒤셀도르프에서 개관한 웅장한 미술관은 아직 작품이 차 있지 않았다. 퀼른도, 동백림[베를린]도, 나는 어느 미술관이든 보관만 잘 되면 기증할 생각을 한 것이다.

퐁피두 미술관, 퐁피두Pompidou의 꿈으로 괴상하게 세워진 미술관, 무슨 기관機關의 내장과도 같은, 천장도 벽도 없는, 떠 있는 느낌을 주는 이동하는 벽을 가진 미술관. 건축은 이태리인, 관장은 스웨덴인, 무슨 외인부대의 척후소斥候所 같은 인상을 주었다. 도무지 파리와는 조화되지 않는 괴물 같은 건물이었다.

여기에다 어떻게 그림을 갖다 거느냐고 현대미술관에서 옮

겨오는 것을 반대한 유족들도 있었다. 나도 75년에 처음 에스컬레이터를 타고 올라갈 때는 대단히 불안감을 느꼈다. 여기다 어떻게 그림을 갖다 거나, 어떻게 맡기나? 또 하루하루 드는 막대한 유지비, 불란서는 그렇게 부자도 아닌데 - 만일에 무슨 일이 발생할 경우 여기 수장된 그림들은 어떻게 될 것인가? 그렇다고 시市 미술관의 캄캄한 아래층에 거는 것은 싫고.

그러나 차츰 에스컬레이터에도 익숙해지고 85년에는 부분적으로 벽도 만들고 바닥은 나무로 짜서 먼지 안 나게 고쳐서 미술관의 면모를 갖추기 시작했다.

미술관에 기증하겠다고 해서 다 받아들여지는 것은 아니다. 우리 미술관은 당신의 기증품을 받을 의사가 없다고 거절당했을 때 겪어야 하는 불쾌감을 예상하고 나는 오랫동안 망설였다. 그러나 지금 나는 더 기다리거나 망설일 시간이 없다. 그래서 편지를 썼다. 거절하면 다른 미술관에 또 다른 미술관에 물어보자고 -.

그랬는데 뜻밖에도 곧 회신이 왔다. 이것은 우리들 공동의 사업이며 기꺼이 구입도 하고 기증도 받겠노라면서 몇 폭이나 기증하겠느냐고 물어왔다. 몇 폭? 그것은 생각하지 않았기 때문에 당황했다.

글쎄 -, 대여섯 폭을 생각하는데 -. 그래서 다섯 폭을 기증하기로 했다.

분신과도 같았던 작품과의 이별

어쩌면 미술관에서 그림을 고르러 올지도 모른다고 해서 말아 두었던 그림들을 다시 틀에 끼워 세워 놓았다.

1인치 남겨놓고 천장에 꽉 찼다. 3폭의 대작들, 이 그림들은 수화가 2인치를 잘못 계산한 속을 만들어서, 71년 P화랑 전에 반출할 때 문에 걸려서 나가지 않았었다. 할 수 없이 속을 톱으로 잘라 접어가지고 반입해서 화랑에서 다시 이었던 거다. 그래서 전시회 때마다 뜯어서 말았다가 다시 메꾸는 과정을 밟아야 했다.

수화는 코튼(목화)으로 작업을 하면서부터는 적당한 목재를 사다가 손수 속틀을 만들었다. 전문가들이 만든 새시(속틀)는 나무가 코튼을 받기에 너무 무거웠다. 새시를 만들어서 코튼을 메워서, 아교를 끓여서 바탕을 바르는 작업을 시작하면 대작(115×85inch) 한 폭이 완성되기까지 40일이 걸렸다. 1년에 9폭 내지 10폭을 생산하는 쉴 새 없는 과정이었다. 하루 10시간 이상의 작업으로.

우리 하늘의 푸르름, 따사로운 봄, 개나리 진달래 피는 화사한 봄, 가을 봄 여름 없이 꽃 피고 새 우는 산. 거기 엇갈리는 해

와 달과 별들과 이런 정든 것들과의 이별의 노래를 엮어놓고 예술이라 이름 지어 남겨놓고 사람은 갔다.

상파울루 비엔날레 때 걸어놓고 느끼던 그 흥분과 열띤 의욕이 지금은 없다.

이제는 그림 앞에 서면 그냥 저려오며 폭삭 가라앉아 재가 되어버릴 것만 같다.

내 정신이 아직 또렷할 때 이별의 의식을 갖추고 망막에서 거두어 두자. 그러고 나서 나는 퍽 쓸쓸할지도 모른다.

여기 160W. 73가는 셔만 스퀘어 스튜디오Sherman Square Studio라고도 부른다. 이 집은 금세기 초에 뉴욕시가 음악가들을 위해서 지은 집이다. 방음을 위한 두터운 벽, 높은 천장, 캘리포니아산産 홍송紅松으로 바닥을 깔고 놋으로 만든 예쁜 손잡이가 달린 고전적인 창문들이 있어 제법 우아한 분위기를 지닌 건물이다. 저 길 건너 브로드웨이의 안소니아 호텔과 같이 내셔널 랜드마크(국가 보호 건물)이다.

우리가 이사 오던 20년 전 이 집 로비에는 양벽에 색유리 모자이크 장식이 있었고 여러 가지 악기의 릴리프Relief가 붙었었고 악기들을 상감한 전등갓이며, 바닥은 회색 타일을 깔고 군데군데 루비 빛과 분홍을 섞어서 그림처럼 아름다웠다.

거리에 나가면 브로드웨이와 암스테르담 애비뉴가 삼각을 이루는 지점에 로코코식 건물의 중앙은행이 있고 그 앞에 은행

나무 고목이 우거진 사이에 베르디 스퀘어라는 작은 공원이 있어서 한 5분쯤 걸으면 닿을 수 있는 강가나 센트럴 파크까지 가지 않아도 바람을 쏘일 수가 있었다.

이 집이 세워진 초창기에는 유럽의 유명한 음악가들이 여러 사람 이 집을 거쳐 갔다고 했다. 우리가 왔을 무렵에는 갈라미안이 아직 있었는데, 점차로 레슨으로 생활하는 이류, 삼류 음악가들이 머물게 되면서 주중에는 이방 저 방에서 노래와 피아노 소리로 시끄러울 때도 있었다.

청운의 꿈을 안고 건너왔던 유럽의 음악가들이 여러 사람 이 집에서 고인이 되어 나가기도 했다.

이 집에서 화가는 처음으로 우리뿐이었다.

이 방 저 방에서 흘러나오는 음악이 아니라도 수화는 베토벤을 틀어놓고 또는 라디오 WQXR에서 나오는 명곡을 들으며 작업하는 시간이 많았다. 그래서 제하여 듀엣이라든가 #316 같은 음악을 소재로 한 작품이 창조되기도 했다.

6월

김환기가 뉴욕에 머무른 시간은 11년(1963. 10~1974. 7)이다. 편의상 타이틀을 '뉴욕 10년'으로 하자는 데 합의를 봤다.

이 베리에 미술관은 직역하면 국립조형예술센터Centre National des Arts Plastiques라고 하겠지만 여기 사람들은 뮤제 베리에Musée Ber-ryer라고들 부른다.

건물은 로스차일드Rothschild의 저택이었으나 오래전부터 미술성이 빌려서, 퐁피두 미술관이 생기기까지 이 베리에가 현대미술관의 역할을 했다고 한다.

아르망, 세자르들의 데뷔 전시가 이 후원 잔디에서 열렸었다고 했다.

내가 미술성에 Whanki 회고전을 신청하니까 그냥 이 베리에 미술관을 쓰라고 했다. 그래서 뤼 베리에 11번지를 찾으니까 외모는 근사한 대리석 기둥으로 세워진 전 세기 스타일의 저택인데 내부는 천장을 얕게 고치고 벽은 베이지색으로 바른 것이 누리끼리하게 낡았으며 거기에 인도 현대미술전이 열리고 있어서 직감적으로 우리 그림은 여기 안 맞는다고 느꼈다.

벽을 희게 하기 전에는 우리 그림은 걸 수 없을 거라고 거절

하니까 미술성은 벽이고 천장이고 마음대로 고쳐서 쓰라고 한다. 그 비용이 얼마나 든다는 것은 미처 생각지도 않고 공동주관이라는 것에 합의해 버렸다.

불란서는 아직도 세계에서 1위에 위치하는 문화국이다. 합의만 보면 문화행사 진행에는 잘 훈련된 선수들이다.

저 누리끼리한 벽을 어떻게 희게 할 것인가? 하얀 망사를 쳐보았댔자 안에서 어두컴컴한 빛깔이 솟아 나오리라고 짐작됐다. 또 저 천장은 어떻게?

그러나 얇은 망사를 겹쳐서 투명한 순백의 벽을 만든 데는 감탄했다. 천장도 사각문양을 따라서 순백으로 고쳤다.

사실은 김환기 1956년에서 1959년까지 파리 체류 시기가 없었으면 파리 회고전은 불가능했을 것이다.

파리에서 세 번, 니스, 브뤼셀에서의 도합 5회에 걸친 개인전 기록이 있어서 미술성은 첫마디에 회고전을 승낙한 것이다.

1955년 4월 20일에, 왜 나는 혼자서 파리에 왔던가!

우리는 6·25 전쟁을 겪고 그 지긋지긋한 부산 피란살이 3년을 거두고 1953년 6월엔가 소위 환도라고 서울에 돌아왔다. 폐허가 된 서울은 가로수만이 무성했고 우리는 다시 감상과 흥분에 젖었다. 수화樹話는 곧잘 술이 얼근하게 취해서 귀가했는

데 어느 날 절실한 심정을 토로했다.

"도대체 내 예술이 어디(세계 수준)에 위치해 있는 건지 알 수가 있어야지 -."

"나가봐! -."

"어떻게? -."

"내가 먼저 나가 볼게 -."

나는 다음날 불란서 영사관을 찾아갔다. 그 당시는 대사도 영사도 없고 영사 대리 브리용 바르 씨가 있었다. 파리에 가고 싶다니까 그냥 비자 같은 것을 여권 만들기 전에 내주었다.

아이들은 학교에 다녔고, 어머니의 승낙을 얻는 일이 힘들었지만, 어느 정도 준비가 되었을 때 알아들으시도록 양해를 구하니까 그럼 빨리 다녀오라는 말씀을 하셨다.

나는 그때 〈파리 기행〉을 '서울신문'에 연재했다. 일 년 만에 (1956. 4) 수화가 오기까지 소르본느, 루부르, 알리앙스 후랑세즈, 아카데미 그랑드 쇼미에르 등에 다니면서 공부했다. 미술관, 화랑 등을 두루 방문한 것은 물론이고,

그것이 30년 후 파리에서 뉴욕 10년 전을 열게 되는 계기가 되리라고는 물론 아무도 생각하지 않았다.

파리 시대의 기록은 중복되므로 여기서 생략한다.

1959년 4월 우리들은 서울에 돌아왔다. 다시 4·19와 5·16을 겪었다 (후일에 기록되겠으므로 생략).

파리에 나와서 부분적으로나마 세계 미술과 접한 김환기는 1960, 61, 62, 63, 우리 미술의 세계 미술에의 접근을 위해 열의를 올렸다. 우리의 젊은 미술인 양성(미술교육), 국제 미술전 참가를 부르짖고 몸소 참가해서 상파울루 국제전 참가의 길을 열기도 했다.

어떤 기록에는 김환기의 이 시대를 가리켜 사회적 성공이라 했는데 이것은 착각이다. 예술가에게 그러한 명성이라는 것은 자기 파멸의 길이다. 다행히 수화는 스스로 깨닫고 어느 날 수첩에, '행정이란 썩은 것과 타협하는 것, 나는 단호히 이것을 물리치리라—'는 결의를 적고, 미술 단과대학을 구상했던 꿈을 유감없이 버렸다.

1963년 김환기는 상파울루 비엔날레에 참가해서 임무를 수행한 후, 뉴욕에 내렸다.

하늘도 넓고 땅덩어리도 크고 건물도 높고, 허드슨강은 바다를 느끼게 하는, 이 모든 큼직큼직한 스케일이 맘에 들었다.

또 옛 친구 브루노^{Bruno}를 만나서 그 허드슨 강가의 전망이 시원한 리버사이드 드라이브 14층의 아뜰리에를 빌려 쓸 수 있었던 요행으로 제작을 계속할 수 있었으며 그해 겨울 스탬포드 미술관 아세아 3인 전에 출품할 수 있었다.

나는 64년 6월 10일에 뉴욕에 내렸다.

"1964년 6월 3일 내가 서울을 떠나려고 여권을 받던 날 오후 3시. 빗속에 학생 데모가 들끓는 속을 삼엄한 바리케이드 속을 뒷길로 돌아, 정문으로 간신히 들어와(외무부는 중앙청 1층) 지금 만들어지고 있는 여권을 기다려요. 거의 다 됐는데 아직 관인官印이 안 찍혔군요. 언제나 우리는 평화롭고 즐겁게 살 수 있을까. 눈물이 핑 돌아요. 누구의 잘못이랄 것 없이 우리 모두의 민족적인 비극 같아요.

오후 4시. 여권번호는 ○○○이라고 알려주어, 수입인지를 사가지고 기다리고 있는데 데모대가 바리케이드를 뚫고 중앙청 마당에 몰려들어 왔어요. 손에는 돌멩이들을 쥐고. 나는 여권과에 갇혀서 있다. 여기 직원들하고 손님 몇 사람하고, 문들을 닫고 바깥공기를 살피는 거야. 청년이 울고 있었어요. 학생들 얼굴을 보니 눈물이 난다고. 오늘은 고대생들, 아까 치과齒科에 들렀을 때 오늘 치과대생도 가담했다고 하더니 이내 데모대 고함 소리가 들리고, 길이 막히고, 삽시간에 이렇게 퍼졌군요. 어제도 빗속에 학생, 경찰 충돌이 있었어요. 어제는 종일 비가 왔지.

밤 11시. 어떻게 해서 집으로 돌아왔는지, 오늘은 전장에 있었던 것 같아요. 5시에 여권을 받아 가지고 빗속을 나오는데 삼청동 쪽 담을 넘어서 나가라고 해서 담 앞에까지 이르렀는데, 다시 중앙 문을 열면서 데모대 포위 속을 뚫고 나가라는 거야.

좀 젊었으면 아무렇지도 않았을 텐데, 나는 최루탄이 무서워서 숨이 차게 뛰었지. 중학동 청계천이 묻힌 길을 비 맞으며 막 달렸지. 어문각에서 약속이 있어서 동대문행 합승을 탔는데 문리대 데모대에 막히고, 막히고. 최루탄이 지나간 길을 걸어도 눈이 아프군요."

앓는 서울을 두고 떠나와서 우리들은 마음이 편할 수 없었다. 또 두 가지 과제가 남아 있었다. 막내를 데려다가 출가시키는 일, 또 한 놈 데려온 놈은 반항기에 날마다 말썽을 부려서 학교에 안 가고 경찰이 공원에서 잡아 오고 선생한테선 호출이 오고ㅡ.

나의 뉴욕 초기는 이런저런 일로 해서 2, 3년이 흘렀을 거다.

우리들이 정말 우리만의 시간을 갖고 우리 하고 싶은 일에만 몰두할 수 있었던 것은 불과 5, 6년이었을 거다. 또 늙기 전에 돌아가야겠다는 생각에 마음이 바빴으나 끝낼 수 없는 작업이 시작되어 "결국 사람은 꿈을 가지고 무덤에 가는 건가?" 하던 자문自問처럼.

70대의 바다는 하루

　내일은 돌아가야 하는 하루 남은 바다를 즐기려고 아침나절 물에 들어갔으나 썰물 밀물 중간에서 깊이가 낮았다가 갑자기 깊어진다. 깊은 데서 일어설 자신이 없어서 되돌아 나오다. 첫날처럼 잔잔한 물결을 걸어 들어가서 가슴에 닿는 마치 알맞은 평균된 깊이에서 마음 놓고 떠보는 물의 조건이 좀처럼 이루어지지 않는다. 나는 물에서 나와 모래 위를 한없이 걷다가 나의 여름 바다는 하루에 끝난 것 같은 기분이 들었다. 사실 첫날 하루로서 일 년에 한 번 나오는 바다는 충분하지 않았던가! 젊어서처럼 한여름을 바다에 살고 싶어 하던 욕망이 줄어든 것 같다. 아니면 그럴 시간에 여유가 없어진 거다. 솔제니친처럼.

　타임 잡지에 솔제니친의 모습이 나오다. 버몬트Vermont, 울창한 숲에 묻혀 하늘을 우러러보고 서 있는 사진과 인터뷰 기사. 팔자도 좋구나. 저런데 묻혀서 글을 쓰니! 그러나 거기 혹 72세 나이가 주는 압력이란 글이 눈에 들어온다. 조국에서 추방당한 작가, 17년? 18년이나 되었을까? 그때 우리는 뒤따라오는 가족이 무사히 합류되기를 얼마나 걱정했던지 모른다. 그 애기가

자라서 전 미국 고등학생 최우수상을 탔단 소식을 2~3년 전에 읽은 기억이 있다. 솔제니친은 타향에서 늙고. 그러나 오늘 그의 조국은 그를 다시 부르고 있다. 톨스토이의 스케일에 도스토예프스키의 모랄을 담은, 전쟁과 평화보다 더 방대한 장면을 쓰는 거라고, 달콤한 소설 같은 읽히는 글이 아니고 꼭 읽어야 할 사람이 읽기 위해서 쓰는 역사의 기록이라고, 그렇다. 사람은 누구나 하고 싶은 얘기가 있듯이 쓰고 싶은 얘기가 있는 거다. 요새 사람들(우리나라)은 남의 얘기를 잘 듣지 않는다. 자기 생각에만 골몰하는 에고Ego 때문에 ─. 그래서 나는 언제부턴가 내가 하고 싶은 얘기를 글로 써야겠다는 생각을 하게 되었다. 인간의 70대는 남녀도 빈부도 없다. 다만 하나의 인간이 살다 간 기록이 있을 뿐이라는 생각에 이른다.

금혼기념전

(1994년 10월 20일 ~ 11월 20일)

50년은 참으로 긴 시간이다. 혼자 살아남아서 이 지루한 시간을 맞는 느낌이다.

5월 1일, 우리를 축복해 주신 분들이 거의 이 세상을 떠나시고 안 계시다. 그분들 중에서 몇 분의 그림과 글씨가 남아 있어서 회고전을 꾸며 볼 생각을 했다.

위창 오세창 선생이 써 주신 열 폭의 글씨를 표구해서 한 번도 쳐보지 못한 채 말아서 가지고 다니던 것을 병풍으로 꾸몄다. 이것은 국보이기에 환기미술관에 영구 보관한다.

근원 김용준 선생이 그려주신 〈수화 소노인 가부좌상〉은 참으로 유머러스하면서도 예술성이 강하게 풍겨오는 그림이다. 수화는 이따금 이 족자를 꺼내서 걸어놓고 바라보며 즐겼다.

영운 김용진 선생의 '풍란'.

우리가 원서동에 잠깐 살았을 때 김용진 선생께서 안국동

에 사셨는데 하루는 우리 집에 놀러 오셨다. 우리가 제주에서 온 풍란을 정성 들여 가꿔서 꽃을 피웠는데 선생을 모셔다가 약주를 대접하면서 풍란을 완상하시도록 했던 것 같다. 대문에 들어오시면서 "아, 난향이 대단하오." 하시던 선생의 음성이 떠오르는 것 같다. 선생을 서울대학에 모셔 왔는데 선생께선 소위 오늘의 월급이라는 것을 사양하시며 "아직은 내 먹을 것이 있어서." 하시더라고 수화한테 전해 듣다.

근원 김용준 선생은 우리가 가장 가까이 모셨던 선배이셨다. 선생이 손수 지으신 노시산방老柿山房을 우리가 물려받아서 여러 해를 살았고 어머니께서 왜 서울서 살지 산골에서 사느냐고 하도 불평을 하셔서 시내로 이사 온다는 것이 원서동 2층 비원이 내려다보이는 골짜기에서 한 해를 살다가 수화는 아래 성북동 32-1을 구해서 다시 산골로 나갔다.

여기서 6·25를 맞았고 부산으로 피난 갔다가 오니까 가재도구는 다 없어지고 소주 독에 묻었던 간장만이 남아 있었다.

우리는 이 집에서 결심하고 외국으로 나왔다. 세계는 어떻게 되어 있는 것일까. 수화의 고민인, 도대체 나의 위치는 세계 미술의 어디에 위치해 있는 것일까?

파리에서 4년 살고 서울 돌아와서 4·19, 5·16을 겪고 다시

나와서 70년에 돌아간다는 것이 포인덱스터 화랑을 만나서 늦어졌고 수화는 74년에 세상을 떠났다. 그 뒷수습을 하는데 20년이 걸리다. 결혼 50년 금혼식이라는 것은 나에게 어떤 형벌 같이 느껴진다.

사람은 왜 뜻대로 살아지지 않는 것일까? 자기의 죽음도 자기 자신은 모르는 것이다. 다만 친구가 있어서 얘기를 주고받으며 같이 죽어 갈 수 있다는 것이 중요한 일일 거다. 그래서 금혼식의 의미가 있는 거다.

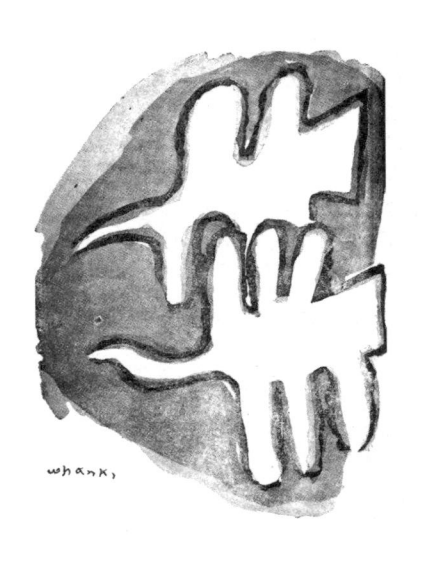

회고

동해童骸

나는 이상李箱 이전에 결혼한 일이 없다. 내가 어렸을 때부터 집안에 드나들던 오빠 같은, 보호자 같은 존재가 하나 있었는데 그것을 이상은 과대망상에서 일착이니 이착이니 하는 치졸한 이야기를 엮었다. 나는 그것이 우리 얘기를 쓴 거라고 세상 사람들이 생각할 줄은 생각지도 않았다. 그 줄거리는 터무니없는 거짓말- 완전한 가상이기 때문에.

엊그제 처음으로 만난 평론가가 「동해」의 줄거리를 실제로 있었던 얘기라고 지금껏 생각하고 있어서 나는 어이가 없어서 할 말이 없었다.

"「종생기終生記」의 모델이 선생님이 아니시라는 실례實例를 들어주세요. 더러 문학 평론하는 친구들도 사실이라고 해석해요."

「종생기」는 이상의 창작이다. 그 내용과 같은 사실이 없다. 사실이 있었으면 내가 왜 그 원고를 없애지 않았을까. 첫째 그 허구의 편지-. 나는 그런 유치한 편지를 쓴 일이 없다. 치마폭에서 S의 편지 운운한 그 유치한 멜로드라마를, 평론한다는 사람들이 곧이듣다니-. 나는 절간, 요정에 이상과 대좌한 일이 없다.

나는 후천적 근시後天的近視일 뿐 난시亂視도 색맹色盲도 아니다. 어려서 살결이 까매서 하얘지라고 어머니가 옥잠화 꽃잎 속에 장분을 묻었다가 아침마다 분 세수를 시켜주셔서 최희다 못해 파랗다는 얘기를 이상은 매춘하면서 자라난 살길(살결) 운운으로 수식했다. 나를 만나기 이전부터 이상의 문학에는 창부와 소녀가 대조적으로 등장한다.

창녀에겐 마조히즘 소녀에겐 사디즘으로, 「종생기」는 고대 애급의 풍습이던 잔인한 생매장生埋葬 같은 거다. 주인공이 중생하기 위해서 무고한 소녀를 생매장한 거다.

우리 문학은 반세기가 지나도 여전히 평론 이전에 서서 작품의 분석은 도작품을 그대로 작가의 비오그라피로 해석해서 「슬픈 이상(86)」이네가 아직도 나오고 있다.

「종생기」를 평생의 걸작인 양 쓰고 있다고 한 사신私信은 이상의 해학이며 농弄이다.

이상은 「종생기」나 「失花」를 쓰러 동경에 가지 않았다. 본격적인 작품을 못 쓰고 미완성으로 타계한 거다.

실화失花

구식말로 하면 병적인 의처증, 요새 말로는 피해망상 같은 거.

이 병적인 것이 이상 문학의 성격이다. 상식적인 추리, 상상을 뛰어넘어서 심연을 파헤쳐서 스스로 처입히는 것을 향락하는 어쩌면 결핵균이 만드는 고열高熱의 상태가 만든 작희作戱였을지도.

작품 중 가상, 소녀의 과거를 고문하고 동이 틀 무렵 얻는 - 아, 그 장구한 시간! - 것이 이 작가의 엑스터시의 극치極致이다. 병적인 환상幻想의 향락享樂.

"그 각설탕 얘기는 뭔가요?"

"나도 50년 후에 처음 읽은 얘긴데 - 그런 무슨 비슷한 사실은 있었던 것 같다. 나는 오빠가 경영하던 다방에 커피와 음악이 좋아서 학교서 파하면 한 번씩 들렀지. 다방에 들어가면 한편 구석 자리에 조용히 앉았지. 혹 들고 간 책이 있을 땐 책을 꺼내서 읽으면서 음악을 듣고 있으면 레지 아가씨가 그냥 커피를 가지고 왔지. 나는 커피를 맛있게 마시면서 음악을 좀 더 듣다가 오빠가 나한테 오면 오빠 얼굴 한번 쳐다보고, 가끔 용돈도 얻어가지고 집에 왔는데, 하루는 갑자기 주위가 시끄러워지는 것

같더니 레지 아가씨가 설탕 그릇을 들고 가는 것을 보았어. 내 옆 테이블에 상이 와 앉았다가 설탕을 만졌다는 것 같애."

그 며칠 후던가 오빠가 내 앞자리에 와 앉더니

"이상이 앓는대 -."

나는 왜? 하고 묻지 않았다.

"병이 났대 -."

그래도 나는 왜냐고 묻지 않았다. 오빠는 연거푸

"널 좀 소개해 달랜대 -."

아, 그때야 나는 그냥 오빠보고 끄떡, 고개로 괜찮다는 의사를 표시했다.

그것이 임종국의 창작 일화 「이상이 선보러 가던 날」을 만들었다.

감상과 추억

시간과 함께 사라진 망각의 세계의 기억들이 혹 하나. 둘 되
살아나올 때가 있다.

1930년대 나는 상^喪을 잃고 착잡한 젊은 날을 방황하는데,
"너의 어머니가 위독하시니……"라는 아버지의 친서를 받고,
나는 어머니 영전에 설 면목이 없어서 가지 않았다.

나의 어머니, 사랑한 것도 존경한 것도 아니지만 나는 언제나
어머니 편에 서 있었다. 시대와 사회와 남편에게 순종했을 뿐인
평범한 일생, 예순도 못돼서 가셨고, 사 남매는 뿔뿔이 흩어졌다.

나는 외조모를 본 일이 없다. 외조부가 무남독녀로 귀히 기
르셨다고 아끼시던 기억뿐이다. 어떻게 해서 나의 아버지한테
재취로 결혼하신 건지 나는 그러한 사정을 모른다. 알고자 생
각한 적도 없다.

늦은 나이에 나를 낳으시느라고 난산으로 고생, 아버지가
나를 받으시느라고 명주 솜바지 저고리가 쥐어짜게 땀으로 젖
었었다고, 애기를 받아놓고 대청에 나가니까 동짓달 만월이 휘

영청 밝더라는 말씀을 여러 번 듣다. 동쪽 숲에 묻힌 옥이라고 동림東琳이란 이름을 지으셨다(구슬림 琳-).

나의 언니는 어머니를 닮아서 살결이 희고 눈이 크고 아름다운데 나는 닮기는 닮았으나 머리가 빨갛고, 살결이 까매서 곧잘 아버지가 너는 저 다리 밑 숯장수한테서 데려왔다고 놀려서, 나는 울음을 터뜨리면 아무리 아버지가 다시 빌어도 언제까지 노여움으로 그칠 줄 모르고 울었다.

어머니는 아침마다 옥잠화玉簪花 꽃잎에 묻었던 장분으로 분세수를 시켜주셨다. 살결이 하얘지라고. 그래서 나는 희다 못해 파랬다.

머리는 자라면서 다갈색으로 짙어지다. 옥잠화, 꽃, 맨드라미, 한련들이 우거졌던 유년 시절의 우리 집 마당이 선히 떠오른다.

나의 어머니의 추억이란 이런 것들, 또 내가 여학교 다닐 때 어머니는 신문소설 「찔레꽃」, 「백화」의 애독자셔서 저녁마다 진행되는 이야기의 줄거리를 들려주셨다. 나는 다른 책을 읽느라고 신문소설은 안 읽은 것 같다.

어머니, 나는 오늘 이렇게 오래 살고 있어요. 지겹게도. 아니지요. 나는 하루하루가 준엄해요. 오늘 다시 한번 더 저 태양을 바라본다는 것이 큰 의미를 주지요. 그래서 오늘도 나는 무슨 뜻 있는 일을 해야겠다고 맘먹는 거지요. 하루하루가 살기 힘

에 겨워요. 늙어가는 거지요. 언젠가 한 번은 이렇게 당신을 생각하려던 오늘이 온 거지요. 나는 그저 어머니! 하고 한 번 불러보면 그만인 거야요.

추억

나의 열네 살 때는 밤색 세라 제복을 입고 붉은 벽돌집 경기여고 도서실에서 살았다. 학과 시간 사이의 쉬는 시간까지를 이용해서 친구와 경쟁하면서 도서실 안의 책을 다 읽자고 했다. 다 읽었대야 『세계문학전집』(일역)이었던 것을.

여학교 일학년 때 광주학생사건이 일어났다. 사학년 언니들이 종을 치면 공부하지 말고 교정으로 나오라고 했다. 우리들은 교정으로 나가려고 막 신발을 바꿔 신는데, 교장 선생이 앞질러 뛰어와서 "너희들 다친다."고 소리 지르면서 마당으로 나가는 문을 잠가버렸다.

그래서 우리 학교는 데모에 참가하지 못했다. 그리고 거리에서 남학생들의 돌팔매질을 맞기도 했던 일들.

* * *

처음으로 석정막石井漠 무용단 공연이 부민관에서 열리다.

최승희崔承喜가 따라가서 제자가 되고 해마다 공연에 오다. 우리나라 최초의 여류 현대 무용가, 한복에 장고를 메고 모더나이즈한 장구춤을 추어서 민족의 감흥을 일깨웠던 황홀한 밤의 감동.

1955년 파리에 가니까 사십 대 이상의 사람들은 모두 강용흘姜鏞訖 씨의 『오 뻬이 뒤 마땅 깔므Au Pay du Matin Calm』 [조용한 아침의 나라]을 읽었다면서 당신네 나라는 참 선비의 나라더라고, 그리고 최승희의 아름다운 장고춤 얘기를 했다. 백 사람의 외교관보다 한 사람의 예술가가 얼마나 큰 문화 사절의 역할을 하는가를 실감으로 느꼈던 일.

강용흘 씨의 영문 원저 『Grass Root』는 담담한 자서전自敍傳 같은 거지만 그때까지 구라파에 일본이나 미 선교사들에 의해서 소개되었던 한국의 이미지를, 문화를 가진 민족으로 바꾸는 데 충분한 역할을 했다고 본다.

* * *

또 나의 전문학교 시절엔 구라파의 영화가 쏟아져 들어왔다. 르네 클레르, 뒤비비에, 자크 페데 등의 〈상선 테나시티〉, 〈자유를 우리에게〉, 〈외인부대〉 같은 영화들을 감명 깊게 보다.

서울의 전문학교들은 연극 붐을 일으키고 고리키의 〈어머

니〉, 체호프의 〈앵화원〉[벗꽃동산]들을 상연했던 함대훈, 유치진, 이현구, 모윤숙, 노천명들이 연출했던 〈앵화원〉 무대도 기억에 떠오른다.

우리가 산을 넘어 다닐 때는 서로들 모른 척했지만 연극을 보러 다니면서는 우리들 남녀 학생들은 자유롭게 사귀었으며 친구가 되기도 했다. 연전, 세전, 보전 생들.

* * *

이상시대李箱時代는 여성의 가치관이란 중세기에 머물러 있던 때라 사랑한다는 것은 소유한다는 것 외에 별 의미를 갖지 않았던 모양으로, 여성의 자유사상은 곧 방종으로 해석되고 순수한 언행은 의심을 자아냈고 그래서 불안하고, 불행하고, 고독하고, 그랬던 것이 아닐까.

사랑이란 믿음이다. 믿지 않으면 사람은 서로 사랑할 수 없다. 믿는다는 것은 서로의 인격을 존중하는 거다. 곧 지성知性이다.

나는 건강한 청년 이상과 결혼했다

　나의 오빠의 소개로 처음 이상을 만났을 때 이상은 밤색 두루마기의 한복 차림이었고 쭉 한복을 입었다. 후리한 키에 곱슬머리가 나부끼고 수염은 언제나 파랗게 깎았다. 우뚝 솟은 코와 세 꺼풀 진 크고 검은 눈이 이글거리듯 타오르고 유난히 광채를 발산했다. 수줍은 듯 홍조紅潮 짓는 미소가 없으면 좀 무서운 얼굴이었을 거다. 그러나 언제나 수줍은 듯 사람을 그리는 듯 쓸쓸한 웃음을 짓는 모습과 컬컬한 음성이 나의 기억에 남아 있다.

　이상이 폐를 앓았다고 했지만 기침하거나 각혈하는 것을 본 일이 없다. 나는 건강한 청년 이상하고 결혼했다. 「오감도」와 「날개」를 발표한 후다.

　이상의 문학은 작가가 발표한 시 「오감도」와 소설 「날개」와 수필 「산촌 여정」 외 몇 편을 들어서 평가되어야 할 거다.

매문용賣文用 꽁트식 잡문雜文도 썼다

　　이상은 동경으로 가자마자 매문용賣文用(원고료를 벌기 위한)으로 꽁트conte식 잡문을 여러 편 만들었다. 일경日警이 모두 압수押收했지만, 이 잡문들은 정치적 사연이 없기 때문에 흐트러진 채로 버려둔 것을 내가 얼마 동안 간직하고 있다가 서울을 떠나게 될 때 동생 운경雲卿에게 맡겼다.

　　이상이 작고한 후에 발표된 이러한 글들은 이상의 미발표未發表의 작품은 아니다. 「실화失花」, 「종생기終生記」를 기억한다.

　　이상李箱은 다행히 진보적 사상을 가졌던 백부 밑에서 자라나서 적령適齡을 놓치지 않고 진학했다. 이상은 그 시대에 가장 진보적인 교육을 받았다. 건축과 미술과 시를 동시에 습득했다.

　　이상李箱에게 재간은 건축과 미술이요, 인간의 바탕은 시인이었다고 할 수 있을 거다.

오감도

이상의 문학은 쉬르의 영향은 받았지만, 그리고 막 태동胎動한 실존實存 의식이 움트기도 했지만, 「오감도」는 쉬르도, 다다도 아니다. 반세기 가까이 지나서 구라파에 유행한 개념槪念의 예술 - 시詩는 보고(그림처럼), 그림은 읽는(詩처럼) - 을 시도한 거로 본다.

동양의 불길한 '까마귀'와 서양의 불길한 숫자 '13'을 구성해서 무서운 그림을 그린 거다.

十三人의 兒孩가 다라나오

제一의 아해가 무섭다고 하오

제二의 아해가 무섭다고 하오

제三의 아해도 무섭다고 하오

제四의 아해도 무섭다고 하오

......

처음엔 열세 아이가 가지각색의 모양으로 달아나는 모습이 재미나게 보이다가, 점점 무서운 모습의 아해들로 변한다.

무서워하는 아해와 무서운 아해가 뒤섞인다. 다시 그것이
아해들이 아니고 그 시대에 사는 우리들 자신의 모습이 된다.
　　까마귀가 내려다보니까, 우리들은 무서워서 달아날 곳을 찾
지만, 땅 위에는 숨을 곳도 달아날 곳도 없었던 -. 그래서 무서
운 아해와 무서워하는 아해들의 전쟁이 벌어진다.
　　이 까마귀는 일본이었을 거다. 그러나 이 시詩는 동족同族한
테서도 이해되기 불가능해서 그 당시의 '조선중앙일보'에 몇 회
인지 실리고 중단되었다.

차원 높은 인간의 꿈을 갖추었던 이상李箱

이상은 천재天才다. 천재는 천재로 탄생하는 거다. 천재는 쉴 새 없이 생각하고 생각을 창조하기 때문에 속인俗人들 눈에는 말 없는 아이, 우울한 소년으로 보이는 거다.

탁월한 재주, 통찰력洞察力, 투시력透視力과 차원次元이 높은 인간의 꿈을 갖추었던 이상은 물론 그 당시에 반일反日 사상을 의식적으로 쓴 것은 아니다. 그러나 식민지 공기를 호흡하면서 자라난 청년의 핏속에서 자연현상自然現象으로 발로發露된 것이 아닐까. 동시대同時代를 같이 살아온 우리에겐 공감共感되고 이해가 간다.

으레 검문당하면서도 한복을 즐겨 입었다

　　동소문東小門 밖에서 시내에 들어오려면 우리들은 혜화동 파출소를 지나야 했고 반드시 검문檢問에 걸렸다. 특히 한복 차림의 이상은 수상한 인물의 인상을 주었지만 보호색保護色으로 바꾸려 하지 않고 하루 한 번씩 일경日警과의 언쟁言爭을 각오하면서도 어머니가 거두어주시는 한복을 편하다고 즐겼다.

　　이상의 불행不幸은 식민지 치하라는 치명적인 모욕감을 당했을 때 치미는 분노憤怒와 저항 의식이었다고 본다.

　　한 번도 나는 이런 얘기를 그와 나눈 적은 없다(공감으로 충분했으니까). 우리들은 영문학이나 러시아문학을 얘기했고 음악은 베토벤보다는 모차르트를 좋아한다고 하면서, 모차르트를 들으면 천재天才의 초조해하는 모습이 그냥 보이는 것 같다고 했다.

　　이상은 구라파를 안 보고도 동경에 가니까 일본이란 그대로 구라파의 모조 축소판임을 발견했다.

　　이상문학의 중요한 이마지나시옹想像, 비약飛躍, 자학自虐, 또는 해학諧謔의 높은 차원 등을 이해하지 못하고, 하나의 통속소설가처럼 또는 실화소설實話小說로 해석하고 잡문에 나온 또

는 일화 속에 나왔다는 주인공의 모델을 찾느라고 고민했다(이 저자는).

이상李箱은 가장 천재적인 황홀한 일생을 마쳤다. 그가 살다 간 27년은 천재가 완성되어 소멸되는 충분한 시간이다. 인간이 팔, 구십 년 걸려서 깨닫는 진리를, 4분의 1의 시간에 깨달아버릴 수 있는 경우, 사람들은 이것을 가리켜 천재라고 한다. 천재는 또 미완성未完成이다. 사람들은 더 기대하기 때문에.

식어가는 손을 잡다

　나는 열두 시간 기차를 타고 여덟 시간 연락선을 타고 또 스물네 시간 기차를 타고 동경에 닿았다. 동대東大 병원 입원실로 직행直行하다. 이상의 입원실, 다다미가 깔린 방들, 그중의 한 방문을 열고 들어서니 이상이 거기 누워 있었다. 인기척에 눈을 크게 뜨다. 반가운 표정이 움직인다. 나는 무릎을 꿇고 그 옆에 앉아 손을 잡다. 안심하는 듯 눈을 다시 감는다. 나는 긴장해서 슬프지 않았다. 어떻게 해야 살릴 수 있나, 죽어간다고는 믿어지지 않았다. 상箱은 눈을 떠보다 다시 감는다, 떴다 감았다.

　귀에 가까이 대고 "무엇이 먹고 싶어?", "셈비키야의 멜론"(千疋屋의 멜론)이라고 하는 그 가느다란 목소리를 믿고 나는 철없이 천필옥에 멜론을 사러 나갔다. 안 나갔으면 상은 몇 마디 더 낱말을 중얼거렸을지도 모르는데……

　멜론을 들고 와서 깎아서 대접했지만, 상箱은 받아넘기지 못했다. 향취가 좋다고 미소 짓는 듯 표정이 한 번 더 움직였을 뿐 눈은 감긴 채로. 나는 다시 손을 잡고 가끔 눈을 크게 뜨는 것을 지켜보고 오랫동안 앉아 있었다.

담당 의사가 운명殞命은 내일 아침 열한 시쯤 될 것이니까 집에 가서 자고 아침에 오라고 한다.

　　나는 상箱의 숙소에 가서 잤을 거다. 거기가 어디였는지 지금 생각이 안 난다. 다음 날 아침 입원실이 열리기를 기다려서 그의 운명을 지키려고 그 옆에 다시 앉았다. 눈은 다시 떠지지 않았다. 나는 운명했다고 의사가 선언할 때까지 식어가는 손을 잡고 있었다는 기억이 난다.

나 변동림卞東琳은 이상李箱의 주인공이 아니다

　유해실에서 몇몇 유학생들을 만난 것 같은데 그 이름들이 기억에 떠오르지 않는다.

　그 후 그 복잡한 병원의 절차를 밟아서 유해를 받아 안기까지 나는 몇몇 밤을 긴장으로 새웠다.

　나는 상箱의 유골을 안고 또 기차를 타고 연락선을 타고 또 기차를 타고 서울에 왔다. 상의 어머니 곁에서 몇 밤을 지나고, 미아리 묘지에 안장安葬하다. 비목碑木에 묘주墓主 변동림卞東琳을 기입記入했을 뿐 웬일인지 나는 그 후 한 번도 성묘省墓하지 않았다.

　그 후 이상의 시비詩碑는 세워졌을까. 비문에는 시 「오감도」가 새겨졌을까.

　이것이 나, 이상의 아내였던 변동림이다. 이상의 꽁트식 소설에 나온 주인공들은 변동림卞東琳이 아니다. 오규원은 이 잡문의 모델을 모두 변동림으로 해석했다.

가방 하나를 들고 집을 나와

경기여고를 졸업하고 이대에 다닐 때다.

나는 그 비슷한 허허벌판을 이상을 따라서 한없이 걸어갔다.

한없이 걸어간 곳에 방풍림이 있었다. 우리는 방풍림 숲 속을 끝에서 끝까지 걸었다. 나는 날마다 이상을 만났다. 학교에서 돌아오는 길 거기 어디서 기다리고 있는 상箱을 만났으며 우리 집에서 나오면 부근에서 서성거리고 있는 상을 발견했다. 만나면 따라서 걷기 시작했고 걸어가면 벌판을 지나서 방풍림에 이르렀다. 거기는 일경도 동족도 없는 무인지경이었다. 달밤이면 대낮처럼 밝았고 달이 지면 별들이 쏟아져서 환했던 밤과 밤을 걷다가, 걷다가. 우리는 뭐 손을 잡거나 팔을 끼고 걸은 것이 아니다.

각기 팔을 내저으며 지극히 자연스러운 자세로 걸었다. 드문드문 이야기를 나누면서, 때때로 내 말에 상은 크게 웃었다. 그 웃음소리가 숲 속에 메아리쳤던 음향을 기억한다.

"우리 같이 죽을까?"

"어디 먼 데 갈까?"

이것은 상의 사랑의 고백이었을 거다. 나는 먼 데 여행이 맘

에 들었고 또 죽는 것도 싫지 않았다. 나는 사람의 본능보다는 오만한 지성에 사로잡혔을 때라, 상을 따라가는 것이 흥미로웠을 뿐이다.

그래서 약속한 대로 집을 나왔다.

나를 절대로 믿는 어머니한텐 친구한테 갔다 온다고 거짓말을 하고 조그만 가방 하나를 들고나왔다.

개울가의 조그만 집, 낮과 밤이 없는 밀월

　　약속한 장소에서 기다리는 상의 표정이 초조해 보였다. 언제나 태연하던 사람이 "왜?", "동림이가 안 나올까 봐서 –". "나는 약속하면 지키는 사람인데 –" 나는 대수롭지 않게 넘겼으나 상은 간밤 내 잠을 안 잤다면서 충혈된 눈을 비비기도 하고, 오랫동안 얼굴의 홍조가 가시지 않았다. 나는 언제나처럼 경쾌한 걸음으로 상을 따랐다. 우리들은 또 벌판을 지나고 방풍림을 지나서 개울이 있고 언덕이 있는 드문드문 인가가 보이는 동리에 이르렀다.

　　좀 떨어져서 개울가에 서 있는 조그만 집, 방 하나와 대청마루와 부엌, 건넌방은 비었고 주인이 와서 살 거라고 했다. 조그만 마당은 필요 없었다. 대문을 열면 바로 건너편에 개울이 있고 작은 언덕 산이 그대로 우리 마당이었다.

　　상은 기본 생활 도구와 침구를 마련해 놓고 신부를 맞을 준비를 해놓은 것 같았다.

　　그래서 나는 상하고 결혼했다. 낮과 밤이 없는 밀월을 즐겼다. 나는 우리들의 밀월을 월광月光으로 기억할 뿐이다.

반찬은 주로 이상이, 소의 내장 요리 즐겨

　나는 가방 속에 몇 권의 책(시와 소설)과 외국어 사전을 넣어 왔다. 그것들이 한 줄의 책꽂이가 되어서 침실을 장식했다. 상은 그 책꽂이를 사랑했다. 그러나 상의 고민은 '만국 발음표'를 흉내 내지 못하는 것, 그래서 우리는 자꾸만 웃었다.

　상은 며칠에 한 번씩 시내에 들어가서 볼일을 보고 장을 봐 왔다. 나는 개울에서 빨래도 하고 밥도 지었지만, 반찬은 주로 상이했다. 상은 소의 내장으로 만드는 요리를 즐겼기 때문에, 나는 간이나 천엽 또 곰탕 같은 것을 못 먹었던 기억이 난다.

　서울서는 우리들의 결혼을 스캔들로 비난하는 소리가 들렸다.

　나의 오빠부터가 이상이 내 동생을 유혹했다고 잡음을 일으켰고 우리를 질투한 못난 친구는 후일에 동경까지 가서 이상을 괴롭힌 일도 있었다.

　나는 이상의 유혹이 아니고 내가 이상을 좋아해서 따라간 것이라 밝혔고 우리는 곧 동경으로 떠날 거라고 선언함으로써 상의 어머니와 나의 어머니는 서둘러서 결혼식을 올리게 마련하셨다.

이상의 식스나인(69)바 경영,
일경의 눈을 속이려고

　당시의 우리들의 탈출구는 동경으로 가는 길밖에 없었다. 거기서도 조선인은 구속된다는 것을 미처 몰랐다. 좀 더 자유로울 수 있을 줄로, 또 좀 더 공부할 수 있으리라는 희망에서, 동경행을 택했던 거다.

　우리들이 산 그 시대는 식민지 치하라는 치명적인 조건하에서 아무도 절대로 행복할 수 없었다. 몇몇 친일 부유층을 제외하고는 조선인은 직장도 없었고 사업도 할 수 없었다. 조선인이 경영하는 다방 '제비'는 일경의 감시 대상이었으므로 장사가 될 리가 없었다. 지식인들은 바^{Bar}로 몰렸다. 이상이 식스나인(69)이란 바를 경영한 것은 일경의 눈을 카무플라주^{Camouflage}하는 제스처이기도 했다.

　해학이 심한 이상은 친구들을 만나면 농辜을 즐겼다. 농을 못 알아들을수록 더욱더 심한 농을 해서 친구들을 웃겼다. 이상이 성性적 어휘를 즐겼다는 일화는 이런 데서 나온 걸 거다.

이상李箱은 "공사장에서 주워온 아름이지"

이상은 '이상이란 이름이 어디서 온 건가'를 묻는 것이 귀찮아서 "그거 공사장에서 주운 이름이지 - 인부가 나보고 리상이라고 그러지 않아? 리상李樣, 李箱도 재미나겠다 해서 붙인 거야-."

이상이 한 농을 사람들은 일화로 만들었다. 이상李箱은 이상理想에서 창조된 이름인데.

"공사장에서 주운 이름이라는 게 더 재미나지 않아요?"

경솔한 의견이다. 여기서는 재미나고 안 나고가 문제가 아니라 인간 이상을 연구하는 재료로써 부모가 돌림자로 지어준 이름을 소홀히 버린 실없는 인간성으로 해석했으니, 연구가 틀렸다는 거다. 예로부터 동양에선 부모가 지어준 이름은 엄숙한 경우(法이라던가)에만 사용했지 함부로 쓸 수가 없어서 예술가는 예명 또는 아호를 만들어서 썼던 거다.

시인詩人의 고독孤獨

이상의 불행은 하필이면 이 사막의 부스러기와도 같은 지역에서 태어나 담벼락 같은 무지와 몽매에 부딪혔을 때 절망하는 고독감이었을 거다. 심혈心血을 기울여서 창작한 자기의 시를 '미친놈의 소리'로 말살당했을 때 시인은 미치지 않으면 죽고 싶었을 거다. 우리는 그때 시인의 고독의 깊이를 헤아려 볼 길이 없다.

「오감도」는 일본이 미처 그 뜻을 눈치채지도 못했을 때 동족의 무지로써 말살된 거다. 시인은 언어를 창조하는 것인데 '사전에 없는 말', '조감도'는 건축용어로서 존재했지만 '오감도'는 없다고 '미친놈의 소리'라고― 그래서 시인은 자기의 창작을 더 발표할 수 없었다.

20세기는 세계의 문화가 최고봉에 이르른 때다. 현대(세계)가 모두 같이 걸어가는데 중세기 같은 쇄국주의에 머물러서 멍하니 있다가 나라를 빼앗기고, 짓밟히고 있던 때다. 이민족엔 비굴하고 동족엔 잔인한 민족성의 일면을 우리는 본다.

'레몬과 메론', 이상은 향기와 더불어 맛을

레몬의 향취를 싫어하는 사람은 없을 거다. 레몬만을 먹을 수는 없지만 잘라서 한쪽을 립톤^{Lipton}차에 넣을 때 차 맛은 한층 더 향기롭다. 향료로 사용해서 여러 가지 과자를 만든다. 레몬은 그 '파아라면서 노오란' 생신生新한 빛깔이 아름다워서 정물로들 그리기도 한다. 레몬은 정물로 봤을 때 향취는 없다. 자르지 않으면 향취는 안 난다.

멜론의 본고장은 불란서다. 모양도 아름다우려니와 깎지 않고 놔두기만 해도 향취가 진동한다. 자르면 그 맛이 꿀참외, 꿀참외의 단맛보다 훨씬 오묘하며, 우아한 향그러운 미각.

동경 천필옥[셈비키아] 농원에선 구라파의 과실을 흉내 내서 재배하는 것으로 유명했다.

상은 향기와 더불어 맛을 찾았던 거다. 그러나 임종시에 찾은 과실이 멜론이라고 해서 이어령 등의 '레몬과 이상'이 그릇될 것은 없다. 평소에 이상은 레몬의 향기를 즐겼으니까.

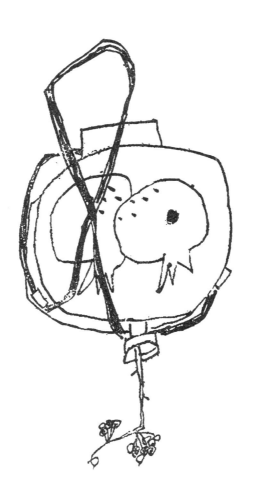

나의 유년 시절

　　60년대에 쓴 「나의 유년 시절」이라는 글이 있는데 이것은
노인에게 생기는 유년 시절의 노스탤지어가 아니라 생애를 정
리하는 과정에서 필연적으로 나온 기억일 거다.

　　내가 어려서 자라난 곳은 송현松峴 마루턱이다. 내가 태어
나서 십 년을 살았던 집터에는 지금은 여러 채의 집이 들어앉
고 오직 뒤뜰에 섰던 홰나무 고목과 우물만이 옛 모습을 전하
고 있다. 지금 내 기억에 떠오르는 우리 집은 높은 돌층계 위에
기역자字로 죽- 방이 늘어앉은 구옥舊屋 채와 앞뒤로 넓은 채전
菜田과 뒤채 밭 가운데 있던 우물과 홰나무와 그 우물가에 서린
어린 날의 추억들이다. 그 집은 어느 궁가宮家의 일부였으리라
고 짐작되는데 어떠한 연유로 우리가 그 집에서 살게 되었는지
는 알 수 없으나 내가 열한 살 되던 해에 그 집이 어떤 일인에게
이양되어 간 사실을 기억한다.

　　여하튼 나는 십 년이라는 유년 시절을 그 집에서 자랐고 그
나의 유년 시절이 내가 성인成人이 되어가는 과정에 여러 가지
로 영향을 미쳤다고 지금 생각된다. 우리 집 식구는 많지 않았
다. 식구에 비해서 집이 너무 넓었던 탓인지 언제나 집안은 횅

했다. 해가 저물면 집안의 구석구석이 무서웠다. 더욱이 뒤꼍 우물가가 싫었고 홰나무가 무서웠다.

나의 아버지는 늘 출타하고 집에는 이따금 계셨다. 아버지가 집에 계실 땐 오빠와 언니가 매 맞는 광경이 벌어졌다. 천자千字를 배우면서 매 맞는 오빠와 언니의 어깨너머로 나는 학교에 가기 전에 천자, 소학小學을 떼었다. 언니는 학교에서 낙제를 하고 아버지한테 매를 맞고 어머니는 그것을 말리려 했고 집안의 평화가 언니 때문에 깨어진다고 생각되어 나는 언니를 싫어했다. 자연히 오빠와 가까웠다.

아버지의 서재인 누(마루)가 달린 맨 끄트머리 마루방에는 불상佛像을 모신 나무함이 달려 있었다. 나는 그 방에 가는 것을 제일 싫어했지만 그 방에서 좌선坐禪과 독경讀經의 분위기를 알았으며 '나무아미타불'을 암송했다.

나의 아버지. 초계草溪 변씨卞氏, 나라 국國, 구슬 선璿, 구舊한국 시절에 일본 동경에 유학, 당시에 드문 의과대학 지망으로 그 시대는 의사는 천직으로 대우받았다. 중퇴하고 귀국. 고종 말년 중추원 참의參議 직에 잠시 머물고, 한일합병 후는 무직.

나의 기억에 떠오르는 아버지는 유식有識, 박식博識, 키는 6척에 가까우며 수염을 기른 풍채 좋은 인상이나 성격은 보헤미안이었던 모양으로 가정의 생활을 책임지지 않았고 걸핏하면

바랑을 등에 메고 입산하여 여기저기 절에서 몇몇 달을 지내고 돌아오셨다.

이야기를 즐기셨고 밤새는 줄 모르게 여행담을 들려주셨다. 그래서 나는 어려서 또 몇 명산名山과 절의 이름을 기억했다.

나의 오빠의 추억이란, 눈 쌓인 뒷마당에서 눈사람 만들며 놀던 어렸을 때와 커서는 내가 여학교 다닐 때 오빠는 고보를 졸업하고 직장을 가졌을 때, 어느 백화점 장식부에서 일을 했던 오빠는 집에 오면 여러 가지 화장품의 포스터를 만들어 갔다. 나는 그것을 요령 있게 도와서 오빠를 기쁘게 했다. 나는 그때 독립할 생각을 했고 여학교를 마치면 동경에 고학할 결심을 했다.

1934년 영학숙英學塾 입학기를 놓치고 아테네 프랑세Athénée Français를 몇 달 다니다 돌아오니까 오빠는 이화대학을 권유했다(당시는 이화여전, 정동 교사에서 영문과 예과에 입학, 본과 일 년 때 신촌으로 이사 가다. 일본은 우리 대학의 외국어과를 없앴기 때문에 이대 영문과는 문과가 되다).

이희승李熙昇 선생께 우리의 고대문古代文 강의를 들었고 일본 선생이 와서 일본의 고대문학을 강의했다.

그 무렵 오빠는 친구와 동업으로 다방을 경영했다. 이상과 친구가 되어 있었다. 나는 커피를 마시러 하루 한 번씩 다방에 들렀다.

'금홍'이는 작중 모델일 뿐

86년 8월 18일

모딜리아니가 카페에 앉아서 사람들의 초상을 그려주면 많은 사람들이 퇴짜를 놨다. 자기와 같지 않다고. 그 많은 사람들은 거개가 여성이었다고 한다. 예술의 황금시대라던 파리에서 그랬다.

초상화를 그 사람하고 똑같게 그리는 화가는 예술가가 아니라는 것, 누구나 아는 얘기.

소설의 경우 모델과 꼭 같은 얘기란 흥미 없는 실화實話다. 작가의 천품에 따라서 모델은 창조된다.

이상의 소설 「날개」의 경우, 실제의 금홍이는 소설 속의 금홍이가 아니다. 「날개」를 창작하기 위해서 이상이 창조한 인물이다.

「종생기」, 「실화」의 경우 같은 얘기다. 나는 방풍림을 걸으면서, 많은 소재를 이상에게 제공했다. 사랑이라든가 질투라든가 하는 애정의 문제도 얘기했다. 그럴 땐 나는 남녀란 어디까지나 1대 1의 인간 대 인간이란, 인간의 존엄성을 들고나왔다. 그러

면 상은 골짜기가 메아리치는 웃음을 터뜨렸다. 연거푸 웃었다. 처음 들어본다는 듯이 웃었다.

그러나 이상은 나의 진보적인 발언을 진부陳腐한 애기를 꾸미는 수식修飾으로 이용했다.

이상李箱을 용서할 수 없었던 이유

「종생기」, 「失花」를 잡문이라고 일소一笑에 부쳤을 때는 얘기가 다르지만, 유고로서 작품집에 들었을 땐 생각이 달라진다. 그 글들은 1937년 『조광』 5월호에 실려질 수도 없다. 내가 1년 이상 가지고 있었으니까.

내가 가지고 있었으면, 이런 글은 유고로 발표하지 않았을 거다. 작가의 연구 자료로 제공했을 것이다.

글 속에 나오는 통속성, 유치한 연극, 이것은 이상의 잡문 속에 나오는 상례常例인 엄살(여성에 대한)이다.

나는 이러한 이상의 글을 싫어한다. 그뿐만 아니라, 사람들(독자)은 아내였던 변동림을 의심했다. 오늘까지도 이상 연구자들은 삼각관계가 있었다고 생각한다. 삼각관계는 부재不在라는 것이 시일을 따져봐도 증명이 되지 않는가?

나는 오랫동안 상을 용서할 수 없었다. 반세기의 무관심, 그러나 나는 내가 성장하는 과정에서 상을 용서했다.

이상은 시인詩人이다. 이상의 시, 「오감도」는 세계 수준에 이른 탁월한 작품이다. 이상의 잡문들은 고매한 시정신에서 멀어져 있음을 느낀다.

또 나는 이상 발굴 연구에 정열을 다한 분들의 노고에 깊은 감동을 느끼는 바다. 다만 나는 '그릇된 인식'이라는 것을 최대한 바로잡는 역할을 하고 싶을 뿐이다.

나는 미처 못 읽고 있다가 임종국의 반발, 「오감도」에 대한 항일시 운운을 읽다.

간디는 인도가 영국 식민지 때, 런던에 유학하고 영어로 공부하고 돌아와서 자민족의 민족운동을 했다. 이집트의 낫셀 또 그 밖에 누구누구도.

우리가 식민지하라고 해서 일본말로 공부를 안 했어야 옳았을까? 이상이 대학노트에 깨알같이 박아 쓴 일어 「오감도」는 초고草稿라고 본다. 이상은 일본말로 문화 공부를 해서 모국어를 찾은 것이 아닐까.

이상의 일본말 시詩에 친일 성이 있었던가? 나는 이상의 문학에 언급할 의도는 추호도 없었다. 다만 「오감도」를 기억하고 있었기 때문에 『문학사상』 86년 5월호에 증언했을 뿐이다. 그런데 그 글에 대해서 매우 불만에 찬 공격을 서슴지 않았다. 과연 내가 뚜렷이 기억하고 있는 사실에 대해 증언한 것이 망발인가, 아니면 도식적인 추단推斷만으로, 항일시가 아니라고 주장하는 것이 망발인가, 이상은 모국어를 내던져 둔 채 많은 시를 일본말로 쓴 것이 아니라 모국어를 쓰기 위해서 많은 시를 일본말로 공부한 것이라고 나는 생각한다.

나는 그런 글을 읽고 마치 동지同志가 억울하게 끌려가는 것을 보고 있는 거와도 같은 아픔이 앞섰다.

　나는 일부의 이상에 관한 평론, 또는 이상 연구에 맹점은 없었던가를 반성해 볼 필요가 있다고 생각된다. 이상 연구라고 해서 그의 습작 노트까지 모조리 번역하거나 일어 그대로를 전집에 엮은 것을 보고, 나는 놀랐다. 작가가 발표한 작품이 많지 않았던 이상의 경우, 이상은 일어로도 작품을 쓴 작가가 되어 버렸다. 이상의 이미지가 완전히 바뀌어져 있다. 이상을 모르는 독자에겐 그대로 받아들여질 것이다. 이상을 아는 사람에겐 생소한 이상이다. 그런 이상이 아닌데.

　앞서 내가 언급한 「오감도」는 우리말로 발표한 시詩를 말함이다. 작가가 우리말로 발표한 시를 아무도 한역韓譯이라고 고칠 수는 없다. 그 근원이 어디서 온 것을 밝힐 수는 있어도.

　나는 내가 이상의 아내가 아니었더라도, 동시대를 같이 산 중인으로서 증언한다. 그 시대를 살아보지 않고 기록이나 몇 가지 현상을 이해한 것만으로써, 그 시대상을 파악할 수는 없는 거다. 아무리 정확한 기록도 옮겨질 때는 자칫하면 비뚤어지기 마련이고 와전되어 왜곡될 수도 있는 일이니까.

　이상은 일제日帝가 그 생명을 단축시키고 앗아간 것이 아니었던가? 그가 일경에 구속되지 않았으면 좀 더 살았을 거다.

　이상의 민족정신을 의심한다면 이러한 사실을 상기해야 할

거다.

한 세기 또는 두 세기 후에라도, 일본이 그 야만성에서 깨어나, 문화민족의 대열에 끼었을 때, 그리고 우리 민족이 월등, 우수해졌을 때, 우리의 무고한 시인을 구류해서 사망에 이르게 한 죄상을 사죄하고 보상하는 날이 있어야 할 거다.

일본은 우리의 원수다. 원수를 갚는 길은 우리 민족이 우수해지는 거다. 우리는 항일에 노이로제가 되는 것을 경계해야 한다. 또 이러한 낡은 사고의 이데올로기 논쟁은 우리에게 후퇴를 초래할 뿐이다. 침통한 항일은 끝나지 않았는가, 명랑한 극일(克日)이 있을 뿐이다.

직장의 경험
-바와 총독부

나는 동경 다녀오는 비용을 바^{Bar}에서 빚을 냈기 때문에 1937년 여름, 가을, 다시 직장에 나갔다.

일본인이 경영하던 바-. 이름도 생각이 안 난다. 고녀^{高女} 출신 일인 여급들이 조선인을 차별하려고 했지만, 나는 유창하게 일본말을 했고, 또 그 시대의 인텔리 여성으로서의 조건을 갖추고 있었기 때문에 꿀릴 것이 없었다.

나는 거기서 재미나는 사회구조의 이면을 관조觀照하는 데 여념이 없었다. 또 그 당시의 나처럼 순수했던 일군의 청년들을 만났던 일, 물론 그들은 누구였던지, 이름도 몰랐다. 밤마다 와서 술을 마시고 노래를 부르고 춤을 추면서, 끝까지 유쾌한 분위기를 깨뜨리는 일 없이 예의 바르던 청년들이 기억에 떠오른다.

그러나 바에 나가면 돈을 많이 벌 수 있다고 생각했던 기대와는 달리, 그 직장은 돈을 벌 만한 곳은 아니었다.

나는 간신히 빚을 갚고는, 직장을 그만두었다.

이상은 자기 힘으로 여비를 마련해서 동경으로 떠났다. 이상의 뒤를 따라 나도 동경에 가기 위해서 내 여비와 가서 머물 비용을 준비하기 위해서 그 직장에 나갔었다. 가족은 어머니 한 분이었으므로, 동생을 취직시키면 된다고 생각해서 내가 맡았던 거다.

정인택의 글에는 우리가 입정정笠井町[현 서울시 중구 입정동]에서 반년을 살았다고 했지만, 이상과 나와의 결혼생활은 3개월 남짓이며 동소문 밖에서 살았고 시내는 이상을 떠나보내기 위한 임시 우거로 한 달 남짓 머물렀을 뿐이다. 또 우리 생활을 「날개」의 주인공들처럼 기록했는데, 나는 이상이 떠난 후 본격적으로 직장에 나갔던 거다. 그리고 한참 후에 친정에 들어가서 어머니와 같이 살았다. 오빠가 결혼하고 모두 같이 살 때다.

이듬해 나는 다시 동경에 갔다. 일본의 권위 있는 문학상인 아쿠타가와상芥川賞에 응모하려고 열심히 일본말로 시 같은 소설 같은 산문을 썼다.

일본은 전쟁이 패전으로 기울면서, 동경에는 식량 기근으로 하루 한 번씩 고구마 배급을 타던 때다.

방공防空 휘장을 친 거의 마지막인 기차를 타고 돌아왔다.

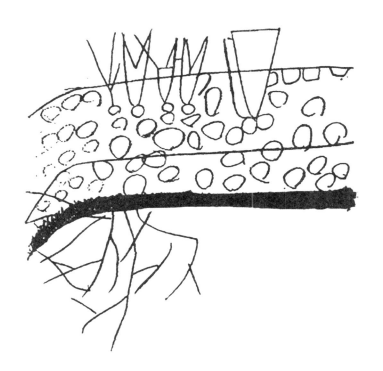

기좌섬의 화가 김환기

　　서울에 돌아오니까 뜻밖에 N시인이 나를 기다리고 있었다. 그리고 취직을 시켜주었다. 총독부, 거기서 내가 무슨 일을 할 수 있었을까. 상업학교 출신들이 부기 같은 것을 보는 부서에 그냥 자리를 하나 만들어 준 거다. 나는 좀 더 본격적인 글을 쓰기 시작했고, 『매일신보』 등에 발표도 했다.

　　N은 직장이 파할 때면 정문에 와서 기다리고 있었다. N은 부처님같이 착했으나, 괴벽도 있어서 싫은 사람이 나타나면, 어느 사이엔지 없어져 버렸다. 불구는 아닌데, 불구처럼 체구가 왜소했다. 어머니와 둘이서 살면서 가끔 우리(직장의 여성 친구)를 초대했다.

　　하루는 자기가 좋아하는 화가가 있는데 꼭 나한테 소개하고 싶다고 했다. 화가? 나는 한 귀로 듣고 한 귀로 흘렸다. 며칠 후 또 그 얘기를 꺼낸다. 그 화가가 며칠 후 서울에 오는데, 같이 초대하면 오겠느냐고. 어디서? 저 기좌도^{基佐島}라는 섬에서요. 기좌섬이 어디 있는지 나는 몰랐다.

　　나는 초대일에 혼자 가는 것이 쑥스러워서 P(직장의 친구)

하고 같이 갔다. P는 나보다 어린 소녀. N의 어머니가 정성껏 만들어서 대접하는 저녁을 맛있게 먹었으나, 기좌섬에서 온 화가는 별로 인상에 남지 않았다. 키만 큰 시골뜨기라는 그런 첫인상이었다.

한번 만난 그 화가의 인상은 이내 기억에서 사라지고, 덤덤히 지내는 어느 날, 기좌섬이라는 데서 편지가 한 장 날아왔다.

편지란 언제나 반가운 것―. 별 내용은 없으나 다감스러운 인사에 곁들여, 곧 또 서울에 오는데 이번엔 자기가 저녁을 대접하겠노라는 사연이 적혀 있었다.

남의 편지를 받았으니, 나도 인사로 답장을 했다. 그랬더니 또 편지가 왔다. 이번엔 좀 더 긴 사연으로 섬의 얘기를 보내왔다. 나는 섬이 어떻게 생겼는지 짐작이 안 가서 서울 얘기를 써보냈다. 직장이 파하면 우리(N, P)는 셋이서 차를 마시고 헤어진다고. 또 점심시간이 한 시간 이상 되니까, 우리는(P와) 피아노 연습을 다닌다고도.

그러나 곧 또 서울에 오겠다던 그 화가는 오지 않고, 또 편지를 보내왔다. 이번엔 자기 그림을 곁들여서…….

정이 넘쳐흐르는 수화의 편지

김환기는 편지를 참 잘 쓴다. 사람의 마음을 울리는 다감한 글이나, 때로는 지나치게 정情이 넘쳐흐르는-. 그러나 나는 곧 답장을 쓰지 않았다. 그러면 일방적으로 또 편지가 왔다. 나는 그의 편지를 몇 번씩 받으면 한 번씩 답을 썼고, 그러는 동안에 한 번밖에 만나지 않았던 우리는 편지로써 가까워졌다.

두 번째 N과 P와 같이 그를 만났을 때는 꽤 허물없는 사이가 되었다.

왜 그는 그렇게 오랫동안 편지만 보냈을까. 오랫동안 그가 좀 더 솔직하게 직접적으로 나에게 다가오지 못했던 그 이유를 나는 한참 후에야 알게 됐다.

조혼, 이혼, 딸 삼 형제-, 이런 김환기의 곡절을 나는 상상도 못 하고, 편지는 잘 쓰는데, 대단히 소극적인 사람 같은 인상을 받았고, 따라서 그와의 사이는 더 가까워지지 않았다.

김환기金煥基와의 결혼

　김환기는 반생을 살고 30에 인생과 예술을 재출발하려고 고민했다. 돌아가신 아버지 금고에는 소작인들의 빚[借] 문서뿐으로 가득 차 있었다고. 김환기는 소작인들에게 빚문서를 모조리 돌려줘 버리고 지장地莊이라는 유산에서 스스로를 해방시켰다.

　"나는 유산 같은 건 싫다. 내 힘으로 내가 벌어서 살지 -."
　"하나?"
　"둘?"
　"셋이야 - ?"
　"열이면 어때? 데려다 교육시키면 되지 -."

　그러나 나의 친정에서는 어머닌 이미 안 계셨지만 나의 언니는 펄펄 뛰면서 반대했다. 전실 소생 있는 데는 개가하는 게 아니라고 -. 나는 오히려 반감이 갔고 경멸이 갔다. 제가 낳아야만 자식인가, 애들은 교육시키면 된다고 믿었다.

1944년 5월 1일

우리는 결혼식을 올렸다. 고희동高羲東 선생 주례로 정지용, 길진섭吉鎭燮의 사회로. 성북동 274 - 1, 근원近園 선생이 손수 지으신 노시산방老柿山房을 물려받아 보금자리를 꾸미다. 섬에 내려가서 가족을 데려오다. 홀어머님과 아이들을.

1945년 B29가 성북 산협山峽에 번쩍이던 날, 수화樹話는 캔버스를 뜯어서 륙색을 만들었다. 우리도 소개疎開 가자면서 이웃이 거의 소개 가고 몇 집안 남았는데, 그런데 곧 소위 해방이 왔다.

숨 가빴던 8·15의 흥분, 아직도 혜화동 고개에는 무장한 일군 잔병이 잠복해 있는, 산협에서 걸어서 종로에 나오다. 여기저기 다방에 들러서 친구들을 만나다. 우리들은 무엇을 해야 하나? 세계정세는 어떻게 되어가는 건가? 미·소는? 삼팔선은? 군정軍政 - 이데올로기의 대립, 점차로 치열해지는 싸움-. 여기저기서 테러가 발생하다.

미술계는 처음으로 서울대학에 미술학부를 창설하다. 장발張勃 씨, 근원 선생, 김환기 등등이 - 그때만 해도 성북동은 맑은 개울이 흐르는 산협, 드문드문 인가 있는 별장지대였다. 아침에 파삭파삭한 모시옷을 입고 나갔다가 저녁에 계곡을 걸어 들어오려면 그냥 옷이 후줄근 젖어버렸다. 집안에 들어앉으면 깊은

산중에 묻힌 듯 적요寂寥했다.

수화는 직장(서울 미대)이 파해서 곧장 귀가하는 일이 드물고 친구와 어울리면 시내에 들어가서 술 마시고 회담하고 자정이 가까워야 집에 돌아왔다. 나는 하루종일 집안일하고 가족들과 저녁이 끝나면 내 방에 들어와서 수화가 오기까지의 흐뭇한 내 시간을 즐겼다. 책도 읽고 글도 쓰고.

수화는 버릇이 요릿집에서 요리와 술을 마시고도 집에 와서 꼭 저녁상을 받았다. 그러면서 밖에서 지낸 하루 종일의 보고를 상세하게 한다. 수화는 참 얘기하기를 좋아했다. 하루 종일 밖에서 떠들고 와서 또 떠든다. 음성이 한 옥타브가 높아서 나타나면 유난히 시끄러웠다.

그 시끄럽던 목소리가 뚝 그쳐버리니까 이렇게 조용하다.

월하의 마음

김향안 에세이 개정판

지은이   김향안
발행일   초판1쇄 2024년 11월 11일
            초판2쇄 2025년 5월 1일

발행처   (재)환기재단
발행인   (재)환기재단
기획/진행   환기미술관
디자인   아트퍼블리케이션 디자인 고흐

주 소   서울시 종로구 자하문로 40길 63
전 화   02 - 391 - 7701
팩 스   02 - 391 - 7703
홈페이지   www.whankimuseum.org
ISBN   978-89-92716-55-0

김향안, 뉴욕, 1969

회고

1960-1970년대

차례

1940-1950년대

활동가의 귀감으로 기억될 것입니다.

김환기와 김향안 두 분은 뉴욕 발할라 언덕에 함께 나란히 잠들어 있습니다. 파란 하늘은 아득히 지평선을 짓고 철새들이 청명한 하늘에 선을 그리며 날아갑니다. 온화한 햇살과 부드러운 바람이 찾아오는 이들을 맞이하고 있습니다.

2024년 늦가을,
환기미술관장 박미정

본문 읽기를 위해 알려드립니다.

홑낫표 「 」안에는 글 제목
겹낫표 『 』안에는 책 제목
홑화살괄호 〈 〉안에는 작품 제목
겹화살괄호 《 》안에는 전시 제목
대괄호 [ ]안에는 편집자 각주
소괄호 ( )안에는 지은이 각주

기도 합니다. 가볍고 섬세하게 살아있는 그의 그림 속 몽환적인 빛깔과도 통합니다. 개성적인 문체로 씌어진, 1940년대로부터 1990년대에 이르기까지 방대한 세월을 흐르는 시정어린 단상의 기록들은 김향안 자신의 내면적 고백이며 김환기 예술세계의 이해를 돕는 바탕이고 환기미술관의 역사입니다.

스스로 뛰어난 문필가이자 화가였던 김향안은 김환기의 인생과 예술에 있어 절대적인 동반자이자 후원자로서 "김환기의 뮤즈"라는 호칭에 걸맞은 삶을 살았습니다. 김환기가 61세에 안타깝게 별세하자, '한 사람이 떠났을 뿐인데 온 우주가 텅 빈 것 같다'고 말씀을 남긴 김향안은 이내 황망한 정신을 가다듬고 환기재단을 설립하고 그가 남긴 작품들과 자료를 정리해가며 전시와 출판으로 소개하고, 항상 우리 문화예술에 대한 깊은 애정과 관심 그리고 창작자를 돕기 위해 앞장섰던 김환기의 유지를 받들고자 했습니다. 그리고 나아가 김환기의 유지대로 고국의 후손들에게 그의 예술세계를 남기기로 하였습니다. 그 결과물이 환기재단과 환기미술관입니다. 오늘도 여전히 두 분의 뜻은 살아서 환기재단·환기미술관에 계승되어 실천되고 있습니다. 이처럼 한 예술가의 위대한 업적이 사회에 환원되고 후손에게 남겨지기 위해서는 선구적인 사회활동의 철학과 의지, 희생과 사명감이 있어야 할 것입니다. 재단과 미술관을 설립해 우리 사회, 후손에게 남겨 이를 실천한 김향안은 선구적인 사회

김향안 『월하^{月下}의 마음』 출간에 부쳐

『월하의 마음』은 2005년 환기미술관에서 김향안의 산문 일기 등을 모아 첫 출간한 이래 흥미로운 주제와 소재, 이야기를 이끌어가는 독창적인 문장과 미래를 바라보는 생각으로 큰 공감대를 형성하였습니다. 시간이 흘러 책이 절판되자 많은 문의와 요청이 있었습니다. 환기미술관은 김환기 김향안의 결혼 80주년이 되는 올해 2024년, 원래의 도서 내용에 김향안의 새로운 글들을 함께 엮어 『월하의 마음』 개정판을 출간합니다.

『월하의 마음』은 1952년 한국전쟁의 피난지 부산에서 씌어진 김향안의 수필 제목입니다. 김향안의 개성과 매력을 십분 보여주는 이 글은 평소 그의 간결하고 때론 직설을 서슴지 않는 겉모습 안에 숨겨진 부드럽고 성숙한 내면이 잘 드러납니다. 그의 글은 아주 간결하지만 그 속에 실로 함축적이고 밀도 있게 자신의 의사를 전달합니다. 그 선명함과 세련된 날카로움은 일면, 김향안의 회화작품들에서 보여지는 섬세함의 다른 모습이

김환기와 김향안, 파리, 1957

월하의 마음

KIM HyangAn

WHANKI
MUSEUM

KB213709